깨달음의 빛,
청자
1

깨달음의 빛,

청자 1

정찬주 장편소설

불광출판사

차례

뿌리 없는 나무가 어디 있으랴

'작가의 말'을 보니 장편소설 『깨달음의 빛, 청자』의 작가 의도가 선명하게 드러나 있다. 강진청자가 한류(韓流)의 원조라는 것이다. 나는 우리가 살고 있는 한반도에서 세계를 바라볼 때 두 가지 관점이 있다고 생각한다. 북방으로 보는 시각과 남방 해양으로 보는 시각이 그것이다. 적어도 20세기까지는 한반도를 북방과 연계해서 보는 관점, 즉 만주와 요동에서 중국으로 이어지는 것이 대체적인 주류였다면 21세기는 한반도가 해양, 즉 오대양 육대주로 뻗어가는 태평양의 관문이 되었다. 비록 대중문화이기는 하지만 그 진원지가 한반도인 것은 사실이다. K-팝, K-무비, K-드라마 등이 그 방증이다. 그것들은 대부분 북방을 통하지 않고 태평양을 거쳐 세계로 뻗어나가고 있다는 것이 특징이다.

이는 탐진(강진) 비색청자가 바닷길을 통해 송나라로 가서 천하제일 명품이라고 인정받은 것과도 흡사하다. 당시 송나라는 당나라에 이어 문화최강국이었다. 송나라 귀족들이 최고라고 인정하면 곧 세상에서 으뜸이 되었던 것이다. 강진 비색청자는 북송, 남송 할 것 없이 천하제일로 인정받으며 황실과 귀족들 사이에서 중국청자를 젖혔다. 12세기 초 고려 인종 1년 개경에서 한 달간 머물렀던 송나라 사신 서긍(徐兢)은 북송의 휘종 황제에게 올린 보고서에서 고려 비색청자의 존재를 알렸다. 문화우월주의에 빠져 있던 오만한 서긍도 고려 비색청자를 보고 놀라지 않을 수 없었던 것이다. 남송의 태평노인도 고려 비색청자를 천하제일이라고 극찬했다.

저자는 이러한 역사적 사실에 근거하여 강진청자를 'K-컬처의 원조'라고 보는 듯하다. 저자의 관점은 강진청자에 현대적 가치를 부여하고 있는 것 같아 참신하게 보인다. 독자들도 강진청자의 현대적 가치와 위상을 새롭게 인식할 것으로 생각된다. 그런 의미에서 강진청자를 소재로 한 이 소설은 강진청자의 정체성을 문화적 측면에서 드러냈다는 점에서 주목받을 만하다고 할 수 있을 것이다.

또한 이 소설을 원작 삼아서 'K-컬처'의 뿌리인 강진청자를 영화, 드라마, 연극, 애니메이션, 만화 등의 콘텐츠로 다양하게 활용하기를 당부하고 싶다. 세계 젊은이들이 열광하는 K-팝, K-드라마 등에서 그 가능성을 생생하게 목도하고 있기 때문이다.

이 소설은 총 2권으로 구성돼 있다. 1권은 일찍이 바닷길을 장악하여 무역왕이 된 장보고가 중국청자를 탐진(강진)으로 들여온다는 서사이고, 2권은 이름을 남기지 않은 탐진의 도공들이 탐진청자를 천하제일로 승화시킨다는 서사이다. 나는 제재가 신라 말의 장보고에서 고려 도공들의 청자로 바뀌는 순간 소설의 분위기가 분절되지 않을까 걱정했지만 소설을 정독하고 나서 기우였음을 알았다. 장보고가 피살된 이후 고려 시대에도 청자의 대부(代父)로서 그의 정신이 이어지는 장치를 소설 곳곳에서 발견했기 때문이다.

끝으로 나는 'K-컬처'의 뿌리를 알고 싶어 하는 독자들, 특히 탐구심이 강한 젊은이들에게 장편소설 『깨달음의 빛, 청자』를 권하고 싶다. 뿌리 없는 나무가 어디 있겠는가. 천 년 전 바닷길을 통해 전해진 강진 비색청자가 중국인과 일본인들을 열광시켰던 역사적 사실은 실로 시사하는 바가 크다.

홍기삼
(전 동국대 총장, 문학평론가)

K-컬처의 원조, 강진 비색청자를 찾아서

이불재 뜰 한쪽에 복수초꽃이 피어 있다. 청매 꽃봉오리를 보다가 발견했다. 산중 농부들은 복수초꽃을 눈 속에서 피는 꽃이라 하여 얼음새꽃이라고 부른다. 꽃을 보면 누구라도 미소 짓는다. 생불로 불렸던 턱낮한 스님은 미소 짓는 순간에는 누구나 붓다가 된다고 말씀했다. 복수초꽃이 눈 속에서도 필 수 있는 것은 뿌리가 스스로 열을 내기 때문이라고 한다. 그러고 보니 복수초꽃 둘레에 눈이 먼저 녹는 것을 여러 번 본 적이 있다. 봄소식을 알리기 위한 눈물겨운 야생초의 생존본능 내지 몸짓이 아닐 수 없다.

작년 가을에 추수가 끝나버린 들판은 텅 비어 있다. 까치들이 이삭을 찾아 쪼아 먹는 빈 들판인데도 허허롭지 않고 평온하다. 문득, 흔히 대하는 화평의 '화(和)' 자가 떠오른다. '화' 자에는 적잖은 뜻이 있다. 벼 화(禾)에 입 구(口)의 조합이 '화' 자인 것이다. 입에 밥이 들어가야, 즉 배가 고프지 않아야 서로 화목하고 각자 평온해진다는 깊은 뜻을 알 수 있다.

　장편소설『깨달음의 빛, 청자』는 오랜 기간 준비했던 소설이다. 다산 정약용의 유배 생활을 그린『다산의 사랑』(2012)을 집필하면서 강진을 자주 드나들었는데, 그때 자연스럽게 K-컬처(Culture)의 원조이자 한류(韓流)의 시초인 강진청자의 역사를 접했던 것이다. '한류의 시초 강진청자'라는 말은 내가 창안한 수식어가 아니다. 미국 위스콘신주에 살면서 한때 동아시아 고대역사를 가르치다가 지금은 위스콘신주 로렌스 사립대학에서 한국역사와 한국단편소설 등을 소개하고 있는 나의 SNS 친구 메티 베게하우프트(Matty Wegehaupt) 선생이 한 말이다. 내가 강진청자를 소설로 집필한다고 SNS에 알리자, 그가 오늘 수업은 학생들과 '한류의 시초 강진청자'를 주제로 토론하겠다고 알려왔던 것이다. 나는 미처 거기까지는 생각하지 못했는데, 미국인의 언어구사 능력과 강진청자의 역사 인식에 놀라지 않을 수 없었다.

　중국 남송의 선비 태평노인이 저술한『수중금(袖中錦)』에서 세상에서 최고인 것만을 소개한 '천하제일' 편을 보면 청자는 고려비색, 벼루는 단계의 벼루, 백자는 정요(定窯)의 백자, 낙양의 모란꽃, 건주의 차(茶), 촉의 비단 등을 꼽고 있는바 강진 비색청자가 K-컬처의 원조 내지는 한류의 시초란 말은 역사적 사실에 근거한 수식어가 아닐 수 없다.

　『깨달음의 빛, 청자』는 1권 2권으로 된 장편소설로 시대 배경은 신라 하대(원성왕-문성왕)에서 고려 시대(광종-공민왕)이다. 1

권의 주인공은 당나라 월주청자 기술을 탐진으로 가져오는 청자의 대부(代父) 장보고(長保皐)이다. 2권의 주인공은 이름 없는 도공들이 만든 다양한 모습의 청자들이다. 2권에서는 1권처럼 장보고 같은 불세출의 인물은 등장하지 않는다. 그 대신 천하제일 탐진(강진)청자들이 주인공이라고 할 수 있다.

그러니까 1권은 장보고가 우여곡절 끝에 당나라 월주청자 기술을 신라 탐진으로 가져오는 스토리이다. 앞에서 배가 고프지 않아야 서로 화목하고 각자 평온해진다고 했는데, 장보고 역시 배고픔을 해결하고자 탐진 땅에서 당나라로 들어간다. 갈고 닦은 무예가 있어 함께 입당(入唐)한 정년(鄭年)과 같이 당나라 황실지원부대인 서주 무령군에 입대한다. 무령군은 산동반도 일대에서 당 황제에게 반기를 든 반란군을 토벌하는 용병부대인데, 장보고는 불과 2년 만에 1천 명의 군사를 거느리는 군중소장(軍中小將)이 되고 요충지인 운하를 점령하는 등 무공을 세운다.

이 같은 장보고의 성공적인 행적은 당구(唐寇, 당나라 해적)에게 붙잡혀 팔려 왔거나 굶주림을 면하기 위해 스스로 입당한 재당신라인들에게 자긍심과 용기를 준다. 장보고는 무령군에서 나와 적산 신라소 대사가 되어 재당신라인의 생계수단인 소금과 숯을 자신이 쌓은 인맥을 통해 당인(唐人)들에게 매매해 준다. 그 결과 재당신라인들의 생활이 나아졌음은 물론이고 장보고 자신도 부(富)를 축적한다. 이후 장보고는 당구에게 붙잡혀 월주 가마 주인에게 노비로 팔렸던 신라 양민들을 당 목종(穆宗)의 노비해방령에 의해 신라 탐진 등으로 돌려보낸다. 마침내 장보고는 산동반도 적산에 법화원을 조성한 뒤 신라로 돌아와서 흥덕왕을 설득해 군사가 주둔하는 청해진을 설치한다.

그런데 탐진은 이미 토기를 생산하고 있었으므로 월주의 청자기술을 쉽게 받아들인다. 토기가마를 운영하는 등 준비가 돼 있었기 때문에 큰 난관 없이 초기 청자를 생산할 수 있었던 것이다. 한편 장보고는 탐진청자 및 신라 특산물을 가지고 중국의 등주, 양주, 명주는 물론이고 일본의 하카타까지 바닷길을 개척하여 해적을 소탕하고 무역하는 등 해상권을 장악한다. 그러나 청해진 세력을 두려워한 신라 문성왕은 염장을 시켜 장보고를 피살하고 만다. 이후 청해진이 폐쇄되면서 강진청자 가마도 잠시 휴지기를 맞이한다.

2권의 시대 배경은 고려 초인 광종부터 고려 말의 공민왕까지이다. 2권 도입부는 청해진을 폐쇄하고 벽골군(김제)으로 강제 이주시켰을 때 노비가 된 청해진 군사의 후손들이 광종의 노비안검법(奴婢按檢法), 즉 노비해방령에 의해 청해진으로 돌아오는 이야기부터 시작한다. 그런데 그동안 신라 말에서 고려 광종까지 탐진의 청자 생산이 아주 끊긴 것은 아니라고 봐야 옳다. 선찰인 무위사, 보림사, 태안사, 성주사, 쌍봉사 등에서는 불단에 필요한 청자정병, 선승이 차를 마시면서 사용하는 청자주전자, 청자사발, 청자대접 등의 주문이 있었기 때문이다. 그래도 그 수요는 많지 않았다.

비색청자 생산이 본격적으로 이루어진 것은 고려 예종 때부터이고 인종 때는 비로소 고려청자가 송나라 황실과 귀족들에게 각광을 받던 시기이다. 인종 1년에 송나라 사신 중 한 명이었던 서긍이 귀국해서 송 휘종에게 올린 보고서인 「선화봉사고려도경(宣和奉使高麗圖經)」의 도기항아리(陶尊) 조(條)에서 고려 비색청자를 설명하고 있는데, 공식적으로 송 황제에게 비색(翡色)이라는 말을 처음으로 알렸던 것이다.

고려 인종 때 탐진 최씨의 시조 최사전은 정안현(장흥) 임원후의 둘째 딸을 연덕궁주로 납비(納妃)한다. 연덕궁주의 세 아들은 의종, 명종, 신종이 되고 연덕궁주는 공예태후에 봉해진다. 이때가 탐진청자의 황금기로 불린다. 즉 의종 때는 개경에 세계 최초로 청자기와를 얹은 양이정을 짓고, 탐진도공들은 청자상감 항아리와 청자상감당초문대접, 청자상감운학문병 등 상감기법을 창안해 청자문화를 꽃피운다. 뿐만 아니라 왕의 행궁인 혜음원 건물에는 건축부재인 청자자판(青瓷磁板)이 사용되기도 한다. 월남사 발굴 때는 청자전(青瓷塼)이 나오기도 했다. 청자자판은 벽에 붙이는 타일이고, 청자전은 청자벽돌이다. 귀족들의 넉넉한 삶을 유추해 볼 수 있는 청자투각의자도 강진 사당마을 가마와 부안 유천마을 가마에서 만들어졌다. 강진 용혈암 터에서는 청자불상, 나한상, 보살상 등의 청자파편이 발굴되기도 했다.

이처럼 청자는 고려 도공들의 독창적인 상상력으로 다양하게 만들어졌는데 최씨 무신정권, 즉 최충헌·최우·최항·최의로 이어진 60여 년 동안 강진청자는 수요를 따르지 못할 정도였다. 그 이유는 무신정권 집정자들이 사들인 강진청자를 호족들에게 비싸게 팔아 통치자금을 마련했기 때문이었다. 강진 대구면 일대는 요즘 말로 하자면 정부가 관요로 지정하여 감독하는 '청자 생산특구'가 된 것이다. 그런데 무신정권의 몰락은 청자 생산과 질을 크게 떨어뜨린다. 수요가 줄어든 까닭에 청자 생산도 쇠락의 길로 접어든 것이다.

설상가상 고려 충정왕 2년부터 왜구들의 침입이 더욱 빈번해진다. 그러자 바다에 인접한 마을들은 사람이 살지 못하는 곳으로 변한다. 탐진도 마찬가지였다. 왜구들의 선단 규모는 1백여 척이 넘었으며 경상, 전라, 충청, 경기 연안에서부터 황해도와 평안도 해역까지 왜구들의 노략질이 들불처럼 번졌다. 결국 공민왕은 백성들을 보호하고자 해안에서 50리 이내는 살지 말라고 왕명을 내렸다. 왕명에 따라 탐진의 도공들은 보다 안전한 곳으로 떠났고, 탐진의 청자가마들은 더 이상 연기를 피워 올리지 못하게 된다. 천하제일 비색청자는 또 다른 비상(飛上)을 꿈꾸며 역사의 긴 잠 속으로 빠져들고 만다.

위와 같이 1권과 2권의 내용을 사뭇 친절하게 설명한 이유는 『깨달음의 빛, 청자』의 시대 배경과 청자의 흥망성쇠 역사를 미리 알면 본문을 읽을 때 이해가 빠를 것이라고 생각해서이다. 조금이라도 도움이 되기를 바란다. 한편 나는 강진 장터 같은 곳을 찾아가 강진 향토 방언을 수집하기도 했는데, 음미해 보면 참으로 정겹다. 그래서 이 소설 속에 가능한 한 살려놓았다. 예컨대 자떼바떼하다(쉽게 응하지 않다), 송신난다(지긋지긋하다), 쑤꿈쑤꿈(뻐국뻐국), 모지락시롭다(모질다), 머락하다(꾸중하다), 거멍거멍(성큼성큼), 꾸정꾸정(물이 흐린 모습), 감푸다(거칠고 사납다), 귀똘(굴뚝), 아굴아굴(개굴개굴) 등등이다.

글을 마치려고 하니 고마운 분들이 떠오른다. 강진청자 가마터를 취재 갔을 때 청자 재현에 성공한 미수(米壽)이신 이용희 선생님께서 나에게 토기와 청자 가마터를 안내해 주셨는데, 선생님의 자상함을 잊지 못할 것 같다. 토기와 청자 파편이 뒹구는 천 년 전의 가마터로 안내하시면서 강진의 청자를 설명해 주셨던 것이다. 강진군 대구면은 골짜기마다 가마터가 산재해 있었다. 정수사 아래 개울 좌우로 용운리(운곡, 항동, 용문)에서 고인돌이 있는 계율리, 청자박물관이 있는 사당리, 미산포 가는 길의 산자락까지 가마터들이 곳곳에 있었던 것이다. 대구면 가마들은 당시 왕실에서 관요로 지정했을 것이라는 짐작이 갔다. 동행했던 신영호 향토사학자, 김걸 선생도 고맙기 그지없다. 두 분은 나에게 청자에 관한 자료를 수시로 넘겨주곤 했다. 이분들의 수고와 정성 또한 강진청자가 세계문화유산으로 등재되기를 기원하는 마음에서 비롯한 것이 아닐까 싶다.

강진군 홈페이지에 『깨달음의 빛, 청자』를 연재할 수 있도록 배려해 주신 강진원 군수님과의 선연(善緣)도 잊을 수 없을 것 같다. 강진군 군수실로 초대받아 갔을 때 군수님께서 "저는 작가

님의 『다산의 사랑』을 두 번 읽었습니다. 이번에는 청자를 소재로 명작을 써주십시오" 하고 정중하게 제의했던 것이다. 강진군 홈페이지에 『깨달음의 빛, 청자』를 연재하는 동안 담당했던 공무원분에게도 감사를 드리지 않을 수 없다. 그리고 추천사를 써주신 홍기삼 전 동국대 총장님께도 이 지면을 빌려 진심으로 감사를 드린다. 이 소설을 애정 어린 시선으로 깊이 있게 해설한 이경철 문학평론가도 고맙기 그지없다. 끝으로 이 소설을 집필하는 과정에서 꼼꼼하게 교정을 봐주었던 나의 아내 호연에게도 고마움을 표하고 싶다.

그러고 보니 한 편의 소설을 완성하기까지 나 혼자만의 힘으로 이뤄진 것 같지 않다. 댓글로 응원해 주신 여러분의 관심과 응원이 있었기 때문에 가능했던 것이라는 자각이 문득 든다. 출판사들이 극심한 불황에 직면하고 있다지만 『깨달음의 빛, 청자』를 발간한 불광출판사 류지호 대표와 양동민 편집이사, 양민호 편집자의 출판의지만은 꺾지 못하리라고 믿는다. 이분들에게도 감사의 말을 전하고 싶다.

2024년 이른 봄 이불재에서
정찬주

1장

활쏘기 대회

늦가을 햇살이 탐진바다에 요란하게 쏟아졌다. 하늘과 바다는 푸른 비단을 한가득 펼쳐놓은 듯 투명한 물빛 일색이었다. 멀리서 돛을 단 장삿배 한 척이 미산포로 들어오고 있었다. 탐라에서 추자도와 가리포를 거쳐 들어오는 장삿배였다. 대바구니와 초립, 젓갈 등을 실은 장삿배는 민어와 새우를 잡는 곳배와 달리 뱃머리가 날렵하고 돛이 컸다. 파문을 일으키는 장삿배 둘레에도 햇살이 떨어져 난반사했다. 마치 수천수만 마리의 물총새가 한꺼번에 솟구쳐 오르려고 날갯짓하는 것처럼 보였다. 미산포를 응시하던 이십 대 중반의 한 청년이 눈이 부신 듯 손으로 눈을 가렸다.

청년은 큰 활을 메고 뱃머리에 서 있었다. 그의 체구는 장사꾼들보다 크고 우람했다. 늙은 장사꾼은 청년이 대구소 활쏘기 대회에 가고 있다는 것을 눈치챘다. 장사꾼들은 탐진현의 가장 큰 포구인 남당포를 자주 들락거렸기 때문에 대구소의 활쏘기 대회를 환히 알고 있었다. 늙은 장사꾼이 말했다.

"활쏘기 시합에 가는그만."

"예, 이 배를 놓쳐부렀으믄 큰일 날 뻔했어라우."

"근디 아칙 일찍부텀 시작허든디 늦지 않았는가?"

"가리포에서 올라믄 벨 수 읎지라우."

"긍께 내 말은 하루 일찍 와부러야 한단 말이여."

"알겄그만요. 어차든지 핑 가서 사정해 봐야지라우."

탐진현에서는 일 년에 두 번 활쏘기 대회가 있었다. 봄에는 탐진현 치소 주관으로 열렸고, 늦가을에는 토기를 모아 품평하는 대구소 활터에서 시합이 벌어졌다. 젊은 장정들이 활쏘기 대회에 참가하는 이유와 사연은 단순했다. 등수에 들면 쌀과 보리, 토기 등을 상으로 받거나 더러는 탐진현 치소의 군사로 특채되기도 했다. 십여 년째 사오 년 터울로 극심한 가뭄과 기근이 들곤 했으므로, 활쏘기 대회는 장정들에게는 붙잡고 싶은 확실한 한 가닥 동아줄이었다.

봄철 내내 비 한 방울 내리지 않는 가뭄은 논밭의 작물들을 참혹하게 말려 죽여버렸다. 따라서 농사꾼들은 굶주림을 해결하기 위해 마을을 떠나 유랑민이 될 수밖에 없었다. 그런데 한번 유랑민이 되어 떠나면 대부분은 살던 마을로 돌아오지 못했다. 바다로 나간 사람들은 먼 바닷가에서 해초를 뜯고 갯것을 찾는 보자기 신세로 전락해 당나라 해적인 당구(唐寇)에게 붙잡혀 노예로 팔려 가기 일쑤였고, 뭍으로 떠난 사람들 중에 몇몇은 도적 떼에 휩쓸려 다시는 탐진 땅을 밟지 못했다.

청년은 장삿배가 미산포에 도착했지만 바로 하선하지 못했다. 미산포를 관장하는 별장이 장삿배에 올라 검문을 시작했다. 탐라 물품을 싣고 온 장사꾼들은 느긋했지만 청년은 마음이 급했다. 별장이 청년에게 물었다.

"으디 사는 누구여?"

"가리포에서 온 궁복이라고 허그만요."

"여그는 무신 일로 온 것이여?"

"활쏘기 시합에 나갈라고라우."

"시방 시작했을 것인디 늦었어. 얼릉 가보게."

"아이고메!"

궁복은 장삿배에서 내리자마자 달렸다. 미산포에는 장삿배들이 여남은 척 정박해 있었다. 대구소에서 검사를 마친 토기들을 싣고 멀리 떠날 배들이었다. 남쪽 바다를 거쳐 왕경 부근의 강까지 가는 장삿배도 있었고, 흑수바다 해안을 타고 올라가 당은 포에서 닻을 내리는 장삿배도 있었다.

대구소는 여계산 산자락 마을 초입에 자리했다. 활터는 대구소 마을 위쪽의 언덕 밑에 있었다. 언덕 뒤는 바닷바람이 덜해 활쏘기에 알맞았다. 그러나 산자락을 타고 넘어오는 하늬바람이나 북풍은 어쩔 수 없었다. 대회에 참가한 젊은 장정들은 궁복의 생각보다 많았다. 활터 주변에 삼삼오오 모여서 화톳불을 피우고 있었다. 아마도 일찍 와서 지형을 익히고 있는 듯했다. 푸르스름한 화톳불 연기가 안개처럼 자욱했다. 궁복은 자신보다 어려 보이는 장정을 하나 붙들고 물었다.

"누구에게 말해야 활을 쏠 수 있을까?"

"워메, 진작에 조를 다 짜부렀는디요."

"뭔 수가 읎을까?"

"지가 향리 어르신한테 말해볼께라우."

향리는 대구소에 상주하는 마을 유지였다. 대구소는 몇몇 토족들이 공동으로 맡거나 때로는 추대를 받아 단독으로 소임을 맡았다. 이는 탐진현 치소도 마찬가지였다. 탐진현의 토성으로는 최(崔)·조(曹)·유(兪)·안(安)·정(鄭)·하(河) 등 여섯 개 성이 있는데, 현재는 정씨가 대구소를 관장했다.

"지 이름은 정년이라고 허그만이라."

"정씨라믄 탐진현 토족이그만."

"향리 어르신이 우리 집안 아재뻘이신께 한번 사정해 볼께라우."

"키도 엇비슷허고 누가 보믄 자네와 나를 성제라고 허겄네. 하하하."

"근디 성님 성씨는 뭣이요?"

"나는 일찍 조실부모허고 가리포에서 살고 있네. 아부지 성이 장(張)씨라는 것만 알았제 아무것도 아는 것이 읎네. 마실 사람덜이 내가 활을 잘 쏜께 활보라고 불렀어. 그래서 한자로 궁복이 된 거네."

"긍께 활 궁(弓) 자에 복 복(福) 자이그만요."

"때가 되믄 아부지 성을 따라서 장 머시기가 돼야 허겄제잉."

"지는 궁복이 좋그만요. 활이 복을 갖다줄 것인께요. 하하하."

"그럴까? 지달려봐야겄네."

궁복은 십대 중반으로 보이는 정년을 따라갔다. 정년은 궁복 못지않게 키가 크고 눈이 화등잔만 했다. 향리는 활터 갈대움막 사정(射亭)에 앉아서 군사들을 불러 뭔가 지시하고 있었다. 정년이 향리에게 다가가 말했다.

"향리 어르신, 가리포에서 오니라고 늦어분 사람이 있그만요."

"이미 조를 다 짜부렀는디 어처케 들어간다냐? 인자 내년 다음 대회에나 참가해야제."

"내년에는 하루 일찍 와서 지달리겄습니다, 향리 나리."

"활쏘기는 첨부터 끝까정 공평해야 써. 누굴 봐줬다가는 이곳 토족덜이 가만있지 않을 거네."

향리의 말은 사실이었다. 이미 두 명씩 10조가 정해져 궁복이 들어갈 자리는 없었다. 벌써 두 개 조는 사대(射臺) 뒤에서 대기하고 있는 상태였다. 향리가 손짓만 하면 활쏘기 대회가 시작되기 바로 직전이었다. 정년이 안타까운 표정을 지으면서 말했다.

"향리 어르신, 참가는 못 하더라도 연전꾼이라도 시키믄 으쩔께라우?"

"연전꾼?"

과녁 뒤에 피해 있다가 화살을 줍고 명중을 알리는 노비를 연전꾼이라고 불렀다. 향리가 궁복을 바라보았다. 위험한 일일 뿐더러 연전꾼이란 노비들이 하는 일이기 때문이었다. 그러나 궁복이 망설이지 않고 말했다.

"시합은 못 허드라도 연전꾼이라도 험시로 구경허겠습니다."

"지형을 익혀두믄 다음 대회에 도움이 될 것이네."

향리가 미안한 듯 고개를 주억거리며 말했다. 그러자 정년이 앞장을 서서 과녁이 있는 곳으로 갔다. 과녁 뒤에는 흰 손 깃발을 든 노비 한 명이 대기하고 있었다. 정년이 말했다.

"내가 아는 분이네. 잘 모시게."

"예. 근디 연전꾼 허실 분은 아닌 것 같그만요."

"연전꾼이라니, 말을 조심허게. 날아온 화살덜 중에 부실헌 것을 검사하러 온 분이네."

"워메, 그러시그만요."

정년은 곧 사대로 돌아갔다. 그러자 연전꾼 노비가 궁복에게 말했다.

"저짝에서 흐건 기가 올라오믄 화살이 날아와라우. 긍께 과녁 뒤에 앉아겨셔야 해라우."

과녁은 두 개였다. 사대에서는 한 사람씩 자기 순서에 따라서 활을 들었다. 다섯 발을 쏘면 1순(巡)이라고 하는데 대회 참가자들은 2순, 즉 열 발을 쏘았다. 그리고 연전꾼은 두 개 조가 시합을 마칠 때마다 과녁 주변에 떨어진 화살을 수습해서 사대를 감독하는 군사에게 반납했다.

이윽고 사대 뒤에 있던 감독군사가 흰 손 깃발을 흔들며 소리쳤다. 1조의 참가자가 활을 쏘기 시작했다. 긴장한 탓에 두 명의 참가자는 호흡을 고르지도 않고 2순을 급하게 날렸다. 과녁에서 나온 연전꾼이 흰 손 깃발을 네 번씩 흔들며 명중을 알렸다.

"니 발 명중이요!"

두 사람은 각각 네 발을 명중했다. 두 참가자 모두 여섯 발은 과녁 옆으로 날아가고 말았다. 10점 만점에 4점이니 실력이 신통찮은 참가자들이었다. 연전꾼이 수습한 활을 들고 와 사대 감독군사 앞에 놓았다. 향리가 감독군사에게 다가가 말했다.

"바람 땜시 명중률이 낮은가?"

"이 정도 바람은 늘 있그만요. 첨 참가허는 초짜덜인 거 같그만요."

"허긴 바람을 감안해서 쏴야 고수라고 헐 수 있겄제잉."

연전꾼은 벌써 과녁 뒤로 숨어 보이지 않았다. 2조는 더 못했다. 한 사람은 세 발을 명중했고, 한 사람은 열 발을 모두 과녁 너머로 보내버렸다. 관전하고 있던 향리가 혀를 찼다.

"올해는 기대헐 것이 읊그만. 쯧쯧쯧."

3조가 사대에 서 있는 동안 만덕산 쪽에서 하늬바람이 더거세게 불어왔다. 이런 날은 아무리 바람의 방향과 세기를 감안한다고 하더라도 명중률이 낮아질 수밖에 없었다. 명중률이 저조하면 대기하고 있는 참가자들의 사기가 떨어졌다. 그래서인지 이후 4조, 5조도 마찬가지였다. 할 수 없이 향리가 사대 감독군사를 불러 시합을 중지시켰다.

"안 되겄네. 바람이 쪼깐 잦아지믄 재개허게."

"예, 향리 나리."

시합을 잠시 중지하겠다는 군사의 말을 듣고 온 연전꾼이 궁복에게 전해주었다.

"바람 땜시 오전을 넘길 모냥입니다요."

"정말이여?"

"감독군사님의 말을 시방 듣고 왔그만요."

"오후 배로 가야 허는디."

궁복은 오후에 추자도 가는 장삿배를 타고 가리포로 돌아가려고 했다. 가리포 치소 향리를 찾아가 군사가 되려고 했기 때문이었다. 가리포 향리는 대구소 활쏘기 대회 성적을 보고 군사 채용 여부를 결정하기로 했던 것이다. 물론 대회에 참가를 못 했으니 군사가 될 자격이 없어져 버렸지만, 그래도 이실직고하고 통사정은 해볼 셈이었다. 궁복의 활 솜씨는 가리포에서 모르는 사람이 없을 정도였던 것이다.

향리의 결정대로 활쏘기 대회는 오후로 미루어졌다. 그러나 오후에도 하늬바람은 잦아들기는커녕 오히려 더욱 종잡을 수 없이 불었다. 바람은 탐진바다를 건너오는 하늬바람이었다가 여계산을 넘어오는 북풍으로 돌변했다. 그래도 대구소 향리는 섬에서 온 참가자들을 배려하여 시합을 속행했다. 섬 출신들은 오후 늦게라도 돛배 등을 타고 돌아가야 했다.

오후에 10조에서 시합을 포기하는 참가자가 나왔다. 연전 꾼이 궁복에게 알려주었다. 아마도 섬에서 온 참가자임이 분명했다. 궁복은 순간 갈등했다. 그 자리에 들어가면 시간상 가리포 가는 장삿배는 탈 수 없었다. 그때 정년이 궁복에게 잰걸음으로 와서 말했다.

"포기헌 참가자가 있는디 으쩔라우?"

"6조라믄 몰라도 10조는 안 되겄는디. 가리포로 돌아가야 헌께 말이여."

"아따, 성님. 하룻밤 우리 집에서 자믄 되지라. 시합헐라고 온 것이 아니요. 긍께 참가해 부씨요. 바람이 불어서 쪼깐 신경은 쓰이지만 말이요."

"그럴까? 이런 바람은 아무것도 아니여. 요런 때에 화살을 쏴야 진짜 실력이 나오제."

궁복은 생각을 바꾸어 정년을 따라갔다. 다행히 바람은 더 거세지지는 않았다. 조금 전까지만 해도 과녁 앞에서 흙먼지를 일으키던 바람이 살랑살랑 불었다. 정년이 갈대움막 사정에 앉아 있는 향리에게 말했다.

"향리 어르신, 10조에서 한 사람 빠졌는디 그 자리에 들어가믄 으쩔께라우?"

"자네는 몇 조인가?"

"지는 9조그만요."

"고로코름 허게."

궁복은 10조에서 한 참가자가 빠져나간 자리로 들어갔다. 장삿배를 놓치더라도 정년의 집에서 하룻밤 신세를 지고 내일 떠나면 될 것 같았다. 바람이 순해진 덕분에 6조 이후부터는 오전 조와 달리 참가자들의 명중률이 조금씩 나아졌다.

9조에 든 정년은 사대에 올라가서 활을 잡았다. 그는 처음 세 발은 과녁 위와 옆으로 넘겨버렸고, 나머지 일곱 발은 명중을 시켰다. 궁복은 정년 바로 뒤에서 연전꾼이 명중이라고 흰 손 깃발을 흔들 때마다 고개를 끄덕거렸다. 정년의 활 쏘는 자세는 다른 참가자들과 달랐다. 정년의 팔과 화살촉은 과녁 중간 지점과 일직선상이었다. 체구가 짱짱하고 완력이 센 사람만이 취할 수 있는 자세였다. 과녁 위를 조준해서 활을 쏘는 참가자는 팔이 가늘고 체구가 왜소한 사람들이었다.

마지막인 10조의 차례가 왔다. 궁복은 사대에 올라 활과 화살을 들고 심호흡을 했다. 또 한 참가자도 긴장한 얼굴로 사대에서 과녁을 가늠하고 있었다. 궁복의 자세는 정년과 흡사했다. 화살촉이 과녁의 중심을 향했고, 화살은 순식간에 번개처럼 과녁으로 날아가 돌멩이가 부딪치듯 퍽! 소리를 내며 명중했다. 놀랍게도 열 발 모두 과녁의 중앙에 꽂혔다. 과녁 중앙을 맞히면 따로 관중(貫中)이라고 부르기도 했다. 향리가 놀란 듯 사정에서 내려왔다. 점수를 매길 필요도 없이 우승은 궁복의 몫이었다. 향리가 말했다.

"오늘은 자네를 위한 날인 거 같으네. 가리포에서 왔다고 했등가?"

"예, 향리 나리."

"몇 년 만에 열 발 관중이 나왔네. 축하허네."

상은 3등까지만 주었다. 1등은 궁복이었고, 2등은 정년, 3등
은 여섯 발을 맞춘 세 사람에게 공동으로 돌아갔다. 1등은 부상
으로 쌀 한 가마니와 토기, 2등은 보리쌀 한 가마니와 토기, 3등
은 옥수수 한 포대와 토기가 주어졌다. 시상식이 끝나자마자 활
터는 순식간에 텅 비었다. 북적거리던 참가자들이 어디론가 흩
어져 버렸다. 때마침 회오리바람이 나타나 활터는 과녁이 희미
하게 보일 정도로 흙먼지가 일었다. 궁복이 쌀 한 가마니를 덥석
둘러메자 정년이 말했다.

"성님, 우리 집으로 가서 묵지라우."

"내가 잘 방은 있는가?"

"빈방이 있응께 권했지라우."

"고맙네."

"냇가 질을 따라 한참 올라가믄 토기가마덜이 보이는디 거
그 마실에 우리 집이 있그만요."

궁복은 정년을 따라 큰 냇가 둑길을 걸었다. 정년은 부상으
로 받은 보리쌀 한 가마니를 둘러멘 채 한 손에는 토기 꾸러미를
들고 있었다. 큰 내를 따라 5리쯤 올라가자 물길이 두 갈래로 갈
라졌다. 팽나무가 우뚝한 산길 초입부터는 숲 그늘이 음음한 자
드락길이었다. 자드락길을 넘어가자 또 개울이 나타났다. 정년

의 집은 개울물이 합수하는 오른쪽 작은 냇가에 있었다. 마을의 초가들은 남향받이로 완만한 산비탈에 옹기종기 붙어 있었다. 기와집은 마을 중간의 고샅길 끝에 단 채만 있을 뿐 모두가 초가들이었다. 움막처럼 고만고만한 초가들이 기와집 한 채를 에워싸고 있는 모습이었다.

토기가마

방은 동굴처럼 어두컴컴했다가 새벽빛이 동창으로 투과해 들어오자 환해졌다. 궁복은 아랫목에 우두커니 앉아서 날이 새기를 기다렸다. 어제 밤늦게 잤지만 잠자리가 바뀐 탓인지 꼭두새벽에 눈을 뜨고 말았던 것이다. 조그만 동창을 들어 올리자 찬 공기가 방 안으로 쏟아져 들어왔다. 밖에는 새벽의 푸른빛이 밀물처럼 일렁이고 있었다. 오줌을 참고 있던 궁복은 방 밖으로 나와 헛간을 찾았다. 헛간 문인 거적때기를 들추자 소변통인 토기항아리가 보였다. 궁복은 오줌을 남김없이 쏟아내고는 진저리를 쳤다.

궁복은 방으로 들어와 눈을 감고 아랫목에 누웠다. 토막 잠이라도 잘 생각이었다. 그러나 이미 잠은 저만큼 달아나 버렸다. 어젯밤에 정년이 들려준 이야기가 두서없이 불쑥불쑥 떠올랐다. 정년은 15세였지만 변성기가 빨리 와서 목소리는 스무 살 청년처럼 우렁우렁했다. 정년의 아버지는 마을의 정씨들에게 '족장님'이라고 불리며 큰 토기가마를 하나 가지고 있는 유지 가운데 한 사람이었고, 정년의 재당숙인 대구소 향리는 마을 한가운데 고샅길 끝의 정원이 딸린 기와집에 살았다.

정년은 대구소 향리에 대해서 이야기를 많이 했다. 토기가 마을 운영하는 아버지보다 재당숙인 향리를 더 존경하는 듯했다. 정년의 꿈은 아버지 정 족장과 확실히 달랐다. 그의 아버지는 가볍고 단단한 토기를 만들어 탐진 땅에서 큰 부자가 되겠다는 것이 꿈이었고, 정년은 대구소 향리처럼 무술을 익혀 장수로 출세하고자 했다.

정년의 집은 마을에서 조금 떨어진 곳에 있었다. 번듯한 초가 네 채가 정년의 집이었다. 본채는 누각처럼 토방 위에 덩실하게 올라 있었고, 또 한 채는 토기를 만드는 노비와 일꾼들이 자는 숙소였으며, 또 한 채는 토기를 쌓아둔 창고였다. 또 다른 움막한 채는 대소변을 보는 헛간이었다. 헛간은 궁복이 잤던 방에서 가까운 곳에 있었다. 정년이 방문을 두드렸다.

"성님, 잘 잤소?"

정년은 어제부터 초면인데도 궁복을 '성님'이라고 부르며 살갑게 다가왔다. 궁복은 그런 정년이 친동생 같았다. 천애 고아였기 때문에 동생을 모르고 살았던 궁복으로서는 정년의 살가움이 더 다가왔다.

"진작에 일어나 부렀네."

방문을 열고 들어온 정년이 손바닥으로 아랫목을 만지며 말했다.

"음마, 아직도 따땃허요잉."

"아칙만 동상 집에서 신세 지고 미산포로 갈라네."

"향리 어르신께서 쪼깐 보자고 헝마요."

"무신 일인디?"

"어저께 성님 활 솜씨를 보고 반헌 모냥이요. 열 발을 다 관중해 부렀응께라우."

"향리 나리를 만나는 보겠네만, 가리포로 가야 헐 일이 있당께."

두 사람은 어제 군불을 지핀 아궁이 솥의 물로 세수를 했다. 아직도 물은 미지근했다. 궁복은 저고리를 벗고 얼굴과 목덜미까지 씻었다. 늦가을 이른 아침 공기가 싸늘했지만 개의치 않았다. 정년이 웃으며 말했다.

"아따, 안 춥소? 냉수마찰 허데끼 씨쳐부요잉."

"향리 나리께 깨깟허게 보일라고 그라네. 글고 땀 냄시가 안 나야제."

정년도 궁복을 따라서 저고리를 벗고 세수는 물론 검붉은 젖꼭지까지 문질렀다. 정년의 체격도 만만찮았다. 뱃살이 널빤지처럼 단단했고, 팔과 어깨의 근육은 옹이들이 박힌 나뭇등걸처럼 울퉁불퉁했다.

"동상은 평소에 어처케 체력을 다지는가?"

"향리 어르신헌테 가끔 검술과 승마를 배우는디 고것보다는 바다에서 헤엄치는 것이 더 재미있어라."

"수영?"

"올봄에는 남당포까정 헤엄쳐서 왔다 갔다 해봤지라. 미산포에서 남당포까지 25린께 왕복이믄 50리는 되겠지라.”

궁복은 정년이 무인으로서 이미 기본 체력은 갖추었다고 생각했다. 탄탄한 몸집은 자신과 엇비슷했고, 어제 보았지만 활 솜씨도 녹록지 않았던 것이다. 게다가 자신이 아직 갖추지 못한 검술과 승마를 익히고 있다니 장성해서는 무인으로 크게 성공할 것 같았다.

향리 정씨 집은 정년의 말대로 마을 한가운데 있었다. 고샅 길을 올라가자 큰 대숲 아래 토기와를 얹은 기와집이 나타났다. 움막 같은 마을 초가들이 한눈에 내려다보이는 곳이었다. 마침 마당에 나와 있던 향리 정씨가 궁복을 맞았다.

“자네를 지달리고 있었네.”

“향리 나리, 잘 주무셨는게라우?”

“자네를 얼릉 만나보고 잪아서 잠을 설쳤네. 하하.”

“아이고메, 그러셨그만이라우.”

두 사람은 향리 정씨의 사랑방으로 들어갔다. 사랑방은 아랫방과 윗방으로 분리되어 있었다. 궁복이 아랫방 윗목에 앉자마자 향리 정씨가 물었다.

“부모님은 가리포에서 무신 일을 허고 겨신가?”

“두 분 모다 지가 에렸을 때 돌아가셨그만요. 마실 사람덜헌테 들은 말인디 원래는 뭍에서 사시다가 가리포로 피신해 왔다고 헙니다요.”

“병환으로 돌아가셨능가?”

"부모님 두 분이 괴기를 잡을라고 나갔다가 돛배가 뒤집혀 돌아가셨다고 헙니다요."

"뭍에서 사셨으니 바다를 몰라 변을 당해부렀그만."

"자세헌 것은 모르겄습니다요."

"성씨는 뭣인가?"

"장씨덜이 모여 사는 큰 마실에서 바다를 건너왔다고 헙니다요. 긍께 지는 고로코름 짐작허그만요."

"자네는 장씨가 분명허네. 성을 쓸 일이 있으믄 장씨라고 허게."

향리의 말을 듣고만 있던 정년이 말했다.

"향리 어르신, 성님을 대구소 군사로 쓰시믄 으쩔께라우?"

"대구소는 들어갈 자리가 읎네. 감옥을 지키는 군사도 말뚝 멩키로 나갈 생각이 읎는 거 같네."

향리 정씨는 무를 자르듯 말했다. 미산포에 나가 있는 별장 휘하의 군사와 대구소는 물론이고 감옥을 지키는 군사들이 요지부동이니 여유가 없다는 말이었다. 향리가 그들 모두에게 녹봉을 곡식으로 주고 있으므로 대구소 살림이 벅차다는 말도 덧붙였다. 궁복이 자신의 사정을 솔직하게 말했다.

"지는 가리포 치소 향리께서 여그 대회에서 우승허고 오믄 바로 군사로 받아주겄다고 했그만요."

"진작에 약속헌 모냥이그만."

"예, 향리 나리."

"내 생각인디 자네 같은 명궁이 가리포에서 썩기는 아깝네."

정년이 또 끼어들었다.

"어르신, 방법이 읎을께라우?"

"하나 있기는 허지. 우리 집에 머뭄시로 니 동상에게 활을 갈치다가 내년 봄에 탐진현 치소에서 벌이는 대회에 나가믄 되겄제."

"어르신, 그 방법이 있그만요."

"거그서도 우승허믄 내가 심을 쪼깐 써서 탐진현 치소 군사가 되게 헐 수 있겄제. 으쩔 것인가?"

"나리, 지도 가리포에서 뭍으로 나오고 잪습니다요."

궁복은 망설이지 않고 결정했다. 가리포 향리 밑에서 평생을 촌뜨기 군사로 지내다가 늙어서 물러나기보다는 탐진현 치소를 발판 삼아 더 좋은 기회를 잡아야겠다고 판단했다. 사실 궁복은 탐진현보다 더 큰 대처로 나가 무엇을 하든 간에 가장 먼저 지긋지긋한 굶주림을 면하고 싶었던 것이다.

"시방 방을 하나 내주겄네."

"나리, 청이 하나 있습니다요."

"뭣인가?"

"군사가 될라믄 검술과 승마도 엥간이 헐 줄 알아야 허지 않겄습니까요. 나리께서 틈나는 대로 갈쳐주시믄 으쩌겄습니까?"

"그야 에럽지 않네. 연이가 배울 때 같이 허믄 되겄제."

향리 정씨가 아들을 큰 소리로 불렀다. 그러자 아들이 금세 사랑방으로 들어와 앉았다.

"앞으로 니에게 궁술을 갈쳐줄라고 가리포에서 오신 분이다. 탐진에서 최고의 명궁이신께 잘 배우고 익히그라."

"예, 아부지."

열 살 남짓한 향리 정씨의 아들은 이목구비가 또렷하고 명민하게 보였다.

"나는 일찍이 서라벌에 가서 군관을 지내다가 왕족덜의 권력투쟁이 눈꼴사나와서 고향으로 돌아와 부렀다네. 근디 요 녀석은 나보다 무재(武才)가 있는 것도 같고, 참을성이 많아 장차 장수가 되어서 못다 헌 내 꿈을 이뤄줬으믄 좋겄네."

"나리 뜻을 영념허겄습니다요."

향리 정씨가 일어나 밖으로 나왔다. 궁복과 정년, 향리의 아들도 뒤따랐다. 향리 정씨가 기와집 왼쪽에 있는 별채의 방 하나를 가리켰다. 별채는 아궁이가 밖으로 드러난 삼간초가였다. 빗자루와 걸레를 든 어린 여종이 별채 방을 청소하려고 종종걸음으로 다가왔다.

"아궁이가 붙어서 따땃허고 아칙 해가 일찍 드는 방이네."

"아이고메, 고맙습니다요."

"아칙 끼니가 늦었네. 온아, 안방으로 안내허그라. 나는 시방 대구소에 가봐야 헌게 함께 못 허겄다."

마당에는 벌써 말구종이 튼실한 말을 끌고 와 있었다. 말구종이 말고삐를 잡고 있는 동안 향리 정씨가 날렵하게 말 등에 올라탔다. 토실토실한 말 엉덩이가 천개산을 넘어온 아침 햇살에 번들거렸다. 마을은 천개산 산자락을 등지고 있어 아침 해가 늦었다.

궁복은 정년과 함께 정씨 아들을 따라 안방으로 들어가 아침상을 받았다. 향리 부인은 보이지 않았고 늙은 여종이 부엌을 들락거렸다.

"지는 정온이라고 허그만이라우."

"활은 쏴봤는가?"

"아니요. 지금까정 아부지헌테 글만 배왔그만이라우."

"온이는 인자 활쏘기도 배와야 헐 때가 됐어. 첨부터 자세를 잘 익혀부러야 솜씨가 나오는 법인께 찬찬히 배우그라잉."

"예, 성님."

정년의 말에 어린 정온이 들고 있던 수저를 놓은 뒤 대답했다. 궁복은 아침상을 물리고 나서 별채 방으로 들어가 쉬었다. 정씨 부인이 시킨 듯 노비 하나가 와서 군불을 지폈다. 연기가 방 안으로 스며들었지만 견딜 만했다. 궁복은 자신도 모르게 코를 골며 잠이 들어버렸다. 점심 전, 정년이 와서야 잠에서 깨어났다. 어제 활쏘기 대회에서 부상으로 받은 쌀 한 가마니와 토기를 정년이 들고 왔기 때문이었다. 어린 정온은 궁복의 활을 호기심이 가득 찬 눈으로 이리저리 보고 있었다. 정년이 말했다.

"성님, 여그 잠잘라고 와부렀소?"

"사실은 간밤에 잠을 아조 쪼깐밖에 못 자부렀네."

"잠은 밤에 자불고 토기를 어처케 맹그는지 한번 볼라요?

시안이 오기 전에 가마 불을 땐다고 형마요."

"한번 보고 잪네. 가리포에서도 봤네만."

"가리포에서 맹그는 것하고는 아조 다르지라."

"참말이여?"

"거그서는 땅바닥 구뎅이에 장작을 쌓고 불을 때지만 여그서는 너구리멩키로 생긴 토기가마 속에 기물들을 넣고 굽는당께요."

궁복은 토기 굽는 과정이 가리포와 어떻게 다른지 궁금했다. 가마라는 말을 가끔 듣곤 했지만 실제로는 한 번도 보지 못했던 것이다. 정년의 아버지 정 족장이 애지중지하는 토기가마는 마을에서 조금 떨어진 산기슭에 있었다. 토기가마만 있는 것이 아니라 노비와 일꾼들의 작업실인 동막도 있었다. 정년이 동막을 지나치자 노비가 다가와 말했다.

"굴에 재임은 메칠 뒤에 헐 것입니다요."

"가마 쪼깐 볼라고 왔네."

노비는 가마를 굴이라고 불렀다. 재임이란 말린 토기를 가마 속에 넣는다는 말이었다.

"이번에는 몇 점이나 재임허는가?"

"지는 모르지라우. 토기장님이 아시겠지라우."

노비는 허드렛일을 하거나 주로 잔심부름을 했다. 그러니 가마 운영의 자세한 내용은 모를 수밖에 없었다.

"토기장님은 동막에 겨신가?"

"토기장님도 불대장님도 낼 아칙에 올 것입니다요."

정년은 토기장이나 불대장에게 존댓말을 썼다. 그들의 신분은 천민이 아니었다. 마을에 사는 양민들인데 눈썰미와 손재주가 뛰어나 토기장과 불대장을 맡고 있었다. 동막에는 현재 거내꾼만 일하고 있는 중이었다. 토기장이 성형한 토기에 새끼줄이나 삼베로 무늬를 만들거나 말리는 사람을 거내꾼이라고 불렀다. 거내꾼 역시 마을 사람 양민이었다. 토기를 만드는 동안에는 토기장 한 명, 거내꾼 두 명, 질꾼 두 명, 불대장이라고 부르는 화장(火長) 한 명이 동막에서 합숙한다고 정년이 말했다. 합숙하는 이유는 밖에서 짐승을 도살하는 등 부정을 타지 않기 위해서였다. 궁복은 여러 사람이 동막에서 일한다는 것을 알고 놀랐다.

동막 뒤 처마 그늘에는 이미 만들어놓은 토기들이 가득 널려 있었다. 크기는 물론 종류도 다양했다. 큰 항아리 뚜껑으로 쓰이는 소래기, 술떡을 찌는 시루, 숯을 넣는 화로, 밥통, 젓갈단지, 조롱박 모양의 술병, 물동이, 약탕관, 주전자, 심지어는 숟가락까지 있었다. 궁복이 활쏘기 대회에서 부상으로 받은 엇비슷한 모양의 술병과 주전자도 보였다.

그런데 궁복을 더 놀라게 한 것은 가마의 크기였다. 반지하 형태의 가마 길이가 자신의 걸음으로 스무 걸음이나 되었다. 가마는 산비탈에 얹혀 있듯 완만하게 올라간 오름 형태였다. 가리포에서 보았던 것과는 판이하게 달랐다. 가리포의 노천 가마는 둥그런 구덩이에다 기물을 차곡차곡 쌓은 뒤 장작불을 피웠던 것이다.

"동상, 요런 가마가 여그 말고도 또 있는가?"

"몇 군데 있지라. 근디 우리 집 가마가 젤로 크지라."

"그러고 봉께 정년이 집은 아조 부자그만."

"쩌그 천변 아래 논밭은 토기를 팔아 모다 사들였지라."

"장사는 누가 허고?"

"장사꾼덜이 찾아와서 미리 주문을 허그만요. 아부지가 대처를 돌아댕김시로 장사허시지는 않지라. 아부지는 자존심이 엄청 쎄시지라. 토기를 팜시로도 굽신거리는 겡우가 읎지라."

"양민이든 천민이든 굶지 않고 잘 사는 것이 중허겄제잉."

궁복은 토기를 팔아 논밭을 사들였다는 정년의 말을 가슴에 담았다. 바다로 나갔다가 풍랑을 만나 아버지처럼 물귀신이 되지 않고 뭍에서 잘 사는 방법을 하나 자신의 눈으로 직접 목격했기 때문이었다.

궁복은 가마 안으로 들어가 보기도 했다. 불을 들이는 아궁이 봉통이 있고, 토기를 소성하는 자리인 길쭉한 계단들이 몇 개가 있었다. 아마도 계단들은 지형이 산비탈이기 때문에 토기들을 재임하기 위해 평평하게 다진 것 같았다.

"기물도 올려놓고 온도를 올릴라고 계단 모냥으로 맹글었을 것이라고 불대장님이 말허대요."

불길이 계단 모양의 불턱을 타고 올라가면서 온도가 올라간다는 말이었다. 정년은 또 높은 온도에서 구워진 토기는 방수가 되고 금속처럼 단단하기 때문에 장사꾼들이 자기 집을 찾아 와서 입도선매한다고 말했다. 궁복은 가마 안에서 고개를 크게 끄덕거렸다. 그런데 궁복이 가마 밖으로 나왔을 때 노비가 고개를 돌리며 웃었다. 가마 안의 검댕이 궁복의 얼굴에 군데군데 묻어 우스꽝스럽게 보였던 것이다.

궁복의 꿈

꼭두새벽부터 쌀가루 같은 가랑눈이 얌전하게 내렸다. 어제까지 그악스럽게 휭휭하던 삭풍은 잠잠했다. 며칠 동안 푸나무들을 흔들면서 사납게 불더니 제풀에 꺾였다. 가랑눈은 아침 해가 뜨자마자 오는 둥 마는 둥 여우눈으로 바뀌었다. 손이 곱을 정도로 추운 날씨였지만 그래도 거친 삭풍이 없으니 활쏘기 연습은 할 수 있었다. 향리의 아들 정온이 별채 방 앞에서 말했다.

"눈이 그짓말멩키로 오그만이라우."

"오늘은 오전만 쏴야겄다. 대구소 가는 날인께."

"큰 가마집 성도 가지라우?"

정온은 정 족장의 집을 '큰 가마집'이라고 불렀다. 마을에서 가장 큰 토기가마가 있기 때문이었다. 다른 집의 가마는 높이가 낮아 안으로 들어가서는 기어다니다시피 했지만 규모가 큰 정 족장의 집 가마는 허리만 조금 숙이면 되었고, 무엇보다 쌀독 같은 대형 항아리 등을 구울 수 있었다.

"정년이와 항시 같이 댕기다 본께 인자 성제멩키로 돼부렀다."

"아부지께서도 그랬어라우. 바늘허고 실 같다고라우."

"하하하."

"몬자 가서 활터 눈을 치우고 있을께라우."

"해가 떴응께 곧 녹아불겄다야."

정온은 활터로 먼저 갔고, 궁복은 벽에 걸어둔 활을 내려 활줄을 몇 번 당겨보았다. 겨울에는 활줄이 수축되어 더 팽팽했다. 활통에 화살도 연습용으로 챙겨 넣었다. 화살은 삭풍이 심해 습사(習射)를 못 한 날에 묵은 시누대로 만들어놓은 것들이었다. 시누대는 활터 주변에 지천으로 자생했다. 화살은 누렇게 변색한 묵은 시누대를 잘라 만들었다.

활터는 마을 위 양지바른 곳에 있었다. 활터의 사대와 과녁 둘레는 정온이 싸리비 질을 해 언 땅바닥이 드러나 보였다. 그러나 사대와 과녁 사이에는 살짝 덮인 살눈이 그대로 있었다. 궁복이 활에 화살을 얹었다.

"온아, 잘 보그라. 니는 아직 팔뚝 심이 읎응께 요로코름 과녁 우를 보고 쏴야 헌다."

궁복이 활줄을 잡은 팔의 힘을 빼고 과녁을 향해 쏘았다. 그러자 화살은 포물선을 그리며 느리게 날아갔다. 관중은 안 됐지만 과녁의 가장자리를 가까스로 맞혔다. 어린 정온을 배려해 사대와 과녁의 거리를 조금 좁혀 놓았지만 궁복도 매번 관중하지는 못했다.

"인자 온이 쏴보그라."

"과녁이 가차와도 에러워라우."

"이삼 년 후가 되믄 니도 어른덜허고 겨룰 수 있을 거다."

정온은 궁복의 격려에 신바람이 났다. 아버지 향리 정씨는 서라벌에 간 뒤 몇 년 만에 고향으로 돌아오고 말았지만 정온은 이름을 날리는 장수가 되고 싶었다. 실제로 정온은 어린 나이답지 않게 습사를 게을리하지 않았다. 궁복의 기대를 저버리지 않고 하루 한 차례씩 활쏘기를 끈기 있게 연습했다. 눈보라가 몰아치는 날에도 습사를 하려고 나섰다. 그만큼 의욕과 집중력이 뛰어났다. 습사가 끝나면 고개를 갸웃거리며 궁복에게 이런저런 질문을 많이 했다.

"우리 집에서 올 시안을 지내고 활쏘기 대회에 나간담시로요?"

"시합에 나갈라고 니 집에 살고 있제."

"아부지가 그라신디 거그서 우승허믄 군사가 되고, 또 서라벌에 갈 수도 있다고 허든디 사실인게라우?"

"맞는 말씸이여. 뭣 헐라고 물어보냐? 니도 그라고 잪은 모냥이구나."

"지도 이삼 년이나 삼사 년 후에는 참가헐라고라우."

"참가헌 뒤에는?"

"서라벌에 가서 낸중에 장수가 돼야지라우."

"온이는 시방 습사허데끼만 계속 헌다믄 꿈을 이룰 수 있을 거 같다야."

"근디 아재 꿈은 뭣인게라우?"

"치소 시합에서 우승허는 것이제."

"군사가 될라고라우?"

"당장에는 고것이제. 근디 굶주리는 사람덜까정 구헐라믄 군사가 되는 것만으로는 안 될 거 같다야. 정년이 아부지를 본께 토기 장사를 아조 잘허고 사시드라."

"그라믄 아재도 토기 장사가 꿈인게라우?"

"비빌 언덕이 읎는디 맨손으로 뭣을 해보겄냐. 일단 내 입부터 해결허고 그다음 생각을 해볼란다. 정년의 집에 여러 사람덜이 밥 시끼 걱정 읎이 묵고 살든디 그게 좋아 보이드라."

궁복의 꿈은 미산포에 온 뒤로 변했다. 당장의 목표는 탐진현 치소의 군사가 되는 것이었다. 그런 뒤에는 정년의 집에서 보았던 것처럼 장사를 잘해서 자신은 물론 여러 사람들을 굶주리지 않게 하는 것이 그의 꿈이었다.

해가 눈구름 속으로 들어가 버리자 여우눈이 그쳤다. 어린 정온은 손이 곱아 활줄을 잡아당기는 데 애를 먹었다. 궁복이 정온의 손가락을 보고 있다가 말했다.

"온아, 오늘은 그만허자. 니 실력이 많이 늘어분 것 같다야."

"날이 추와서 손구락을 구부리기도 심들그만요."

정온은 10순 중에 반쯤을 과녁에 명중시켰다. 활을 쏘는 자세와 집중력이 좋았기 때문이었다. 궁복은 늘 정온의 태도에 만족했다. 정온은 싸락눈이 내리는 날에도 군소리 없이 활쏘기에만 집중했던 것이다. 어느새 하늘은 온통 시래기 빛깔로 변해버렸다. 그러자 천개산 산자락들이나 활터도 어둑한 산 그림자가 드리웠다.

궁복은 점심 끼니 직후 정년과 함께 대구소로 향했다. 말고삐는 정년이 잡았다. 정년의 집에서 기르는 말이었다. 말은 두 사람을 태우고도 전혀 힘들어하지 않았다. 산길을 경중경중 잰걸음으로 나아갔다. 응달 산길에서 한 번 헛디뎠을 뿐, 튼실한 말은 힘이 넘쳤다. 대구소가 보일 즈음에야 정년이 말했다.

"성님은 검술도 승마도 타고났어라우."

"뭣이라고? 무재를 타고 난 사람은 동상이여."

"지가 헌 말이 아니어라우. 향리 어르신께서 탐진현에서 살기에는 아까운 사람이라고 허드라고요."

"여그서도 살기 심든디 내가 으디로 가겠는가?"

"지는 서라벌로 가고 잪어라. 성님도 같이 가지라."

"서라벌에서 출세헐라믄 줄이 있어야 허는 것이여."

"긍께 실력으로 버텨야지라. 개천에서 용 난다고 허드그만요."

"진골 성골이 판치는디 그 틈바구니를 어처케 파고들겠냐? 향리 나리께서도 서라벌에서 애만 쓰다가 돌아오신 거란 말여."

"성님, 그래도 지는 서라벌에 가볼라요. 성님은 여그서 토기 장사허고 잪은 모냥이지만."

"동상은 내 맴을 환히 보고 있그만잉."

"하하하. 지는 성님 오장육부를 다 보고 있지라."

48

대구소 검술훈련 공터에는 마을 장정들이 삼삼오오 화톳불을 피워놓고 곱은 손을 녹이고 있었다. 말에서 먼저 내린 궁복이 그들에게 다가가 한마디 했다.

"불을 꺼불게. 나리께서 보시믄 야단을 치실 텐께."

"알겠그만요."

장정들은 궁복의 말을 순순히 따랐다. 작년 늦가을 활쏘기 대회에서 1등을 한 데다 체구가 그들을 압도했으므로 아무도 어깃장을 놓지 못했다. 검술훈련 공터에는 갈대로 엮은 사람 형상의 허수아비들이 세워져 있었다. 칼을 휘두를 때 실전처럼 훈련시키기 위해 만들어놓은 허수아비들이었다.

대구소 향리는 장정들에게 직접 검술을 가르쳤다. 그 이유는 탐진바다까지 들어와 노략질하는 당구들을 막아내기 위해서였다. 당나라 해적인 당구들은 계절풍을 타고 몰래 잠입해 바닷가 사람들을 납치해 가거나 분탕질을 했다. 바닷가에서 갯것으로 연명하는 보자기들의 피해가 컸다. 붙잡힌 뒤 당인(唐人)들의 노예로 팔려 가기 일쑤였던 것이다.

재작년 봄이었다. 당구들이 대낮인데도 탐진바다 깊숙이 계절풍을 타고 미산포까지 들어왔던 것이다. 그러나 미산포 별장이 기지를 발휘해 당구들을 격퇴했으므로 대구소와 미산포 군사와 장정들의 사기가 한껏 올랐던 사건이었다. 그때 대구소 향리에게 무술훈련을 받고 있던 마을 장정들까지 급히 나섰는데, 당구 배 세 척이 미산포에 닻을 내리려다가 도망쳤던 것이다. 별장의 용의주도한 작전의 결과였다. 별장은 검술훈련용 허수아비들을 가져오게 했다. 그런 뒤 활처럼 구부러진 미산포 양쪽에 경계군사처럼 세우고서 당구들을 미산포 안쪽으로 유인했다. 별장은 두 척의 돛배에 장정들을 잠복시키고 나서는 당구들이 다가오기를 기다렸다. 별장이 장정들에게 신신당부했다.

"내가 불화살을 쏠 때까정 아무도 화살을 쏘지 말어야 헌다잉."

"예, 별장님."

예상한 대로 당구들은 허수아비들이 군사들인 줄 알고 그쪽을 피해서 미산포 안쪽으로 한 척씩 들어왔다. 별장은 당구의 배 한 척이 돛배 가까이 접근하자 불화살을 날렸다. 그러자 선두의 당구 배가 뱃머리를 돌렸다. 그때를 놓치지 않고 별장이 또 불화살을 당겼다. 그러자 선두의 당구 배에 불이 붙었다. 때마침 불어오는 계절풍인 마파람에 불이 돛으로 옮겨붙더니 불길은 순식간에 당구 배의 이물과 고물로 번졌다. 당구들이 배에서 뛰어내리자 오른쪽의 돛배에 타고 있던 장정들이 쫓아가서 화살을 날렸다. 왼쪽의 돛배에서 칼을 들고 있던 장정들은 살려고 허우적거리는 당구들의 목을 쳤다. 미산포바다에 핏물이 번졌다. 그제야 두 척의 당구 배는 탐진바다 너머로 도망쳤다.

별장은 돛배를 타고 싸웠던 장정들을 점고했다. 사상자는 한 사람도 없었다. 사기가 오른 군사와 장정들은 별장에게 하소연했다.

"별장님, 쫓아가서 해적덜을 모다 읎애부러야 했는디 아숩그만요.”

“우리덜이 당구덜을 격퇴헌 것은 천운이여. 아숩드라도 으
쩌겠냐. 당구덜은 백병전에 능헌께 우리가 추격했다가는 되치
기를 당헐 수도 있는 것이여.”

“저 도적놈덜이 백병전에 능허드라도 우리는 사기가 올라
하나도 무서울 것이 읎지라우.”

“전술이란 과유불급, 지나치믄 낭패를 볼 수 있는 벱이여.”

“별장님 아니믄 우리가 어쳐케 싸울 수 있겄습니까요. 그러
고 봉께 별장님 공이 젤로 크그만요.”

“그래도 당구덜이 밤에 또 올지 모른께 오늘은 긴장허고 있
어야 써.”

“그럴께라우?”

“배 한 척을 잃어부렀은께 보복헐라고 올지 모른께.”

별장의 지시에 따라 군사와 장정들은 미산포를 떠나지 않
고 경계했다. 그러나 아무런 일도 일어나지 않았다. 탐진현 치소
에 출장 갔던 대구소 향리가 오후 늦게 미산포를 찾아와 별장을
격려했다.

“별장, 큰일 날 뻔했그만. 큰 상을 곧 내리겄네.”

“향리 나리께서 평소에 장정덜을 불러 모아 훈련을 시킨 덕
분이그만요. 군사덜은 말헐 것도 읎고라우.”

“서라벌 왕실에 보낼 토기덜이 미산포 창고에 가득 쌓였는
디 참말로 다행이네.”

초저녁에는 정년의 아버지 정 족장도 미산포로 달려왔다. 대구소 향리에게 정 족장이 감사를 표했다.

"동상, 참말로 고맙그만. 근디 당구덜이 알고 왔을까?"

"족장님, 창고에 토기덜이 있는 줄 알고 왔는지도 모르겠소. 별장이 그런디 해적덜이 미산포를 환히 꿰뚫어 보고 있는 것 같다고 허드라고요. 여그서 잡혀간 보자기덜이 알려줬겠지라."

"향리 동상, 어차든지 내가 조만간에 특식을 내겠네."

"성님은 그럴 만허지라. 창고에 있는 토기덜이 대부분 성님 가마에서 나온 것인께."

"맞네. 군사덜이나 장정들에게 특식을 마련해 주어도 아깝지 않을 것 같네."

"경상도 해안에 왜구덜이 아조 가끔 나타난다고 허요. 허나 배도 시원찮고 뱃길도 모르는 왜구덜이 여그까정 오기는 아직 멀었지라. 당장의 골칫거리는 우리 바다에서 도적질허고 댕기는 당구덜이지라."

향리 말대로 그때까지만 해도 왜구들이 탐진바다에 나타나는 일은 없었다. 왜구들에게는 탐진바다까지 올 만한 배도 없었고, 북극성이나 별자리를 보고 항해하는 방법을 알지 못했기 때문이었다.

반면에 탐진 사람들은 왜구들에게 없는 큰 풍선(風船)에 토기를 싣고 흑수(黑水)나 황수(黃水)바다를 자유자재로 다녔다. 그만큼 항해술이 뛰어났던 것이다. 장사하는 정 족장 같은 사람도 흑수바다를 건너 당나라까지 다녀온 적이 있을 정도였다.

이윽고 대구소 향리 정씨가 검술을 가르치기 위해 나타났다. 향리는 초보 장정들에게 목검을 하나씩 나눠주었다. 그런 뒤 정년이 초보 장정들을 기본자세부터 반복해서 훈련시키도록 했다. 정년은 초보 장정들을 야무지게 다잡았다.

"검술의 기본은 상하로 내려치기 허는 것이여. 목검을 머리 우로 올렸다가 땅바닥으로 번개치데끼 빠르게 쳐야 써!"

향리는 겨우내 훈련해 온 궁복과 두 명의 장정들에게는 실제로 긴 칼을 들게 했다. 향리가 먼저 시범을 보였다. 갈대로 만든 허수아비는 눈 깜짝할 사이에 양팔부터 베어지고 목과 배가 잘려나갔다. 칼에 벤 자리는 지저분하지 않고 깔끔했다.

"검술은 속도여. 능헌 고수일수록 속도가 빠르제."

정년은 초보 장정들을 가르치고 난 뒤에야 칼을 들고 허수아비를 베었다. 향리는 정년과 궁복의 칼 솜씨를 보고 나서 고개를 끄덕거렸다. 큰 체구에서 나오는 힘이 남달랐다. 칼을 휘두르는 순간 휙휙 바람 소리가 났다. 향리 정씨가 궁복에게 칭찬의 말을 했다.

"활 못지않게 칼도 잘 다루네 그랴. 쬐끔만 더 훈련허믄 탐진에서는 겨룰 자가 읎을 것이네."

"나리 덕분입니다요. 근디 칼 솜씨는 지보다 정년이가 더 나아라우."

"지는 성님보다 칼을 다룬 지가 한두 해 빨랐을 뿐이지라."

궁술은 궁복, 검술과 수영은 정년이 앞선 것은 사실이었다. 그렇더라도 대구소 향리 눈에는 두 사람 모두 탐진을 지킬 든든한 울타리로 보였다.

"어차든지 궁복과 정년이 있는 한 당구 걱정은 헐 필요가 없겠네."

"나리께 배운 검술로 반다시 탐진바다를 지키겠습니다요."

"나는 이미 늙어가고 있네. 젊은 자네덜이 당구가 출몰허지 않는 깨깟헌 탐진바다를 맹글어주게."

궁복은 탐진바다를 깨끗하게 해달라는 향리 정씨의 당부를 가슴에 담았다. 허수아비를 또 베고 나자 이마에 땀이 솟았다. 정년도 마찬가지였다. 땀을 닦으며 정년이 말했다.

"성님, 깨깟헌 바다를 맹글어달라는 향리 어르신 말씸이 찡허그만요."

"동상, 나도 그러네. 깨깟헌 바다란 다른 말로 허믄 청해여."

궁복은 몇 번이나 청해(清海)란 말을 중얼거렸다. 탐진바다뿐만 아니라 가리포바다도 청해가 되기를 바랐다. 사실 가리포바다는 탐진바다보다도 당구들이 더 자주 출몰하는 곳이었다. 당구들에게 납치되어 노예로 팔려 가 아직도 생사를 모르는 가리포 사람들이 더러 있었던 것이다. 어부들이 대부분인 가리포에 치소가 생긴 것은 바로 그런 이유 때문이었다. 가리포 치소에 군사를 두고 나서는 당구들의 출몰이 줄어들었던 것이다.

탐진바다 봄바람

봄이 탐진바다 뱃길을 따라 싸목싸목 올라오고 있었다. 꽃샘추위가 물러가면서 어깃장을 놓던 삭풍도 시나브로 순해졌다. 천개산 산자락에 자생하는 동백나무 붉은 꽃들이 어느새 뚝뚝 지고 있었다. 땅바닥에 떨어져 뒹구는 동백꽃 낙화도 붉기는 마찬가지였다. 연둣빛 동박새들이 동백나무 가지 사이로 날아와 노란 꽃술을 쪼며 쓰쓰쓰 우짖었다. 동박새 날갯짓에 동백꽃 서너 개가 땅바닥으로 곤두박질쳤다. 궁복은 작은 동박새들을 한참 동안 쳐다보고 있다가 정년이 다가오자 고개를 돌렸다.

"성님, 거그서 뭣 허요?"

"동백꽃은 필 때나 질 때나 꽃 모냥이 똑같어. 뻘건 색깔도 변함이 읎고. 가리포 동백은 여그보다 더 볼 만허제."

"여그 동백이나 거그 동백이나 뭐 같겄지라."

"어차든지 우리도 동백꽃맹키로 변함이 읎었으믄 좋겄네."

"성님, 걱정 마소. 나는 죽을 때까정 성님을 믿어불고 따를 텐께."

그러나 정년은 말과 마음이 달랐다. 말은 궁복에게 믿고 따른다고 했지만 마음은 궁복의 궁술이 부러워 가끔 질투심이 솟구쳤다. 이러다가 검술까지 궁복에게 뒤지지 않을까 조바심이 들었던 것이다. 그만큼 궁복의 무재는 남다른 데가 있었고 발군이었다.

　　"동상, 근디 현 치소에서 여는 활쏘기 대회 날짜는 정해졌는가?"

　　"향리 어르신헌테 들었는디 메칠 후 연께 잘 준비허라고 헙디다. 그라고 이번에는 말타기 대회도 겸헌답니다."

　　겨울철 검술과 승마훈련은 해동머리에 끝났으므로 대구소에 내려갈 일은 없었다. 궁복은 정년에게 빌린 말을 타고 골짜기 산길을 달리거나 향리 정씨의 개인 활터에서 정온에게 활쏘기를 가르치면서 탐진현 치소의 활쏘기 대회를 기다리고 있던 중이었다.

　　"동상, 쌍계사나 가보고 올까?"

　　"볼 것이 읎어라. 인자 막 터를 잡고 전각을 또 한 채 짓기 시작했응께라."

　　"활쏘기나 말타기 대회에서 실수가 읎을라믄 부처님께 빌어불자고."

　　"그라믄 그래야겄소잉."

　　두 사람은 산길을 타고 천개산 쪽으로 올라갔다. 얼음이 녹은 개울물이 돌돌돌 소리치며 흐르고 있었다. 생강나무 노란 꽃의 향기가 진동했다. 먼저 피어난 오리나무 연둣빛 새잎들은 귀엽고 정겨웠다. 가까이서 사람들의 말소리가 들려왔다. 조금 더 올라가자 정년의 말대로 일꾼들이 한쪽에서는 기둥을 다듬고 또 다른 쪽에서는 축대를 쌓아올리고 있었다.

쌍계사는 두 개울이 하나로 합수하는 산자락에 있었다. 천개산 골짜기에서 발원한 여러 개울물들은 쌍계사 앞에서 만나 탐진바다로 빠져나갔다. 궁복과 정년은 징검다리를 건너 절을 짓고 있는 작업 현장으로 들어섰다. 토기와를 지붕에 얹은 전각이 대웅전이었다. 대웅전 안에는 청동불상이 하나 나무토막 불단 위에 놓여 있었다. 궁복은 엎드려 빌었다.

"시합에서 실수가 읎게 해주씨요."

정년도 소원을 빌었다.

"오늘 우리 가마에서 굽는 토기덜이 잘 나오게 해주씨요."

대웅전을 나온 정년이 말했다.

"성님, 여그까지 왔은께 절 일을 쪼깐 도와줍시요."

"와서 직접 본께 불사가 끝날라믄 십 년도 더 걸리겄그만."

쌍계사의 규모는 초라했다. 대웅전과 띳집 요사채가 전부였다. 새로 짓는 전각은 대웅전 위에 있으므로 천불전이나 극락전이 될 것 같았다.

"그래도 우리가 잠깐이라도 머시기헐 일이 읎을까요?"

"우리가 시방 뭣을 도와주겄는가? 지대로 머시기헐라믄 크게 시주해 부러야제."

"아이고메, 고것은 우리가 출세헌 뒤에야 가능허겄지라."

"동상, 도공덜이 댕김시로 기도허는 절이 될 거 같은께 잊지는 말어."

"지가 어처케 잊어불겄소. 성님도 잘 머시기허믄 잊지 마씨요."

"내 고향은 여그가 아닌디?"

"가리포에는 절이 읎담시로요. 글고 가리포에서 태어나기는 했지만 여그서 어처케 살아갈지 눈을 떠부렀다고 말했은께 여그도 고향이겄지라우."

"동상 말이 맞네. 내 몸이 태어난 곳은 가리포지만 내가 장차 뭣이 되겄다고 다짐헌 곳은 여그 마실이여."

"긍께 헌 말이랑께요."

"방금 쌍계사 부처님헌테 빌었는디 배은망덕해서는 안 되겄제."

정년이 화제를 돌렸다.

"성님, 오늘 우리 집 토기 굽는 날인디 한번 구경해 볼라요? 시안에 맹글었던 기물덜을 올해 첨으로 굽는다고 허그만요."

"얼릉 가보세."

해마다 봄이 되면 정 족장 토기가마부터 불을 때기 시작했다. 아침 일찍부터 미산포 양민들까지 올라와 정 족장의 토기가마 주변은 발 디딜 틈도 없이 북적거렸다. 마을 아녀자들은 가마에서 떨어진 공터에 여러 개의 솥을 걸어놓고 음식 만들기에 바빴다. 어제 잡은 돼지는 이미 삶아져 몸통과 머리가 분리되어 있었다. 노비 두어 명이 삶은 돼지 몸통을 앞에 놓고 살코기를 능숙하게 발라냈다. 돼지머리는 또 다른 노비가 가마 봉통 앞으로 옮겼다. 술독 소래기를 들어 올리자 막걸리의 시큼털털한 냄새가 코를 자극했다.

불대장 최씨가 토기술병에 막걸리를 한가득 담았다. 고사상에 돼지머리와 토기술병, 술떡이 놓이고 흑산도에서 가져와 겨우내 볏짚 속에서 삭힌 홍어가 올라가자 사람들이 봉통 뒤로 몰려들었다. 마치 마을의 공동제사를 지내는 것 같았다. 정 족장이 양민들을 향해서 말했다.

"올해도 우리 탐진에서 좋은 토기덜이 나와불기를 천지신명님께 빌겄소. 그라고 내 가마에 들이는 첫 불이 여러분덜에게 복을 주었으믄 좋겄소. 술과 음석을 푸짐허게 장만했응께 배불리 묵고 가씨오."

토기가마를 가지고 있는 아랫마을 중늙은이 조씨도 양민들 대표로 나서서 말했다.

"참말로 올해는 탐진의 모든 가마에서 최상품덜이 소나기 맹키로 겁나게 쏟아져 부렀으믄 좋겄소. 서라벌은 물론 흑수바다 건너 큰 나라에 많이 폴아부러 부자가 돼붑시다."

박수가 터져 나왔다. 그런데 당나라 사람들에게 토기를 많이 팔지 못하는 것은 탐진 땅에 최상품이 없어서가 아니었다. 당구들의 해적질 때문에 당나라에 함부로 갈 수 없는 것이 가장 큰 이유였다. 시야가 탁 트인 황수바다나 흑수바다를 가로질러 당나라 산동반도나 절강성으로 마음 놓고 가지 못했던 것이다. 위험을 무릅쓰고라도 가려면 신라 땅 해안을 따라서 올라가는 수밖에 없었는데 흑산도, 당진, 연평도를 거쳐 발해만으로 들어가야만 했다. 그것도 안개가 자욱하거나 여름철 장대비가 쏟아질 때는 암초나 섬 사이의 급류를 만날 수 있으므로 안전한 포구에서 기약 없이 기다렸다.

봉통에 불쏘시개와 장작을 가지런히 넣고 있던 불대장 최씨도 한마디 했다.

"바람이 없고 비도 안 와서 날씨가 무자게 좋그만요. 좋은 물건덜이 나왔으믄 쓰겄소."

불대장은 봉통에 불 들이기 전후에는 항상 말수가 적어졌다. 속병을 달고 사는 데다 긴장한 탓인지 말을 짧게 하고는 굵은 장작 몇 개를 봉통 앞으로 옮겼다. 정년이 불대장 최씨에게 말했다.

"성님, 고상이 많그만이라우."

"잘 나와야 헐 것인디."

불대장 최씨가 봉통 불쏘시개 관솔에 불을 붙였다. 이에 정년은 집사처럼 토기잔에 술을 따랐다. 제사 순서로 말하자면 초헌(初獻)이었다. 그러자 정년의 아버지가 고사상 앞에서 큰절을 했다. 그런 뒤 토기잔을 들고 음복한 뒤 가마 위에 술을 공손하게 부었다. 정년은 또다시 토기잔에 술을 채웠다. 아헌(亞獻)이었다. 이번에는 아랫마을 조씨가 큰절을 한 뒤 가마 위에 고수레를 했다. 마지막으로 불대장 최씨가 조씨와 같은 순서로 종헌(終獻)하면서 장작에 붙은 불을 확인했다. 봉통의 참나무 장작불은 순식간에 활활 타올랐다. 소나무는 처음부터 넣지 않고 봉통 안이 뜨겁게 달구어진 뒤에 넣었다.

초봄이라고 하지만 가마 주변은 냉기가 감돌았다. 양민들이 술을 마시면서 곁불을 쬐다가 하나둘 뒤로 물러났다. 시간이 흐를수록 봉통에서는 뜨거운 열기가 훅훅 뿜어져 나왔다. 고사상에서 내려온 돼지머리는 즉시 잘게 잘라져 양민들의 안줏거리가 되었다. 불대장 최씨와 동막에서 며칠 동안 숙식을 함께해 온 이들은 술을 마시지 않았다. 동막 쪽으로 물러나 있던 정 족장이 궁복을 불러 말했다.

"시방 우리 집으로 올랑가?"

"예, 어르신."

궁복은 몹시 궁금하여 봉통 옆에 있는 정년에게 가서 물었다.

"어르신께서 날 부르신디 무신 일일까?"

"모르겄는디라."

궁복은 가마 굴뚝에서 폴폴 솟구치는 검은 연기를 구경하다가 자드락길을 내려갔다. 지게에 진흙을 진 질꾼 두 명이 궁복을 보고 아는 체했다. 모두 초면이 아니었다. 작년에 동막에서 보았던 하씨 성을 가진 마을 사람들이었다. 궁복은 바로 정 족장 집으로 내려갔다.

"어르신, 겨신게라우?"

"들어오게."

정 족장이 궁복을 따로 조용히 부른 것은 이유가 있었다. 현 치소에서 벌어지는 활쏘기 대회를 앞두고 아들 정년의 실력이 어느 정도인지 가늠하고, 또 아들의 장래 꿈이 무엇인지 알고 싶 어서였다.

"우리 마실에서 지낼 만헌가?"

"향리 어르신께서 편허게 대해 주십니다요."

"실은 내가 자네를 부른 까닭이 있네."

"네, 말씸허시지라우."

"자네가 볼 때 아들놈 활 실력은 으쩐가?"

"탐진현 에린 장정덜 가운데서는 으뜸이지라우."

"자네가 친동상맹키로 잘 갈쳐준 덕분일 것이네."

정 족장의 표정이 환하게 밝아졌다. 궁복에게 고맙다는 표 시로 굽이 높은 토기잔을 내밀었다. 술잔에 길쭉한 굽이 달린 것 은 아주 특별한 토기였다.

"내가 애끼는 술잔인디 자네에게 주겠네. 가마 숯불에서 오 래 구운 잔이라 두드리면 쇳소리가 난다네."

"아이고메, 고맙그만요."

정 족장이 일부러 대나무 젓가락으로 토기잔을 툭툭 쳤다. 그러자 토기잔에서 쇳소리가 '땡땡' 하고 났다. 정 족장이 다시 말했다.

"연이 말타기 실력은 으쩐가?"

"말타기도 마찬가지그만요. 다리심이 짱짱헌 말만 만나믄 우승도 가능허지라우.”

정 족장은 궁복의 말을 듣고는 매우 흡족해했다. 궁복 역시 기분이 좋아져 말했다.

“어르신께서는 연이가 뭣이 되기를 바라는디요?”

“나는 원래 연이가 우리 집 토기가마를 물려받고 당(唐)을 오가는 아조 큰 상인이 되기를 바랐네. 근디 연이는 무장이 되고 잪어 허네. 그러니 애비라도 으쩌겄는가. 인자 그짝으로 잘되기를 빌어야제.”

“그래서 동상 활쏘기 실력을 듣고 좋아허셨그만요.”

“뭐, 그런 셈이네.”

그제야 궁복은 정 족장의 마음을 이해했다. 정 족장은 자신의 기대와 달리 무술에 관심이 많은 아들에게 늘 아쉬움을 품고 있었던 것이다. 궁복이 말했다.

“지가 한번 연이를 설득해 볼께라우?”

“말해봤자 뿌사리 고집이라서 소용읎응께 허지 마소.”

“지라믄 어르신 말씸대로 따르겄그만요.”

“자네는 탐진현 사람덜이 부러와허는 군관이 되고 잪지 않은가?”

“어르신, 지는 군관과 장사꾼 둘 중에 하나를 골르라믄 큰 장사꾼이 되고 잪그만이라우.”

“으째서 그런가?”

“가리포에서 삼시로 굶기를 밥 묵데끼 했어라우. 굶어서 죽

은 사람덜도 많이 봤고라우. 배고픈 사람덜을 도울라믄 군관보
담 장사꾼 부자가 돼야겠지라우."

정 족장은 궁복의 말에 잠시 침묵했다. 배고픈 사람들을 위
해 장사꾼 부자가 되겠다는 궁복의 마음씨에 적잖이 탄복해서
였다. 탐진 땅에서 두세 번째 부자이지만 한 번도 생각해 본 적이
없는데, 궁복의 꿈은 달랐던 것이다.

"자네는 나보다 도량이 넓은 사람이네."

"아이고메, 어르신. 무신 말씸입니까요. 어르신 땜시 묵고
사는 양민덜이 을매나 많은디요. 동막에 있는 도공덜만 해도 몇
사람입니까요."

"그야 가마를 운영헐라믄 반다시 필요헌 사람덜이제. 노비
덜을 빼고는 모다 이 마실 양민덜이네."

실제로 토기를 만들고 불을 때는 사람들 대부분은 양민들
이었다. 노비가 하는 일이란 고작 나무를 베어 와서 장작을 패는
정도였다. 산에서 토기 흙을 찾아서 파오는 질꾼도 힘이 좋은 친
척뻘 하씨였다.

"사실은 자네를 내 옆에 델꼬 잪네만 오늘 얘기를 들어보니
생각을 바꾸지 않을 수 읎네."

"어르신, 무신 말씸입니까요?"

"자네를 불대장 일을 배우게 해서 맽길려고 했네."

가마 불을 능숙하게 다루는 불대장 최씨는 지병이 있었다.
불대장 일을 앞으로 얼마나 맡을지 알 수 없었다. 어떤 날은 불대

장이 피를 토하기도 하여 정 족장을 몹시 놀라게 했던 것이다. 궁복은 점잖게 거절했다.

"지는 연이 동상과 함께 서라벌로 가든지 당에 건너가서 살랍니다요."

"붙잡지는 않겠네. 자네가 가진 궁술 실력이나 큰 도량으로 보아 여그 탐진 땅은 좁은 것 같네. 더 넓은 디로 가게나."

정 족장은 궁복을 포기했지만 못내 아쉬워서 입맛을 쩝쩝 다셨다. 탐진 땅에서 궁복 같은 젊은이를 구하기가 어려울 것 같아서였다. 그래도 정 족장은 어떤 식으로든 궁복과 인연을 이어가고 싶었다.

장삿배에 토기를 가득 싣고 서라벌이나 당나라로 갈 때면 궁사 몇 명이 필요했는데, 문득 정 족장은 궁복을 염두에 두었다. 정 족장이 궁복의 성과 이름을 들먹였다.

"자네 성이 장씨라고 했제?"

"예."

"이름을 생각해 본 적이 있는가?"

"예, 여그서 삼시로 보고(保臯)라고 지어 봤는디 좋은 이름인지 으쩐지 잘 모르겄그만요."

"보고라… 자네헌테 잘 어울리는 이름이네."

"으째서 그런게라우?"

정 족장이 궁복에게 설명을 해주었다. 보(保) 자는 '지킨다'라는 글자이고, 고(臯) 자는 넓은 웅덩이와 같은 못을 뜻했다. 그런데 못에 들어온 물은 재물을 가리키는바, 보고는 재물을 지키는 사람이라는 뜻의 이름이었다. 궁복은 정 족장의 이름 풀이를 듣고는 벌떡 일어나 큰절을 했다.

"어르신, 앞으로는 궁복을 버리고 장보고라고 허겠습니다요."

"허허. 궁복을 버리지는 말게. 궁복에는 무운(武運)이 있으니 나쁜 이름은 아니네."

궁복은 마음속으로 결심했다. 자신을 격려해 준 정 족장에게 반드시 은혜를 갚겠다고 다짐했다. 정 족장의 아들 정년을 친동생처럼 더욱 잘 이끌어주겠다고 맹세했다. 궁복이 사랑방 문을 열자 탐진바다에서 불어온 봄바람이 그의 목덜미를 부드럽게 스쳤다.

말타기 대회

탐진현 치소에서 주관하는 활쏘기 대회는 대구소의 규모와 크게 달랐다. 참가하는 장정들도 많았고 활쏘기 대회에 이어 말타기 대회의 성적까지 합산해서 등수를 가렸다. 그런데 날씨가 오전부터 어깃장을 놓았다. 봄비가 보슬보슬 내리더니 이내 장대비로 변해 쏟아졌다. 장대비를 맞으며 활쏘기를 한다는 것은 불가능했다.

탐진현 치소 향리는 대회를 취소하지 않은 채 장대비가 그치기를 기다렸다. 궁복과 정년은 치소 관아 창고 추녀 밑에서 비를 피했다. 관아에는 여러 채의 건물이 있었는데 참가한 장정들 모두가 토방 위로 몰려들었다. 궁복이 말했다.

"낙숫물 쪼깐 봐라. 낙숫물이 떨어진 자리에 반다시 꽂혀분다야."

"성님은 맴이 심란허지도 않으요? 낙숫물 떨어진 자리를 과녁으로 보고 있은께 말이요."

"동상, 활쏘기는 물 건너가 분 것 같그만."

"작년 일 년 내내 갈고 닦었는디 아숩그만이라. 논에 물 대기는 좋은 약비이기는 헌디라."

"기세를 본게 오전에 그칠 비는 아니네."

"활쏘기 대회는 못 허드라도 오후 말타기 대회는 허겄지라."

정년은 대회 참가에 집념을 보였다. 궁복과 달리 대회에서 우승하여 서라벌로 진출해 무장으로 성공하려는 마음이 강했다. 반면에 궁복은 무장으로 출세하기보다는 무술 실력을 징검다리 삼아 기회가 오면 큰 상인이 되기를 바랐다.

점심은 치소에서 소금물을 친 찰진 주먹밥이 나왔다. 장정들은 배식군사에게 주먹밥을 하나씩 받아 우걱우걱 씹어 삼켰다. 봄비가 다시 보슬비로 바뀌어 내렸다. 만덕산을 덮었던 비구름이 서쪽인 흑수바다 쪽으로 물러가고 있었다. 비구름은 불어오는 샛바람에 주춤주춤 떠밀렸다. 며칠 동안 샛바람이 불곤 했는데, 계절풍인 마파람이 탐진바다 너머에서 올라올 징조였다. 주먹밥을 먹은 장정들이 배식군사에게 물었다.

"활쏘기 시합은 헌다요, 으쩐다요?"

"향리 나리께서 결정허실 텐게 쪼깐 지달려보씨요."

그러나 정년은 활쏘기 대회는 이미 틀렸고, 한다면 오후에 말타기 대회가 열릴 것이라고 생각했다. 재작년에도 아침부터 안개가 짙게 끼어 오후에 말타기 대회만 열려 승마 실력만으로 우승을 가린 적이 있었던 것이다.

"성님, 아무래도 오늘은 말타기 대회만 헐 거 같으요."

"으디서 들은 애기여?"

"재작년에도 안개 땜시 활쏘기를 못 허고 말타기만 해서 우승자를 뽑았어라."

"연이 동상이 유리허겄네잉."

"아이고메, 성님. 말을 성님보다 쪼깐 더 탄 것은 사실이지만 지는 말이 으쩐지 거시기해라. 에렸을 때 낙상헌 것 땜시 그런다고 허는디 지는 말타기보다 헤엄치는 것이 좋지라."

"나야 연이 동상집 말을 타본 것밖에 읎제잉."

"아니어라. 성님은 말을 쪠끔도 거시기허지 않드그만요. 말을 탈 때는 말허고 딱 한 몸이 돼불드랑께요."

정년의 말대로 활쏘기 대회는 취소되고, 오후에 말타기 대회를 한다고 군사를 훈련시키는 군교가 소리치고 다녔다.

"모다 들으씨요. 오늘 활쏘기 대회는 우천 관계로 취소허고 오후에 말타기 대회를 예정대로 헌께 준비들 허씨요!"

그러자 아침부터 활쏘기 대회를 기다렸던 장정들이 술렁댔다. 일부는 투덜거리며 자리를 떴다. 말타기 시합만 하면 자신에게 불리한 성적이 나올 것 같기 때문이었다.

"진작에 알려줄 일이지 여태 지달리게 해놓고 인자사 뭔 일이여!"

"말타기만 허믄 부잣집 자식덜은 좋겄제. 아조 에럽게 빌린 말을 한두 번 타본 것이 전부인디 우리가 어쩌케 이길 수 있당가!"

장정들의 수는 반으로 줄어들었다. 궁복과 정년은 일부러 마지막 5조에 들어갔다. 참가자들의 성향이나 말의 상태를 살펴보기 위해 마지막 조를 선택했다. 그러나 대부분의 장정들은 마지막 조 말들은 지칠 거라며 앞선 조에 들어가려고 다투었다.

말타기 시합은 세 개의 장애물 넘기로 시작해서 남당포 반환점으로 달려갔다가 치소 경마장으로 돌아오는 경기였다. 장애물 통과는 말을 타고 간짓대 위를 넘어가는 경기인데, 세 개의 간짓대들은 높이를 달리해서 놓여 있었다. 마지막 세 번째 간짓대는 담장 높이쯤 되어서 대부분 말들이 그 앞에서 멈춰버리곤 했다. 말이 겁을 먹고 간짓대를 뛰어넘지 못한 채 옆으로 피해버렸던 것이다.

1조 참가자 두 명은 모두 세 번째 간짓대를 넘지 못하고 탈락했다. 한 참가자가 감독군사에게 잘 길들여진 말이 아니라고 항의했지만 소용없었다.

"집에서 탈 때는 이보다 더 높은 디를 넘었는디 이상허요. 긍께 말을 바꿔주씨요."

"참가자덜 요구를 다 들어주믄 시합이 은제 끝나겠소? 그 말로 다른 참가자가 탈 것인께 잘 보드라고잉."

탈락한 참가자는 탐진현 토족 조씨의 아들이었다. 참가자는 아버지가 탐진현 치소 향리와 돈독한 사이였으므로 감독군사를 우습게 보고 항의했지만 소용없었다. 고지식한 감독군사는 참가자들을 공평하게 대했다. 항의하던 참가자는 2조 경기를 보고는 경마장에서 슬그머니 사라졌다. 2조 마지막 참가자가 그 말을 타고 가볍게 세 번째 간짓대를 넘었기 때문이었다. 참가자들에게 박수를 받은 2조 마지막 참가자는 남당포로 기세 좋게 달렸다.

그런데 2조 마지막 참가자는 4조가 경기를 모두 마쳤는데도 돌아오지 않고 있었다. 세 번째 장애물을 넘기는 했지만 간짓대를 건드려 떨어뜨린 탓에 감점을 받았던 4조 첫 참가자가 남당포에서 돌아온 뒤에도 나타나지 않았다. 치소 향리의 지시로 군사가 수색을 나갔다. 향리가 예견했던 대로 돌발적인 사고였다. 비 온 뒤끝이었으므로 길이 미끄러워 2조 마지막 참가자가 말과 함께 논두렁에 처박혀 있었던 것이다. 말은 아무렇지 않았지만 2조 마지막 참가자는 다리가 부러져 수색 나온 군사를 보고서도 꼼짝을 못 했다. 예기치 않은 부상자가 발생했으므로 경기는 지연되었다. 정년은 지루한지 궁복을 보고 말했다.

"성님, 4조는 모다 세 번째 간짓대를 건드렸응께 고것만 잘 넘으믄 우승은 우리가 허겄그만요."

"아니여, 길이 미끄러운께 조심해야 써. 2조 마지막 장정멩키로 되지 않을라믄 말이여."

"성님이나 지나 훈련을 많이 했응께 세 번째 간짓대 정도는 식은 죽 묵기지라."

"방심은 금물이여."

궁복은 정년에게 끝까지 긴장하라고 말했다. 마침내 5조 차례가 왔다. 5조에 들었던 세 명이 기권했으므로 궁복과 정년만 남았다. 덕분에 궁복과 정년은 대기하고 있던 다섯 마리 말 중에서 선택할 수 있었다.

"성님이 몬자 골라부씨요."

"그럴까?"

궁복은 다섯 마리 말들 앞으로 다가가서 눈을 맞추었다. 그중에서 유독 궁복의 눈을 피하지 않는 말을 선택했다. 정년은 이미 마음속으로 정한 엉덩이가 크고 다리가 탄탄한 말의 고삐를 잡았다. 경기를 치른 참가자들이 두 사람을 주시했다. 정년은 은근히 긴장했지만 궁복은 마음이 편했다. 궁복은 처음부터 마음을 내려놓았고, 정년은 우승을 해서 서라벌로 가고자 하는 결의에 차 있었다. 궁복은 우승을 노리는 정년의 마음을 간파하고 말했다.

"동상이 긴장허믄 말도 긴장헌께 편허게 타야 써."

"근디 맴이 자꼬 급해지는그만요."

"내가 옆에 있응께 맴을 탁 놔부러."

"성님, 그럴께라."

"평소대로만 허다 보믄 좋은 성적이 나오겄제. 하하하."

궁복은 일부러 크게 소리 내어 웃었다. 그러자 정년도 따라 웃으면서 긴장을 풀었다. 이윽고 말을 탄 두 사람은 출발선에 섰다. 감독군사가 흰 기를 치켜들기를 기다렸다. 치소 향리가 눈짓을 하자 감독군사가 흰 기를 치켜들고 흔들었다.

궁복의 말이 먼저 경중경중 나아갔다. 장애물 경기에서는 굳이 속도를 낼 필요가 없었다. 말과 호흡을 맞추어야만 간짓대를 쉽게 넘어갈 수 있었다. 궁복의 말은 첫 번째 간짓대를 가볍게 통과했다. 궁복과 말이 교감하고 있다는 증거였다. 뒤따라온 정년의 말도 물 흐르듯 자연스럽게 첫 번째 간짓대를 넘었다. 두 사람은 두 번째 간짓대도 감독군사가 보는 앞에서 훌쩍 뛰어넘었다.

세 번째 담 높이의 간짓대에서는 차이가 났다. 궁복의 말은 달리는 속도를 줄이지 않고 한 번에 간짓대를 통과했지만 정년의 말은 그러지 못했다. 말이 스스로 속도를 줄이는가 싶더니 이내 간짓대 앞에서 멈춰버렸다. 정년은 당황하여 말고삐를 힘껏 잡아당겼지만 말은 고집을 부렸다. 궁복이 소리쳤다.

"말고삐를 잡아당기지 말고 목덜미를 쓰다듬어. 달래고 나서는 물러서서 한 번 더 심껏 달려부러."

"예, 성님."

궁복의 말대로 정년은 다시 시도했다. 말의 목덜미와 갈기를 어루만진 뒤 말고삐를 힘껏 낚아챘다. 그러자 말은 속도를 줄이지 않고 간짓대 위를 비호처럼 날았다. 정년은 가슴을 쓸어내렸다. 남당포를 갔다가 돌아오는 경주가 남았지만 일단 경마장 장애물 통과에서는 궁복에 이어 2등을 확보했기 때문이었다.

"성님 말대로 헌께 돼부요."

"동상 실력이사 내가 알제. 그 실력이 으디로 가불겠는가!"

"아니지라. 지가 성님 실력을 어처케 앞서겠소. 하하하."

두 사람은 또 한 번 더 크게 웃고는 말고삐를 팽팽하게 잡았다. 그러자 말이 남당포를 향해 쏜살같이 달렸다. 논에 물을 대던 농사꾼들이 달리는 말들을 보고 박수를 쳤다. 무논에서 먹이를 찾던 황새 몇 마리가 놀란 듯 후다닥 만덕산 쪽으로 날아갔다. 궁복이 소리쳤다.

"논두렁 사이가 미끄러운께 조심해. 미꾸락지멩키로 미끌미끌허그만."

"성님, 지 생각허지 말고 달리씨요."

"반환점을 돌고 나서 진짜 시합이겠제잉. 말도 사람도 모다 지친께 말이여."

궁복은 정년이 잘 따라올 수 있게끔 힘을 안배하며 달렸다. 경마장 장애물 통과 때 세 번째 간짓대 앞에서 멈칫했던 정년이 탄 말의 습성으로 보아 힘들면 요령을 피울 가능성이 컸던 것이다.

멀리 남당포의 풍선 장삿배와 보리숭어잡이 곳배들이 보였다. 배들 위로 갈매기 떼가 너울너울 날았다. 남당포 포구 양쪽으로 펼쳐진 푸른 갈대밭이 탐진바다를 치마폭처럼 껴안고 있었다. 좀 더 달리자 군사 두 명이 흰 기를 들고 흔들었다. 반환점이라는 것을 알리고 있었다. 두 사람은 거의 동시에 반환점에 도착했다. 그러자 한 군사가 궁복과 정년의 팔뚝에 검은 먹물 도장을 찍어주었다. 반환점을 돌았다는 표시였다.

그런데 반환점을 지나고 나서였다. 궁복의 말이 갑자기 뒤처졌다. 궁복이 정년에게 말했다.

"동상, 내 말이 지쳐분 것 같네. 긍께 나헌테 신경 쓰지 말고

달리게.”

“아이고메, 성님. 지 말과 바꽈 탈게라?”

“허허. 고건 반칙이여. 반칙이 밝혀지믄 두 사람 모다 탈락이여.”

“그라믄 지가 천천히 달리는 수밖에 읎그만이라.”

“고것도 반칙이여. 나를 봐줬응께.”

말고삐를 세게 잡아당긴 궁복의 말이 가까스로 정년의 말을 앞섰다. 그러나 이상하게도 오래 가지 못했다. 경마장이 보일 때쯤에는 다시 궁복의 말이 뒤로 쳐졌다. 정년의 말은 조금도 지친 기색 없이 질주했다. 정년은 더 이상 궁복을 기다리지 못했다. 경마장 밖으로 나온 군사들이 보고 있었다.

마침내 정년의 말이 경마장에 먼저 들어왔다. 궁복의 말은 한참 후에야 머리를 쳐들고 달려왔다. 우승은 정년에게 돌아갔다. 장애물 경기에서 감점이 있었지만 경주에서 이겼기 때문에 우승을 차지했다. 우승한 정년에게 많은 혜택이 주어졌다. 정년이 원하면 바로 치소 군사가 될 수 있었고, 서라벌로 진출할 수 있는 기회를 부여받았다. 2등을 한 궁복은 치소 군사가 될 수 있는 자격만 받았다.

그날 밤 궁복은 정년의 집으로 초대를 받았다. 정년의 아버지 정 족장이 노비를 보내 대구소 향리 별채에 있던 궁복을 부른 것이었다. 궁복은 피곤하여 누워 있다가 노비를 따라 정 족장의 집으로 내려갔다. 정 족장의 사랑방에는 술자리가 마련되어 있었다. 술자리에는 낯선 중년이 앉아 있었는데, 정 족장이 궁복에게 인사를 시켰다.

"인사허게. 김 촌장님이시네. 서라벌에서 오셨네."

"지는 궁복이라고 헙니다요."

"이제부텀 장보고라고 허게. 으째서 좋은 이름을 놔두고 자꼬 아명을 쓴당가."

"예, 어르신. 고로코름 헐라요. 아직까정 입에 붙어서 그렁마요."

이번에는 정 족장이 당나라 산동반도 일조(日照)에 사는 김 촌장을 소개했다.

"김 촌장님께서는 일조 신라촌에 겨시는디 큰 장삿배를 가지고 신라를 왔다 갔다 허시는 분이네."

"아이고메, 귀헌 어르신을 뵈어 영광이그만요."

정 족장은 이미 술을 서너 잔 마신 탓에 불콰한 얼굴을 하고 있었다. 정 족장이 말했다.

"연이헌테 들었네. 오늘 시합에서 연이가 1등, 자네가 2등을 했담시로? 근디 나는 첨부텀 믿지 않았네."

"어르신 무신 말씸인게라우?"

"자네가 연이에게 양보헌 것이 틀림없어. 나는 보지 않았지만 고로코름 생각허네. 연이도 내게 사실대로 말해주었고. 서라벌로 가고 잪은 연이를 위해 자네가 양보헌 것이 분명해. 연이라믄 고로코름 못해. 욕심이 많거든."

정년은 아무 말도 하지 않고 옆에 앉아 있기만 했다. 궁복이 자신에게 양보했던 상황을 아버지 정 족장에게 상세하게 이야기한 듯했다. 궁복은 순간 머쓱해하며 안절부절못했다. 정년이 눈치를 채지 못했을 것으로 믿었는데, 자신의 속마음을 이미 알아챘던 것 같아서였다. 정 족장이 말했다.

"자네는 현 치소 군사로 남아불랑가?"

"연이 동상이 서라벌로 떠나믄 그럴라고 헙니다요."

"은젠가 나헌테 당나라로 가고 잪다고 했제잉."

"말씸드린 일이 있지라우."

정 족장이 김 촌장에게 눈짓을 하면서 말했다.

"메칠 후면 김 촌장님의 장삿배가 미산포에 온다네. 우리 토기덜을 싣고 갈 배여. 김 촌장님 배를 탈 생각은 읎는가? 마침 배를 지키는 궁사를 구해달라고 내게 부탁허셨다네. 자네가 원했던 바가 아닌가. 당나라로 갈 수 있는 절호의 기회네."

궁복은 벌떡 일어나 두 사람 앞에서 큰절을 했다.

"어르신, 고맙그만이라우."

"자네의 무술 실력과 넓은 도량을 얘기허자마자 김 촌장님께서 을매나 좋아허셨는지 모르네."

"자, 술을 받으시게."

궁복은 정 족장과 김 촌장이 주는 술을 연거푸 마셨다. 말없이 앉아 있던 정년이 한마디 했다.

"아부지, 지도 성님을 따라갈라요. 맨날 귀족덜끼리 싸우는 서라벌로 가고 잡지 않그만요."

정 족장은 바로 허락하지 않고 잠시 침묵했다. 그러더니 김 촌장을 보면서 말했다.

"보고와 내 아들 두 사람이믄 으떤 악독한 당구덜을 만나드라도 물리칠 수 있을 거요. 인자 김 촌장님은 안심허고 항해헐 수 있게 되야부렀소."

김 촌장은 몇 년 만에 고향인 서라벌에 들렀다가 탐진현의 질 좋은 토기를 구매하러 와서 큰 행운을 만난 셈이었다. 탐진현에서 무술 실력을 인정받은 두 젊은이를 손쉽게 얻었기 때문이었다.

2장

당으로 가는 장삿배

밤안개와 풍랑

등주 신라방

당구 배를 불태우다

월주가마 노비들

당으로 가는 장삿배

미산포에 정박한 김 촌장의 장삿배는 컸다. 길이는 정 족장의 토기가마처럼 길었고, 넓이는 대여섯 장정 걸음이나 되었다. 탐라에서 남당포를 오가는 장삿배와 달리 큰 돛대가 두 개나 되었다. 신라와 당을 오가는 장삿배라서 그런지 선원의 수도 많았다. 배의 운항을 지휘하는 선장인 해사(海師), 배를 지키는 활잡이 궁사(弓士), 배 끝에서 키를 잡은 키잡이 타공(舵工), 돛을 다루는 돛잡이 요수(繞手), 뱃머리에서 닻을 전담하는 닻잡이 정수(碇手), 노를 젓는 노잡이 방인(榜人), 배를 수리하는 목수 선공(船工) 등이 있었다. 뿐만 아니라 바다에 제사를 지내고 점을 치는 점쟁이 복인(卜人)이 있었는데, 그는 장삿배가 나아가는 방향을 향해서 두 손을 모은 채 기도하고 있는 중이었다.

사시(巳時, 오전 10시)가 되자, 장삿배는 가리포를 향해 나아갔다. 미산포까지 나와 손을 흔들었던 대구소 향리와 정 족장의 모습이 가물가물해지자 김 촌장이 선원들을 배의 고물로 불러 미산포에서 합류한 두 청년을 소개했다.

"오늘부터 우리와 함께 당으로 가는 궁사들이데이. 모두 탐진현 사람으로 뛰어난 궁사덜인 기라. 우리 궁사덜은 항해허는 동안 이 두 사람의 지시를 받아야 한데이. 이 사람은 장보고이고, 또 한 사람은 정년이데이."

이때부터 궁복은 선원들에게 장보고로 불려졌다. 특히 노잡이 겸 궁사로 일하는 선원들은 '행수궁사님'이라고 부르며 우두머리 궁사로 예우했다. 김 촌장의 지시로 서열이 정해지기도 했지만 장보고의 활 솜씨를 보고 나서였다.

장삿배가 장보고의 고향인 가리포 옆구리를 지나칠 무렵이었다. 계절풍인 마파람을 탄 장삿배는 노잡이들의 수고를 덜어주었다. 장삿배는 돛에 한가득 마파람을 안고 흑수바다로 접어들고 있었다.

장보고가 고향 가리포를 향해 활을 들었다. 마침 장삿배 뒤를 따라오다가 가리포바다 쪽에서 멈칫거리던 돌고래를 겨냥해 시위를 잡아당겼다. 그러자 화살을 맞은 돌고래가 한 자쯤 솟구쳤다가 바다로 맥없이 떨어졌다. 장보고의 활 솜씨를 본 노잡이와 궁사들이 탄성을 질렀다.

"와아 와아!"

이에 정년도 지지 않았다. 장삿배 주변을 너울너울 선회하는 갈매기 한 마리를 겨냥하더니 화살을 날려 떨어뜨렸다. 움직이는 물체를 명중시킨다는 것은 쉬운 일이 아니었다. 늙은 우두머리 노잡이가 장보고 앞으로 와서는 머리를 조아렸다.

"지는 흑산에 살았던 흑두(黑頭)지라. 첨에는 조운선을 탔는 디 지금은 당을 오가는 배를 타고 있지라. 근디 행수궁사님 활 솜 씨는 참말로 대단허그만이라."

"흑산이라믄 금갑포를 지나믄 보이는 쬐간헌 섬이 아닌게 라우?"

"긍께 이름이 흑두그만요."

"그게 아니지라. 얼굴이 숯뎅이멩키로 꺼먼께 흑두라고 허 지라."

늙은 우두머리 노잡이는 선장 해사와 친했다. 황수바다 뱃 길에 익숙한 선장은 흑수바다 뱃길에서는 늙은 우두머리 노잡 이에게 의지했다. 금갑포 앞바다가 가까워지자 선장이 늙은 우 두머리 노잡이에게 다가와 물었다.

"으디로 뱃머리를 돌리는 것이 좋겄십니꺼?"

"들물 땐께 금갑포 쪽으로 돌지 말고 바로 울돌목으로 올라 가 부러야지라."

"키잡이는 우두머리 노잽이 말을 잘 들어야 헌데이."

밀물로 바뀐 울돌목의 조류는 오시(午時, 12시)부터 유시(酉時, 오후 6시)까지 가리포 남동쪽에서 북서쪽 목포바다로 올라갔 다. 마파람과 밀물이 장삿배를 뒤에서 밀어주는 형국이었다. 장 삿배는 화살이 날아가듯 빠르게 울돌목 너머로 빠져나갔다. 이 런 계절풍과 조류에는 노를 젓지 않아도 되는 노잡이들이 가장 편했다. 정년이 이물 갑판에 선 장보고를 따라와서 말했다.

"성님, 아까 참에 일부러 돌고래헌테 화살을 쐈지라?"

"궁사덜헌테 내 솜씨를 자랑헐라고 쏘지는 않았네."

"지는 선원덜에게 쪼깐 자랑헐라고 갈매기를 잡았는디 성님은 뭣 땜시 쏴분게라우?"

"시방 썰물 때가 아닌가. 내 화살을 맞은 돌고래가 가리포 해안에 얹혀지겄제잉. 고향 사람에게 뭣이라도 주고 잪어서 그 랬네."

"아따, 성님은 여그를 떠남시로도 고향 사람을 생각허요잉."

"우리가 당으로 간다고 허지만 고향을 어쩌케 잊어불겄는가."

"성님 말이 맞그만요. 지도 미산포를 잊지 못헐 거그만요."

그때 활잡이 한 명이 와서 말했다.

"선실에서 촌장님이 부르시그만요."

선실은 뚫린 갑판에서 빛이 들어오기 때문에 어둡지 않았다. 선실 창고에는 정 족장의 토기가마에서 구운 최상품 토기들이 칸마다 차곡차곡 쌓여 있었다. 술병과 사발, 그릇, 화로, 약탕관, 초병, 항아리들이 짚 더미 속에 가지런히 포개져 선실 창고마다 가득했다. 침실은 선실 한가운데와 고물 쪽에 있었다. 침실 모서리에 허리를 구부리고 앉아 있던 김 촌장이 말했다.

"흑수바다에는 당구덜이 읊데이. 여기 신라 땅이 가차운 해상에서는 안심해도 될 끼라."

"예, 촌장님."

"두 사람은 배가 어디에서 마지막으로 정박허는지 궁금헐 끼다."

"촌장님, 당나라로 가는 배가 아닌게라우?"

정년이 말하자 김 촌장이 웃으며 말했다.

"당은 신라와 다르데이. 평생을 돌아도 다 갈 수 없는 곳이 당나라 땅인 기라. 우리가 가는 곳은 등주(登州), 적산포(赤山浦), 일조, 양주, 명주(현 영파), 월주데이."

장삿배는 산동반도 등주로 갔다가 남쪽으로 선수를 돌려 적산포, 일조를 거쳐 절동(浙東)의 명주, 월주까지 내려간다는 말이었다.

"촌장님께서는 일조까지 간다고 말씸허셨지라우."

"명주, 월주까지 갔다가 일조로 다시 돌아온데이. 헌데 산동반도 연안은 황수바다 못지않게 암초가 많고 명주 앞 백수바다도 당구덜이 많아가꼬 위험한 기라."

절동 앞바다를 백수바다라고 불렀다. 장보고는 김 촌장이 왜 자신을 불렀는지 알아챘다. 장삿배가 황수바다, 백수바다를 거쳐 명주와 월주까지 가는데 당구들로부터 장삿배를 안전하게 지켜달라는 당부 때문이었다. 장보고는 흔쾌하게 대답했다.

"지덜은 촌장님 말씸대로 빈틈없이 경계헐랑께 당에만 델다가 주시씨요."

"등주나 명주, 월주에는 신라방이 있데이. 일조에는 신라촌이 있고."

장보고가 물었다.

"신라방은 뭣이고 신라촌은 뭣인게라우?"

김 촌장이 장보고와 정년이 알아듣기 쉽게 설명했다. 등주, 명주, 월주 등의 포구에 있는 신라방은 주로 장삿배로 장사하는 신라인들이 모여 사는 곳이었다. 그리고 해안 부근 산자락의 신라촌에는 농사짓거나 고기를 잡고 소금을 만드는 신라인들이 많았다. 또한 신라채(新羅寨), 신라보(新羅堡)라는 곳도 있었는데 모두 작은 성이 있는 신라인 마을이었다.

그런데 당나라에 정착한 신라인들은 당인에게 땅을 빌려 농사짓기보다는 바로 돈이 되는 소금 만들기, 숯 굽기, 배 수리를 하고 김 촌장처럼 장사를 크게 하기도 했다. 뿐만 아니었다. 김 촌장이 데리고 있는 선원들처럼 항해기술을 가진 신라인도 있었다. 심지어는 신라에서 온 바둑기사가 신라방이나 신라촌을 돌아다녔다. 이처럼 신라인들이 많이 거주하게 되자 관리가 상주하는 신라소(新羅所), 그리고 스님이 염불하고 기도하는 신라원(新羅院)까지 생겨났다.

"촌장님은 어쩌케 당으로 들어가셨는게라우?"

"당에 사는 우리 신라인덜은 굶어 죽지 않을라고 온 사람들인 기라. 당은 땅이 넓다 아이가. 부지런히 일만 하믄 얼마든지 묵고 살 수 있는 기라. 당구덜에게 붙잡혀 노예로 팔려 온 신라 노비덜도 굶어 죽은 사람은 읎데이."

"촌장님도 묵고 살라고 당에 겨신게라우?"

"나는 원래 사신을 따라 당에 갔다가 남은 기라. 얘기허자믄

밤을 새와도 부족헐 끼다."

김 촌장은 장보고와 정년에게 자신의 과거를 조곤조곤 말했다. 그는 자신이 원성왕의 큰아들 김인겸의 아들인 김언승과 이복형제이며 이름은 김시방이라고 털어놓았다. 원성왕 6년(790) 김언승은 견당사 일행을 이끄는 대사(大使)였고, 김시방은 우두머리 궁사(窮士)였다. 김시방이 이복형제라는 인연으로 김언승을 따라서 당나라에 갔던 것이다. 그런데 김시방은 신분이 미천한 서자였으므로 대사를 잘 호위하며 귀국했지만 벼슬을 받지 못했다. 이복동생인 김언승이 대아찬 관등을 받은 것과 크게 비교되었다. 적자와 서자의 차별이었다. 김언승은 곧 17관등 중에 세 번째인 잡찬(迊飡)에 이르렀다. 잡찬은 진골만 오를 수 있는 관등이었고 붉은 공복을 입을 수 있었다. 이후 집사성의 우두머리인 시중(侍中)에 이어 김제공의 난을 진압하는 데 공을 세움으로써 군부의 우두머리인 병부령(兵部令)까지 제수받았다. 김시방은 김제공의 난을 길게 이야기했다.

"김제공은 원래 원성왕 편이 아닌 기라. 아들이 없는 선덕왕이 돌아가시자 왕위를 놓고 갈등이 있었다 아이가. 김제공은 원성왕이 된 김경신 상대등보다는 자신이 은혜를 입었던 김주원 편에 줄을 섰던 사람이었데이."

김주원은 태종 무열왕 차남인 김인문의 손자였고, 김경신은 태종 무열왕 사위 김의관의 증손이었다. 부계로만 보면 김주원이 왕위에 더 가까웠다. 그러나 내물왕 12세손인 김경신은 선덕왕을 옹립한 공신으로서 상대등(上大等), 즉 최고의 지위에 있어 유리했던 것이다.

"내 할아버지 원성왕께서 등극하시자 김주원은 벼슬을 버리고 강릉으로 피신해 버린 기라. 이때부터 김제공은 자신의 속마음을 숨기고 기회를 엿본 기라. 제공은 자신의 거처를 왕경 숲 근처로 옮긴 뒤 스스로 궁술을 익히고 무인들과 벼슬아치들을 포섭한 기라. 할아버지 왕께 거짓으로 충성하여 각간(角干)까지 올라갔데이."

각간 김제공은 원성왕 8년에 왕이 야간 사냥을 나갔을 때를 이용하여 왕과 태자 김인겸을 죽이기로 모의했다. 그러나 사냥감을 쫓던 태자만 함정인 낭떠러지로 떨어져 죽고 왕은 충신의 희생으로 목숨을 건졌다. 아무도 눈치를 못 챈 역모였다. 누가 봐도 사냥 중에 벌어진 자연스러운 사고로 보였던 것이다. 원성왕은 큰 슬픔에 빠졌지만 곧 둘째 아들 김의영을 태자로 책봉했다. 첫째 아들의 아들인 손자 김준옹에게도 벼슬을 주어 왕궁 가까이 두었다.

김제공은 두 번째 반란을 시도했다. 원성왕이 왕궁에서 '즉위 10년 축하연'을 조촐하게 열었을 때였다. 축하연이 끝나고 나서였다. 동궁으로 돌아가던 태자의 말이 피를 흘리며 넘어졌다. 화살을 쏘았던 김제공의 무사는 곧바로 달려가 태자의 목에 비수를 꽂았다. 그러나 원성왕을 시해하러 침전으로 들어가려던 김제공은 왕의 호위군사에게 포위되어 이찬(伊飡) 김언승의 칼을 맞고 죽었다. 이찬은 각간 바로 밑으로 17관등 중 두 번째 관등이었다. 이후 김언승은 반란을 진압한 공으로 군권을 쥔 병부령을 제수받았다.

원성왕은 즉위 14년에 두 아들을 김제공 무리에게 잃은 슬픔을 극복하지 못한 채 손자 김준옹에게 왕위를 넘겨주고는 눈을 감았다. 손자 김준옹이 바로 소성왕이 되었다. 김시방은 김제공의 반란을 이야기하면서 치를 떨었다. 김제공 무리가 아버지 김인겸을 낭떠러지로 떨어뜨려 죽였고, 할아버지 원성왕을 화병이 나 죽게 한 역적이기 때문이었다.

"나는 이복동생인 지금의 왕께서 반역자 김제공을 포박할 때 호위군사 무장으로 있었데이. 헌데 동생은 변했데이. 군권을 쥐고는 막 휘두른 기라. 2년 만에 돌아가신 이복형님인 소성왕 때도 그랬고, 형님 아들인 청명이 13살로 왕위에 오르자 기다렸다는 듯 섭정을 했데이. 그때부터 나는 이복동생인 지금의 왕이 두려버서 견당사 우두머리 궁사로 따라갔다가 당나라에 남아버렸데이."

지금의 왕인 헌덕왕에게 원한이 있는 것은 아니지만 두려움이 들어 도피해 버렸다는 고백이었다. 소성왕 즉위년(799) 7월에 견당사가 꾸려질 때 김시방은 또다시 우두머리 궁사를 자원하여 떠났던 것이다. 김시방은 당시를 정확하게 기억했다.

"사신 일행은 원성왕께서 돌아가셨다는 것과 소성왕께서 즉위했다는 사실을 알리기 위해 떠난 기라. 그때 9척이나 된 인삼을 당 황제께 바쳤는데 인삼이 아니라고 받지 않으신 기 생각 난데이. 그리고 진감이라는 승려가 당으로 가겠다꼬 사정사정 해서 우리가 노잡이로 델꼬 갔던 기라."

당 황제는 덕종이었고, 진감은 금마(김제) 사람인데 출가 전 한때 뱃사공이었다. 아무튼 김시방의 예감대로 김언승은 애장왕 2년(801)에 어룡성(御龍省)의 장관인 사신(私臣)이 되었다. 어룡성 장관은 왕만 보필하는 특별한 신하이니 왕은 그의 손아귀 안에 있는 것이나 다름없었다. 김언승은 곧 스스로 상대등에 올랐다.

애장왕 9년(808)의 일이었다. 신라의 사신이 당에 갔을 때, 당 황제는 김언승과 김중공(金仲恭)에게 문극(門戟)을 하사했다. 문극이란 공신이나 고관의 집 앞에 세워놓는 의전용 긴 창이었 다. 이는 당시 세도가 김언승의 이름이 당 조정에까지 알려졌다 는 것을 뜻했다. 결국 김언승은 애장왕 10년에 그의 동생인 시중 김수종과 이찬 김제옹과 함께 난을 일으켜 조카인 왕을 시해하 고 스스로 왕위에 올라 헌덕왕이 되었다.

초저녁이 되어서야 김시방은 장보고와 정년을 놔주었다. 두 사람은 고물 쪽 선실로 들어갔다. 고물 쪽에도 침실이 있었다. 침실 널빤지에 드러누운 채 정년이 말했다.

"성님, 촌장님 얘기를 들어본께 참말로 서라벌로 가지 않기 를 잘했그만요."

"대구소 향리 나리께서 출세허실라고 서라벌에 갔다가 돌 아와 분 것을 보믄 짐작이 가제잉."

"근디도 지는 서라벌에 가서 무장이 될라고 했는디 시방 생각해 봉께 안 가기를 참말로 잘했그만이라."

"오즉허문 촌장님이 당에서 살겠는가? 정 족장님허고 뭔 얘기를 하다가 말씸했당께. 왕의 아들인께 촌장님 조카뻘이겄그만. 왕경에서 살지 않고 출가해 부렀다고 허대. 법명이 심지라든 가? 심 머시기라고 허드그만."

장보고의 말은 옳았다. 진표율사 가풍을 이은 심지(心智)는 헌덕왕의 아들이었다. 그 역시도 김시방과 같은 심정이었을 터였다. 아버지와 아버지의 동생들이 조카 애장왕을 죽이고 왕위에 오른 사실을 알고 괴로워하다가 출가했을 것이 틀림없었다.

"자, 연이 동상. 잠을 쪼깐 자야겄네. 어저께 한숨도 못 했거든."

"지도 마찬가지그만요."

장보고와 정년은 곧 코를 골며 잠에 떨어졌다. 배가 파도에 흔들릴 때마다 토기들이 달그락거리는 소리를 냈지만 두 사람의 잠을 깨우지는 못했다. 김시방의 장삿배는 검은 파도에 웅크리고 있는 듯한 위도 옆을 지나가고 있었다. 선장은 우두머리 노잡이와 우스갯소리를 하면서도 북극성을 눈에서 놓치지 않았다. 마파람도 잦아들고 조류가 썰물로 바뀌어 배는 먹물 같은 흑수바다를 느릿느릿 북진했다.

밤안개와 풍랑

"비상!"

장보고는 눈을 번쩍 떴다. 갑판 쪽에서 '비상!' 소리가 들려왔다. 선실 안은 동굴보다 더 어두웠다. 장보고는 웅크린 채 짐승처럼 자고 있는 정년을 깨웠다. 그러나 정년은 꿈쩍을 안 했다. 장보고는 정년의 어깨를 크게 흔들고는 저고리를 입었다. 그제야 정년이 일어났다.

"성님, 무신 일인게라우?"

"뭔 일이 생긴 것 같네. 얼릉 밖으로 나가보세."

장보고가 정년을 재촉했다. 장보고는 정년을 깨워놓고 선실 밖으로 먼저 나왔다. 선실 밖도 어둡기는 마찬가지였다. 지척을 분간할 수 없을 만큼 밤안개가 자욱했다. 별빛은 물론 불빛 하나 보이지 않았다. 점쟁이 복인을 선원들이 에워싸고 있었다. 장삿배가 뱃길을 잃어버린 것이 틀림없었다. 선장이 복인을 다그쳤다.

"여기가 어디고? 황수바다로 나온 기 아이가?"

"안개 땜시 알 수 없십니더. 용왕님께 빌고 있으니 쪼깐 지달려보이소."

복인은 두 팔을 휘휘 저으며 빌고 있었다. 장삿배는 방향을 잡지 못하고 어디론가 갈팡질팡 가고 있었다. 섬이나 뭍이 가깝다면 불빛이 보일 텐데 사방은 칠흑 같았다. 밤안개의 냉기가 얼굴을 스칠 뿐이었다. 선장은 돛잡이 요수에게 지시했다.

"돛을 다 내리그래이!"

"진작에 돛을 내렸그만이라우."

선장은 닻잡이 정수를 불러 말했다.

"여기서 닻을 내릴 수 있는 기고?"

"바다가 짚어서 닻을 내려도 닿지 않을 낍니더."

닻잡이 요수가 말했다.

"바람이 읎은께 다행이그만요."

"우리 배가 먼바다로 포류하지 않았다는 말이가?"

"지 짐작으로는 그렇그만이라우."

돛잡이 요수의 말은 바람이 잔 덕분에 배는 아주 엉뚱한 지점에 있지 않을 것이라는 말이었다. 돛잡이 요수는 배가 신라 땅 해안에서 멀리 벗어나 있지 않음을 감각적으로 느끼고 있었다. 밤바다에서 가끔 진흙 냄새가 나기도 했는데, 소용돌이치는 조류가 개펄 냄새를 피워 올리곤 했던 것이다. 그래도 배가 어디에 있는지 모르기 때문에 위험천만했다. 늙은 우두머리 노잡이가 말했다.

"암초가 많은 충청 마도나 물살이 급헌 강화 손돌목에 들어와 있다믄 큰일이여."

마도바다와 손돌목도 울돌목 못지않게 조류의 흐름이 빠르고 소용돌이치는 곳이었다. 다만 자정까지 썰물 때여서 황해 인당수가 가까운 곡도(백령도)까지 올라오지는 않았을 것 같았다. 점쟁이 복인은 잠시도 쉬지 않고 점을 치고 있었다. 그는 악귀가 사는 곳인지 아닌지를 분별하는 중이었다. 선장은 닻잡이 정수에게 지시했다.

"인자 닻을 내려보그래이."

"알겄그만이라우."

"배가 어디로 가는지도 모르고 항해했다가는 큰일 난데이."

선장의 지시를 받은 닻잡이 정수가 닻을 내렸다. 그러나 닻은 여전히 바다 밑에 걸리지 않았다. 이는 장삿배가 수심이 얕은 흑수바다 밖으로 나와 있다는 증거였다. 선장은 키잡이에게 장삿배가 신라 땅 해안으로 근접하도록 키를 잡으라고 한 뒤, 돛잡이에게는 두 개의 돛을 모두 올리고, 노잡이 방인들에게는 노를 저으라고 지시했다. 선장으로서는 위험한 결단이었다. 당나라의 황수바다로 나가 당구를 만나는 것보다는 신라 땅 해안으로 가는 것이 더 안전하기 때문이었다.

잠시 후에야 돛에 마파람이 안기기 시작했다. 점쟁이 복인이 소리쳤다.

"악귀 소굴에서 벗어났십니더! 선장님, 인자 안심해도 될 낍니더!"

점쟁이 복인의 말대로 장삿배는 북서쪽으로 움직였고, 밤안개는 마파람에 밀려 물러가고 있었다. 시야가 시나브로 트였다. 늙은 우두머리 노잡이가 소리쳤다.

"쩌그, 불빛이 보잉마!"

밤안개가 멀리 밀려가면서 신라 땅 해변이 거뭇거뭇 보였다. 선장이 불빛과 섬들을 보더니 김시방에게 보고했다.

"촌장님, 우리 배가 위도 부근에 있십니데이."

"천우신조로 무사한 기라."

"마도까지 안 간 것이 오히려 다행입니다."

김시방은 가슴을 쓸어내렸다. 장삿배가 북진하지 못한 채 위도바다 부근에서 빙빙 헤맸지만 그래도 무사했으므로 선원들에게 내린 비상 상황을 해제했다. 키잡이 타공과 돛잡이 요수만 갑판에 남고 다른 선원들은 부족한 잠을 보충하기 위해 다시 선실로 들어갔다. 장보고는 갑판에 남은 채 뱃전에 부서지는 파도를 응시했다. 그러자 늙은 우두머리 노잡이가 다가와서 말했다.

"안개 땜시 영광바다부터 위도까지 이리저리 술 취헌 거맹키로 돌아부렀그만."

"안개가 무섭그만요."

"안개허고 풍랑은 점쟁이 복인도 어쩌케 못 해불제."

"풍랑은 으디가 센디요?"

"황해 인당수라고 있제. 거그만 가믄 배가 심을 못 써부러.

긍께 요새는 당은포 쪽에서 당나라 등주로 바로 가분다고 허대."

당은포는 마도와 당진을 지난 경기 해변에 있었다. 당은포에서 등주까지는 거의 직선 뱃길이었다. 당의 군사나 신라 군사의 경비선들이 오가는 곳이기도 했다. 당구들이 가끔 출몰하기 때문이었다. 장보고가 말했다.

"행수방인님도 영파까지 가시는게라우?"

"몇 사람은 등주에서 내리고 대신 다른 사람덜이 탈 거그만."

행수(行首)란 우두머리란 뜻이었다.

"지는 월주까지 내려갔다가 일조로 올라온다고 허드그만요."

"나는 촌장님이 등주 신라방에 와서 구헌, 임시로 일허는 사람이그만. 등주 신라방 사람덜은 촌장님 배를 서로 탈라고 허제."

"무신 이유로 그런다요?"

"왕족이신 촌장님께서 미천한 우리덜을 잘 보살펴 주신께 그라제."

등주 신라방에는 선원이 되고 싶어 하는 신라인들이 많았다. 당구에게 납치되어 노비로 팔려 왔다가 겨우 탈출한 사람도 있고, 배고픔을 해결하기 위해 자진해서 당나라로 건너온 사람도 있고, 당나라로 장사를 나왔다가 주저앉은 사람도 있었다. 특히 배를 만들고 수리하는 기술자인 목수들은 당나라에서도 대접이 후했다.

"자네는 어처케 배를 탔는가?"

"촌장님 배 궁사로 탔지라우."

김시방의 장삿배를 지키는 우두머리 궁사 자격으로 정년과 함께 미산포에서 출발했던 것은 사실이었다. 그러니 우두머리 노잡이처럼 임시로 배를 탄 것은 아니었다. 김시방의 사군(私軍) 궁사가 됐기 때문이었다. 그러나 장보고나 정년은 언제까지나 김시방의 사군 노릇을 할 생각은 없었다. 일단 당나라에 도착한 뒤에는 김시방과 상의한 뒤 새로운 직업을 찾아볼 심산이었다.

"배는 위험헌디 계속 탈 생각이여?"

"선원이 될라고 탐진을 떠난 것은 아니지라우."

"당나라에서도 신라 궁사덜은 인기가 좋아. 절도사덜이 서로 달라고 허드랑께."

"당인 궁사덜도 있지 않은게라우?"

"신라 궁사보다 못해. 근디 산동반도 절도사는 신라 사람덜헌테 인기가 읎어. 고구려 사람인디 당나라 황제허고 사이가 안 좋고 게다가 당구덜이 납치헌 신라 사람덜을 노비매매허는디 묵인허고 있어. 긍께 신라인덜이 손구락질허제."

산동반도 일대를 장악한 뒤 절도사가 된 이정기는 고구려 유민이었다. 당 황제의 권력이 흔들리자 이정기는 독자 세력을 키우면서 때로는 당 조정을 위협하기도 했다. 당 조정에서는 이정기 절도사를 위험인물로 보고 제거하려고 했다. 그러나 당 조정에서 파병할 군사가 마땅치 않았으므로 산동반도 일대에서 이정기 세력에 불만을 품은 군사들을 모으고 있는 중이었다. 당 황제의 지원을 받아 조직한 군사가 바로 산동반도의 무령군(武

寧軍)이었다. 무령군에는 백제계와 신라계 유민들이 많은 것이
특징이기도 했다.

선실로 들어온 장보고는 토막 잠이라도 자려고 눈을 붙였
다. 그러나 늙은 우두머리 노잡이 말이 귓등에 맴돌았다. 장보고
역시 당구들의 해적질을 방관하거나 묵인하고 있다는 이정기에
게 분노했다. 그래서인지 이정기 군사를 토벌하려고 조직한 무
령군에 호감이 갔다. 더구나 무령군에는 백제계와 신라계의 유
민이 많다고 하니 낯설지도 않을 것 같았다. 그때 정년이 말했다.

"성님, 안 자고 뭣 허요?"

"방금 행수 노잡이 얘기를 들었는디 산동반도에 무령군이
있다는디 으쩐지 맴이 끌려분다야."

"무령군이라고 했소? 머시기 백제 무령왕 군대 이름 같그만요."

"그럴 리는 읎겄제. 동상, 우리 거그로 들어가 볼까? 시방 군
사를 모집허고 있다고 헌께."

"성님, 말씸 조심허씨요. 선원덜 중에 우리 말을 듣고 촌장
님께 일러바치믄 우리는 어처케 되겄소?"

"동상 말이 맞네. 행수궁사로 대접해 주고 있는디 다른 디로
간다믄 섭섭허시겄제. 긍께 당에 갈 때까지는 비밀로 허드라고잉."

"성님, 지는 걱정헐 거 읎어라우."

"배를 타고 봉께 탐진에서는 들어보지 못헌 얘기도 듣고 그
라네."

"우리가 탄 배에 벨 사람이 다 있그만이라."

"긍께 말조심해야겠네."

해가 뜨자 안개는 더 빠르게 걷혔다. 김시방의 장삿배는 당은포로 들어가서 닻을 내렸다. 포구에는 김시방의 장삿배를 타고 당나라로 건너갈 승려가 있었다. 헌덕왕의 아들로 태어나 왕실에서 살지 않고 출가한 심지가 당은포에서 장삿배를 기다리고 있던 중이었다. 김시방은 서라벌을 떠날 때 자신을 찾아온 심지를 만난 적이 있었는데, 그때 심지는 큰아버지가 되는 김시방에게 부탁을 했던 것이다. 김시방은 조카인 심지를 생각하며 장삿배에서 내렸다. 포구를 관장하고 있는 별장이 달려와 인사를 했다.

"촌장님, 스님이 보름 전에 오셔서 지다리고 있구먼유."

"탐진을 들렀다가 오느라고 쫌매 늦었다네. 스님은 서라벌에서 바로 이곳으로 오셨을 것이네. 여기서 만나기로 약속했던 기라."

"아이고, 그러셨구먼유."

별장은 김시방에게 지나칠 정도로 굽신거렸다. 김시방이 왕의 이복형인 줄 알고 있을 터였다. 심지도 왕의 아들이므로 보름 전쯤 당은포에 도착했지만 치소의 객사에서 편히 머물 수 있었다. 치소에서 나와 포구를 포행하던 심지가 장삿배에서 내린 김시방에게 다가와 합장하며 말했다.

"큰아버님, 소승 심지입니더."

"탐진에서 토기를 가져오느라꼬 늦었습니데이. 그동안 지

루하거나 불편허지는 않았십니꺼?"

"치소 향리께서 민망헐 정도로 극진했십니다. 별장께서도 어린 군사를 보내 편의를 봐주셨습니데이."

"포구에서 한나절 휴식한 뒤 떠날 것이니께 천천히 승선해도 됩니더."

"큰아버님, 알겠십니더. 소승은 오늘만 지다리고 있었십니데이."

선원들은 장삿배에서 내려 각자 휴식을 취하거나 가볍게 운동하며 긴장을 풀었다. 김시방은 치소 향리에게 부탁했던 쌀과 보리를 구해 선원들 편에 나르게 했다. 김시방과 향리는 이전에도 그랬듯 신의가 있었다. 김시방은 향리가 요구하는 당나라 물건을 나중에 가져다주기로 하고 쌀과 보리를 쉽게 얻었다. 향리는 당나라 물건 중에 자계 월주가마에서 생산하는 청자그릇을 부탁하곤 했다. 탐진 땅의 가마에서는 아직 청자를 생산하고 있지 않았으므로 비록 탁한 빛깔이 도는 조악한 청자였지만 신라 땅에 오면 귀한 대접을 받았다. 당은포 치소 향리는 월주가마의 청자접시나 항아리가 들어오면 제법 비싼 값으로 부근 토호들에게 팔아 이문을 챙겼다.

"촌장님, 당은포는 또 은제 와유?"

"가을에 올 낍니더."

"월주청자가 탐진토기맨치 개붑고 모냥이 실허다믄 구헐라고 허는 당은포 부자덜이 더 많아지겄쥬."

"그렇십니더. 잘 맹근 탐진토기는 참말로 월주청자 못지 않십니데이."

"재작년엔가 촌장님이 선물한 탐진 토기항아리는 입술이 처녀멩키루 얍실얍실허쥬."

김시방을 호위하던 장보고와 정년이 당은포 치소 향리의 말을 듣고는 웃었다.

"내가 보기에도 일부 월주청자는 탐진토기보다 둔허고 거시기헙니데이. 그러니꺼네 명주 장사꾼덜은 아직도 탐진토기를 서로 차지할라 칸다 아입니꺼."

그러나 기물에 유약이 입혀진 월주청자가 탐진토기보다 실용적인 것은 사실이었다. 탐진토기도 나무재가 유약처럼 녹아 번지르르한 경우가 있지만 다 그런 것은 아니었다. 김시방은 당은포 치소 향리를 안심시켰다.

"가을에 올 때도 월주 청자그릇을 가지고 올 낍니더. 나를 믿어보이소."

"이번에 올 때는 모냥이 괴안찮은 걸루 골라 와유."

"맘대로 안 됩니더. 월주청자는 굽기가 무섭게 금방 팔려버립니데이. 최상품은 장안 황실로 올라가 삐리고 장삿배에 올라오는 것은 중하품입니데이. 중하품 구허기도 가마 주인과 친분이 있어야 허고 운이 좋아야 합니더."

"그라겄쥬."

김시방은 향리와 술을 서너 잔 마시고는 느긋하게 승선했다. 장삿배는 정오가 조금 지난 뒤 마파람이 불기 시작하자 강화 쪽으로 올라갔다. 황해 인당수에서 바로 등주로 서진하려고 했다. 당은포에서도 등주로 갈 수 있지만 인당수를 거쳐 가는 것이 가장 빠르고 안전했다. 인당수만 지나면 황수바다가 나타났던 것이다. 황수바다라고 부르는 것은 황하의 진흙탕 물이 바다를 황토 빛깔로 바꾸어놓은 데서 유래했다. 정년이 말했다.

"성님, 인자 당이 가차운 모냥이요. 가심이 쪼깐 벌렁벌렁해라."

"동상, 나도 그러네. 나도 내 운명이 어쩌케 될지 모르겄당게."

"시방 불어오는 마파람을 받고 가는 배멩키로 잘 풀리겄지라?"

"바람이 마파람만 있는가? 하늬바람도 있고, 샛바람도 있고, 삭풍도 있고, 돌풍도 있는 것이제. 동상이나 나나 인자부터는 맴을 단단히 묵어야 써."

"근디 성님. 당은포 향리가 치소에서 보여준 월준가 뭔가 거 그 청자사발은 반짝반짝 윤이 나는 것이 보석 같습디다."

"나도 욕심이 나드라고. 이 배가 영파까지 간다고 헌께 촌장님을 따라가서 월주가마를 보고 잦네."

"사발이 두꺼와서 무거운 것이 흠입디다만. 글고 모냥이 쬐깐 비틀어져 조잡헙디다."

"여그 오는 청자그릇덜이 중하품인께 그라겄제. 황실로 올라가는 청자기물덜은 기가 막혀불겄제잉."

"중하품이라도 당은포 치소 향리가 월주청자를 욕심내는 것은 뭣인가가 좋응께 그라겄지라."

"우리 토기사발도 나무이파리멩키로 얇아서 들기가 개봅고 아조 단단해서 쇳소리가 나드라고."

"최상품은 으디 것이나 탐이 나겄지라."

"동상 아부지가 내게 준 토기술잔은 굽이 높아서 으쩐지 귀티가 나고 아조 다부지당께. 탐진토기 중에서는 최상품이겄제잉."

두 사람은 탐진토기와 월주청자를 이야기하다가 점쟁이 복인이 무슨 말인지 중얼중얼하는 것을 보고는 입을 다물었다. 인당수가 지척인지 갑자기 풍랑이 거세졌다. 점쟁이 복인은 인당수에도 악귀가 살고 있는데, 풍랑이 거센 것은 악귀들끼리 싸우고 있기 때문이라고 말했다. 풍랑으로 배가 심하게 흔들리자 당나라로 유학 가는 심지까지 나와서 관세음보살을 부르며 기도했다. 그러자 잠시 후 풍랑은 놀랍게도 기세를 누그러뜨렸다.

등주 신라방

김시방의 장삿배는 등주 신라방이 관할하는 포구에 정박했다. 배가 포구에서 닻을 내리자마자 신라방의 부총관 설전이 달려왔다. 설전은 장보고보다 나이가 어렸지만 벌써 부총관의 자리에 올라 있었다. 그러나 그는 신라방의 우두머리 총관의 잔심부름을 하는 비서에 불과했다. 등주 신라방 총관은 나이가 든 중늙은이로 지병이 심해 거동을 못 했기 때문에 설전이 왔을 터였다. 배에 오른 설전이 김시방을 보더니 달려와 공손하게 인사했다. 김시방이 웃으며 말했다.

"방정께서는 잘 계신가?"

"총관님은 요즘 치소에 나오지 몬하십니더. 꽤 됐십니데이."

"신라방을 잘 이끌어온 분이데이. 병석에서 일어나지 몬하믄 큰일 아이가."

김시방은 총관을 방정(坊正)이라고 불렀다. 틀린 호칭은 아니었다. 신라방의 신라인들은 총관을 방정이라고도 불렀던 것이다. 총관이란 말이 다소 권위적이라면, 방정은 재당신라인들에게 존경받는 어른이라는 뜻이 강했다. 김시방이 옆에 서 있는 장보고를 소개했다.

"행수궁사데이. 나이가 부총관보다 쪼매 위일 끼라."

장보고와 설전은 통성명을 했다.

"설전입니더. 지 고향은 서라벌이고예."

"장보고요. 지는 탐진에서 살았지라."

장보고의 키가 설전보다 한두 뼘 정도 더 컸다. 설전이 장보고의 체격에 위압감을 느꼈는지 눈을 바로 뜨지 못했다. 정년도 설전과 이름을 주고받았다. 김시방이 설전을 소개시켜 주는 데는 의도가 있었다. 서로 알고 지내면 손해 볼 것이 없을 터였다. 등주 신라방에 올 때마다 부총관 설전과 잘 협의해 일하라는 뜻이었다. 김시방은 등주에 내릴 선원들을 설전에게 알려주었다.

"복인과 배수리 목수 선공, 그라고 노잡이 몇명이 내린데이."

"노잡이덜은 얼마든지 대줄 수 있십니더. 점쟁이 복인은 더 구해보겠십니더."

"노잡이덜은 심이 좋고 어깨가 짱짱헌 장정으로 바꿔주그래이."

"신라방에는 배를 탈라꼬 지에게 부탁헌 장정덜이 많십니데이. 금방 델꼬 오겠십니더."

"알았네."

"촌장님 배는 언제 떠납니꺼?"

"오늘은 등주에서 쉬고 낼 떠날 끼다."

"하역할 기물은 없십니꺼?"

"이번 배에는 등주에서 하역할 토기는 없데이. 선원들을 몇 명 바꿀라꼬 온 것뿐인 기라."

"알겠십니더."

설전이 배에서 내리자마자 이번에는 신라소의 군관 장영이 군사 두 명을 데리고 와서 검문을 하기 시작했다. 신라소는 신라방과 신라촌의 자치기구인데, 그 우두머리를 대사(大使)라고 불렀다. 대사 휘하에서 실무적인 일은 압아(押衙)가 했다. 압아는 군관과 군사를 거느리고서 신라소와 신라촌을 보호하는 소임을 보았다.

군관 장영은 과묵했다. 할 말만 하고 입을 꾹 다물었다. 부총관 설전과 달리 김시방이 묻는 말에 짧게 대답할 뿐이었다.

"황제께서 압아 나리에게 벼슬을 내리셨다 카대."

"예."

"무슨 벼슬이가?"

"좀 깁니다."

"허긴 당 벼슬이 본래 길데이."

"평로군절도동십장 겸 등주제군사압아(平盧軍節度同十將 兼 登州諸軍事押衙)입니다."

산동반도를 다스리는 평로군 절도사 휘하의 무관 십장인데 여러 군관과 군사를 거느리는 압아라는 뜻이었다. 장영은 압아의 지시를 받고 배에 올랐던 것이다. 장보고보다 대여섯 살 어려

보였지만 장영에게는 함부로 범접할 수 없는 위엄이 있었다. 김시방은 장영을 장보고와 정년에게 소개해 주려고 하다가 말았다. 장영은 검문을 하고는 바로 배를 내려가 버렸던 것이다. 장영이 가고 난 뒤 정년이 말했다.

"성님, 무자게 건방지그만요."

"잘 봐두드라고잉. 막대기멩키로 뻣뻣헌 사람이 오래 가는 벱이여."

"성님은 으째서 저로코름 거만헌 사람을 좋아헌게라?"

"입이 무거운 사람은 신의가 있당께. 잘 기억해 두드라고잉."

나이는 이십 대 초반으로 보였지만 행동은 사십 대처럼 진중한 장영에게 장보고는 호감을 가졌다. 그러나 김시방은 장영의 행동에 기분이 개운치 않은지 한마디 했다.

"신라소에는 가끔 저런 군관이 있데이. 신경 쓰지 말그래이."

"지는 믿음이 가그만이라우."

"그래? 맴이 맞으면 그럴 수도 있지 않겄나. 허긴 장 군관은 뭣을 주어도 다 거절한데이."

"신라소에서 나온 군관덜에게 선물을 주기도 헌게라우?"

"포구에서 장삿배를 지켜주니 고마운 기라. 그때는 신라에서 가져온 접시 한 개라도 줘야 한데이. 근디 장 군관은 다 거절한 기라. 차갑기가 얼음땡이 같데이."

김시방은 선물을 거절했던 장영의 고지식한 태도를 싫어하지는 않았다. 그렇다고 융통성이 없는 장영의 기질을 좋아하지도 않는 듯했다. 그런 인물이 장사하는 상인 입장에서는 가장 까다로웠던 것이다.

"도대체 짚이 사귈 수 없는 사람이 장 군관인 기라."

"촌장님, 장 군관 같은 사람은 무신 일을 하드라도 변치 않을 거 같그만이라우."

"그럴 수도 있겄지만 장 군관 행동은 항상 무뚝뚝허데이. 따땃허지가 않으니까네 가차이헐 수가 읎어."

김시방은 고개를 저으며 선실로 내려가 버렸다. 정년이 말했다.

"가만히 지켜보믄 성님은 참말로 맴이 넓어부러라. 긍께 뭔 생각을 허는지 알 수가 읎지라."

"동상이 날 고로코름 보는 모냥인디 맴이 좁을 때는 바늘 하나 꽂을 자리도 읎당께. 하하."

장보고가 소리 내어 웃으면서 말을 돌렸다.

"노잡이 어른이 참 좋았는디 아숩다야. 으떤 선원덜이 배를 탈지 궁금허그만."

"신라방에서 오는 사람덜인께 모다 신라 사람덜이겠지라."

"탐진에서 온 사람도 있을까?"

"그러고 봉께 당구덜에게 잡혀갔다가 도망친 탐진 사람도 있을지 모르겠소잉."

"가리포에서도 흑수바다로 괴기 잡으로 나갔다가 당구덜에게 붙잡힌 사람덜이 있은께 말이여잉."

가리포 바닷가에 살던 보자기들이 당구들에게 잡혀간 일도 있고, 미산포까지 당구들이 잠입해 와서 바닷가 마을을 분탕질한 적도 있었던 것이다.

"성님, 우리가 은젠가 당구덜을 바다에서 청소해 붑시다."

"동상, 내 소원은 두 가지여. 부자가 되는 것이고, 당구덜을 바다에서 깨끗이 청소해 부는 것이여."

닻잡이와 키잡이 선원들은 배에서 내려 술집을 찾아갔지만 장보고와 정년은 그러지 못했다. 당나라 등주 포구에도 도적이나 해적이 장삿배를 급습하는 사고가 종종 있어 왔던 것이다. 다른 선원들은 휴식을 취했지만 궁사들은 더 긴장했다. 장보고는 이물과 고물, 그리고 좌현과 우현에 경계궁사를 배치했다. 대구소 향리와 미산포 별장에게 배운 대로 경계병을 내세웠다. 장보고의 행동을 본 김시방이 아주 만족해했다.

"내가 잘 보고 있데이. 포구맨치 위험헌 곳도 읎는 기라. 방심했다 카믄 가져온 기물들 다 도둑맞을 수도 있데이."

"촌장님, 지덜을 믿고 뭍에서 쉬시지라우."

"신라방에서 보낸 선원덜을 지달리고 있는 기라. 선원덜이 새로 와야 맴을 놓을 수 있데이."

"알겠그만요. 선원덜을 지달리고 겨시그만이라우."

"부총관이 갔으니 곧 올 끼다."

김시방의 말대로 잠시 후 설전이 몇 명의 선원들을 데리고 왔다. 정보고와 정년이 아는 사람은 아무도 없었다. 탐진 출신은 한 사람도 없는 셈이었다. 김시방은 점쟁이 복인이 오지 않았다며 몹시 아쉬워했다.

"복인이 와 읎노. 복인이 읎으믄 선원덜이 모다 불안해한다카이."

"구하지 몬했십니더."

김시방은 복인을 구하지 못한 것에 불만을 터뜨렸다. 노잡이만 해도 힘이 센 사람이면 되지만 복인은 별을 보고 점을 치는 능력이 있어야 하므로 아무라도 시킬 수 없었다. 김시방이 배 난간을 툭툭 치면서 아쉬워하자 장보고가 말했다.

"촌장님, 심지 스님이 겨신디 뭣을 걱정허신게라우. 배가 인당수를 지날 때 심지 스님이 독경을 해서 무사했그만이라우."

복인은 점을 치고 제사를 지냈지만 심지는 관세음보살 명호를 외우기만 했는데 배가 미친 듯한 풍랑을 무사히 견디었던 것이다. 위도바다에서 배가 밤안개 때문에 방향을 잃고 빙빙 돌때도 심지가 있었더라면 무사히 빠져나올 수 있었을지 모른다. 그런데 심지는 위도바다와 마도바다를 지난 당은포에서 기다리고 있었던 것이다.

"장 행수궁사 말이 맞데이. 내 눈으로 확인한 기라. 근데 심지 스님은 양주에서 개원사로 간다 카지 않았나."

"그거야 명주까지 갔다가 돌아오는 길에 양주로 와도 되고, 아니면 명주에서 바로 장안으로 가믄 되지 않겠는게라우."

"아하! 그라믄 장 행수궁사가 심지 스님에게 말해보그래이."

"에러운 일이 아니지라우. 심지 스님도 촌장님께 엄청 고마워허고 있그만요."

"심지 스님도 선실에 남아 있는 기고?"

"아니그만요. 노잡이를 따라서 배에서 내렸그만요. 곧 오겄지라우."

심지는 배에서 내릴 때 큰아버지인 김시방에게 말하지 않았는데, 사사로운 일까지 큰아버지에게 신세를 지고 싶지 않았던 것이다. 아무튼 심지는 신라방으로 가지 않고 노잡이 안내를 받아서 신라원으로 갔다가 어둑어둑해질 무렵에야 돌아왔다. 당에 오는 동안 정년과 가까워진 심지가 말했다.

"등주에도 우리 신라 사람이 세운 절이 있십니다. 거기 가서 장안으로 들어가는 길을 물어봤십니다."

"으디로 가는 것이 젤로 안전허다요?"

"양주에서 운하로 가는 방법이 있고, 명주에서 장강을 타는 방법도 있다 칸데 모두 안전하다는 말을 들었십니다."

"원래는 양주 개원사를 찾아가기로 했는디 방법이 하나 더 생긴 거그만요."

"촌장님께 여쭤봐야겄십니다."

그래도 양주에서 가는 방법이 더 까다롭기는 했다. 운하를 오가는 배를 한두 개 바꾸어 탄 뒤에야 장강으로 갈 수 있기에 그랬다. 배를 타는 것은 어렵지 않겠지만 말이 통하지 않으니 잘못하면 엉뚱한 곳으로 갈 수도 있었다. 그런데 장강에서 배를 타면 그런 걱정은 할 필요가 없었다. 한번 타면 장안까지 바로 갈 수 있었다.

심지가 양주 개원사나 명주 천태사로 가지 않고 장안에서 가까운 종남산 운제사로 가고자 발원한 까닭은 그곳이 선덕왕 때 분황사 주지를 지낸 자장율사가 계율을 익힌 절이기 때문이었다. 심지의 구법의지는 확고했다. 15세에 출가하여 금산사 진표율사의 가풍을 잇고 있기는 하지만 직접 계율종의 본산인 종남산 운제사로 가서 율장을 확실하게 배우고자 발원했던 것이다. 심지는 해시쯤 김시방에게 불려갔다. 김시방이 말했다.

"심지 스님, 선원 중에 복인이 읎는 기 걱정됩니더."

"인당수에서 제사를 지냈던 복인이 있지 않십니꺼?"

"등주에서 별 이유 읎이 내렸십니데이. 아마도 위도바다에서 시껍했던 거 같십니더. 제사를 지냈지만 배가 밤안개 때문에 이리저리 헤맸다 아입니꺼."

"별을 보고 점을 치는 복인에게는 속수무책이었겠십니더."

"그래서 말입니데이. 심지 스님이 명주까지 가몬 안 되겠십니꺼?"

"큰아버님, 걱정하시지 마이소. 신라원에 갔더니 한 스님이 양주에서 장안 가는 것보다 명주에서 가는 뱃길이 수월하다꼬 했십니더."

"아이고, 한시름 놓았십니데이. 배에 기도하는 사람이 읎으몬 선원덜이 엄청 불안해한다 아입니꺼."

"관세음보살 보문품을 독경하몬 어떤 재앙도 다 물리칠 수 있십니더."

"인당수에서 스님의 염불 소리를 들었는디 우째 믿지 않겠십니꺼."

김시방은 출가한 조카에게 존댓말로 깍듯하게 대했다. 출가한 스님을 우대하는 전통은 선덕왕이 의지했던 자장율사 대국통 때부터였다. 선덕왕은 자장율사를 흠모하여 분황사 주지로 임명했고, 통도사를 창건하도록 왕실 창고를 열어 정성을 다해 후원해 주었던 것이다. 그 이후부터는 왕자나 왕실 자제들이 출가하는 전통이 자연스럽게 생겨났는데, 왕자 중에서는 당나라로 가서 지장왕보살이 된 김지장 스님이 유명했다. 성덕왕의 아들로 태어나 출가한 뒤 당나라 구화산 화성사로 가서 그곳의 민중들은 물론이고 당 숙종 황제와 시인 이백의 칭송을 받았던 것이다.

장보고는 정년에게 심지의 생각을 전해 듣고 안도했다. 심지가 인당수에서 기도하던 중에 거칠게 날뛰던 풍랑이 갑자기 순해지는 광경을 직접 눈으로 보았던 것이다. 장보고는 참지 못하고 선실을 나와 이물로 갔다. 그러나 심지에게 바로 다가서지는 못했다. 심지가 독경을 하고 있어서였다. 장보고는 심지의 독경이 끝날 때까지 기다렸다. 심지가 독경을 마치고 장보고에게 말했다.

"『법화경』 관음보문품을 외고 있었십니데이."

"그것이 뭣인디 지도 쪼깐 알고 쟢그만이라우."

"궁사님도 오도 가도 못 헐 때 관세음보살님 명호만 불러도 에러운 처지를 벗어날 수 있십니다."

심지는 관세음보살의 복덕은 바다와 같이 무량하므로 명호만 외워도 도움을 받을 수 있다고 말했다. 그러면서 독경하고 있던 『법화경』 관음보문품의 한 부분을 구성진 목소리로 들려주었다.

관세음보살의 명호를 받드는 이가 큰 불길 속에 들어간다고 해도 그 불은 능히 그를 태우지 못하리라.

만약 큰 물결에 떠내려간다고 해도 관세음보살 명호를 부르면 곧 안전한 곳에 이르게 되느니라.

검은 바람이 일어 그들이 탄 배가 나찰, 아귀들의 나라에 이르렀어도 그 가운데 한 사람만이라도 관세음보살 명호를 부르는 이가 있다면 모두 나찰로 인한 재난에서 벗어나리라.

장보고는 심지의 짧은 법문과 독경에 감화를 받았다. 별점을 치는 복인은 밤안개 속에서 능력을 잃어버리지만 스님은 기상 변화와 상관없이 관세음보살 명호를 외우면서 독경만 하면 된다는 사실에 놀라지 않을 수 없었다. 장보고는 심지 스님으로부터 관세음보살이 어떤 보살인지를 들은 것만도 큰 행운이라고 생각했다. 장보고는 선실로 내려가 모처럼 깊은 잠을 잤다. 정년은 이미 큰 대자로 누워 자고 있었다.

당구 배를 불태우다

산동반도를 막 돌아서자 멀리 바위산이 보였다. 산봉우리에 거대한 바위들이 솟아 있는 산이었다. 아침 햇살을 받은 바위들이 붉게 빛났다. 마치 아침노을이 바위산에 비친 듯했다. 포구 앞에는 작은 섬이 하나 보였다. 김시방의 장삿배는 포구로 들어가지 않고 작은 섬 옆을 스쳤다. 산동반도 남쪽인 일조까지 가려면 서둘러야 했다. 장보고와 정년은 이물과 고물에서 각각 경계를 섰다. 장보고는 점점 멀어지는 붉은 바위산과 작은 섬에서 눈을 떼지 못했다. 김시방이 한 사내를 데리고 와서 소개했다.

"등주에서 탄 행수 노잡이데이. 새로 온 노잡이들을 퍼뜩 훈련시키고 이제야 소개시키는 기라."

장보고가 먼저 자신을 소개했다.

"잘 부탁허요. 나는 장보고라는 행수궁사요."

"지가 헐 말이구먼유, 장 행수궁사님. 이짝부텀 당구덜이 많으니께 잘 막아주셔유."

말투로 보아 그는 충청도 바닷가에서 등주 신라방으로 건너온 노잡이가 분명했다. 김시방이 한마디 더 보탰다.

"행수 노잡이 말이 맞데이. 당구덜이 어선으로 위장해 있다가 번개맨치로 접근하는 기라."

우두머리 노잡이가 선실로 내려가자 김시방이 웃으며 말했다.

"쪼매 전에 얼이 빠진 사람 같았데이. 어데를 본 기가?"

"아, 포구를 보고 있었지라우. 포구 뒤에 산도 보고 쬐깐헌 섬도 보았지라우."

"적산포에도 신라촌이 있다 아이가."

"지가 본 곳이 적산포인게라우?"

"포구 뒷산 산봉우리 바우가 붉게 보인다고 적산포라고 헌 기라. 포구 뒷산을 적산이라고 부르고. 포구 앞의 쪼매년 섬에 사람이 사는지는 모르겠고."

그제야 장보고는 자신이 왜 적산포구와 적산, 작은 섬을 보고 눈길을 떼지 못했는지를 깨달았다. 가리포 앞에는 장도가 있고, 뒷산의 몇 개 산봉우리 중에 하나는 바위로 된 산이 있었던 것이다. 장보고는 마음속으로 '아!' 하고 소리를 질렀다. 적산포와 적산, 작은 섬이 그동안 잊고 있었던 가리포를 연상시켜 주었고 고향에 대한 그리움을 솟구치게 했기 때문이었다.

"촌장님, 적산포가 참말로 가리포허고 비슷허그만요."

"나는 미처 몰랐데이. 쪼매 닮긴 했다 아이가. 해가 비치는 동쪽도 같고마."

"그라그만요. 가리포도 아침 해를 몬자 보는 동쪽이지라우."

"신라인덜은 우째 그란지 몰라도 당에 오믄 모다 해 뜨는 곳을 보고 산다카이."

김시방이 사는 일조(日照)도 해가 가장 먼저 떠서 빛이 비치는 곳이라는 의미의 지명이었다. 사람들은 명주에만 천태산이 있는 줄 알지만 일조에도 같은 이름의 산이 있었다. 일조 천태산 정상에는 해 모양이 음각된 선사시대의 바위 의자가 있는데, 이는 일조에 살던 씨족들이 대대로 해를 숭배해 왔다는 것을 증명했다.

"촌장님도 그래서 일조에 사시는게라우?"

"그런 기라. 서라벌 왕실의 귀족덜도 아침 해를 가차이서 볼라꼬 꼭두새복에 토함산으로 가끔 올라갔데이. 전날 저녁에 올라가 절에서 하룻밤 자고 일출을 보기도 했고."

"긍께 서라벌이나 가리포나 해를 우러러본 것은 모다 마찬가지그만요."

"그기 어데를 가도 변치 않는 신라인의 맘인 기라. 신라인만 그런 기 아니라 백제인이나 고구려인도 마찬가지였을 기라."

"촌장님 말씸을 듣고 본게 그러그만요. 탐진 사람덜도 그래라우."

그때였다. 적산포가 시야에서 완전히 사라진 바다에서였다. 바닷물 빛깔이 검푸르게 바뀐 흑수바다에 들어섰을 무렵이었다. 고물에서 경계를 서고 있던 정년이 김시방에게 달려왔다.

"무신 일이가?"

"배 한 척이 우리를 쫓아오고 있그만요!"

김시방과 장보고는 바로 고물 갑판으로 갔다. 과연 정년의 말대로 배 한 척이 김시방의 장삿배 쪽으로 접근해 오고 있었다. 장보고는 고기를 잡는 어선 같다고 생각했지만 의심이 들었다. 김시방의 장삿배를 뒤쫓고 있는 것 같아 수상쩍었다. 어선이라면 김시방의 장삿배를 쫓아올 리가 없었다. 김시방이 말했다.

"쪼매 더 지켜봐야겠지만 당구 배 같데이."

"그렇다믄 촌장님, 지에게 맽겨주시지라우. 지가 당구 배를 막아볼께라우."

"그기 에럽데이."

"미산포 별장에게 배운 대로 허믄 물리칠 수 있지라우."

정년도 한마디 했다.

"미산포에 당구덜이 왔을 때 별장이 물리쳤그만요. 별장은 당구덜을 대비해서 훈련을 자꼬 시켰지라우. 우리도 훈련을 받았그만요."

"알았네. 실수 읎이 장 행수궁사가 선원덜을 지휘허게나."

장보고는 즉시 선원들 중에 궁사들만 불러 모았다. 정년은 장보고 옆에 참좌군관처럼 칼을 잡고 섰다. 노잡이와 키잡이, 돛잡이는 정위치를 이탈하지 않도록 지시했다. 장보고가 미산포 별장이 훈련시켰던 대로 엄하게 말했다.

"내가 지시헐 때까지는 절대로 활을 쏘지 마라. 알겠냐!"

"예, 행수궁사님."

궁사들은 장보고와 정년을 포함해서 일곱 명이었다. 모두 한 손에는 활을 들고 옆구리에는 칼을 찼다. 반면에 키잡이와 돛잡이, 닻잡이는 칼만 찼다. 긴 창과 갈고리는 아직 배 갑판에 뉘어놓고 있었다. 김시방이 장보고에게 말했다.

"당구덜이 맞데이. 어선이라믄 어부덜이 갑판에 나와 있어야 할 낀데 읎데이. 보이지 않는 것이 수상한 기라."

"촌장님, 지 생각도 그래라우. 어선이라믄 우리를 쫓아올 리가 읎겠지라우. 선실에 숨어서 우리를 계속 살피고 있는 거 같습니다요."

배 한 척이 먹이를 발견한 맹수처럼 일정한 거리를 유지한 채 김시방의 장삿배를 계속 쫓아왔다. 선장이 돛잡이에게 배의 속도를 최대한 끌어올리도록 지시했지만 어선으로 위장한 당구 배의 추격도 만만찮았다.

이윽고 당구 배에 한두 사람이 보였다. 당구들의 우두머리인 듯 투구를 쓰고서 선두에 서서 무언가를 지시하고 있었다. 김시방은 선장에게 배의 속도를 더욱 끌어올리도록 독려했다. 장보고가 김시방에게 말했다.

"이쯤에서 배를 멈추고 당구덜을 지달리믄 으쩔께라우?"

"아니네. 병법에 때로는 싸우지 않고 도망치는 것도 좋은 전술이라고 했데이. 저넘덜이 무서와서 도망치는 기 아닌 기라."

"당구덜이 끝까정 쫓아오믄 으쩔랍니까?"

"다른 때 같으믄 쪼매 쫓아오다가 돌아가 삐리는디 오늘은 독헌 넘덜인 거 같데이.”

김시방이 고개를 절레절레 흔들었다. 장삿배는 적산포를 지나 일조바다에 들어서고 있었다. 일조 신라촌은 김시방이 터를 잡고 살고 있는 곳이었다. 신라촌 뒷산인 천태산에는 신라원이 있었다. 그때 선실에 있었던 심지가 나와 궁사들을 보고 의아해했다.

“무신 일입니꺼?”

“스님, 위험헌께 선실에 들어가 겨시지라우.”

장보고가 심지에게 말하자 김시방이 손으로 어선으로 위장한 배를 가리켰다.

“심지 스님, 저거 해적인 기라요. 그러니까네 안전헌 선실로 들어가 겨시소.”

장보고도 심지에게 한마디 했다.

“선실에서 기도해 주시믄 모다 무사헐 거그만요.”

“알겠십니더.”

심지는 갑판에 놓인 창과 갈고리들을 보고는 다시 선실로 들어갔다. 장보고가 말했다.

“아직은 우리 배가 잘 피해 가고 있지만 은제까정 이럴 수는 읎지라우. 노잡이 선원덜이 지치믄 우리가 불리허겄지라우.”

정년이 장보고의 말에 힘을 보탰다.

“노잡이덜이 지치기 전에 저넘덜을 지달리다가 쳐야 헙니다요. 노잡이덜이 지쳐블믄 어쩌케 싸운당가요.”

"이쯤에서 결판을 내야겄그만요!"

장보고가 다시 결의에 찬 목소리로 비장하게 말하자 김시방이 허락했다.

"좋네. 장 행수궁사에게 전권을 주겠데이."

"심지 스님이 기도허신께 우리 선원덜이 이길 거그만요."

장보고는 김시방의 허락이 떨어지자마자 우두머리 돛잡이와 노잡이에게 말했다.

"돛을 내려부씨요. 시방부텀 노를 젓지 마씨요."

장보고가 그들에게 존댓말을 쓰는 것은 두 사람 모두 중늙은이인 데다 우두머리 행수급이기 때문이었다. 그러나 그들은 장보고의 지시를 깍듯이 받들었다.

"행수궁사님 말씸대로 하겄슈."

"행수궁사님 지시대로 하겠십니더."

돛을 내리고 노를 젓지 않자 김시방의 장삿배는 흑수바다에 멈추었다. 검은 파도가 장삿배의 옆구리를 칠 때마다 돛대에서 삐걱거리는 소리가 났다. 그러자 당구 배가 돛폭에 바람을 가득 안고 더 빠르게 다가왔다. 장보고가 말했다.

"내가 투구를 쓴 넘을 맞춰 자빠지게 허믄 그때 동상은 돛폭에 불화살을 쏴부러잉."

"예, 성님."

긴장하고 있는 궁사들에게도 말했다.

"화살을 애껴야 헌께 당구덜이 화살을 쏠 때는 그냥 엎드려 있어야 써. 맞대응허지 말고. 김을 뺀 뒤 공격허믄 더 효과적인 것이여. 알겄는가?"

"예, 행수궁사님!"

한 궁사가 장보고에게 물었다.

"저넘덜이 몬자 불화살을 쏘믄 으쩐다요?"

궁사의 말에 장보고가 말했다.

"우리는 쪼깐 전에 돛을 내려부렀고, 갑판에 바닷물을 찌그러분다믄 불날 일은 읎을 것이여."

선원들이 갑판에 바닷물을 붓기 시작하자, 장보고와 정년은 뱃머리로 올라갔다. 그때 당구 배에서 불화살이 하나 날아왔다. 장보고가 정년을 밀어젖히자 그 사이로 불화살이 날아와 갑판에 떨어졌다. 불화살은 바닷물에 젖은 갑판 위에서 맥없이 꺼졌다. 불화살을 신호로 당구 배에서 화살이 소나기 오듯 날아왔다. 화살이 한 차례 무더기로 날아온 뒤에야 장보고가 투구를 쓴 당구에게 화살 한 발을 쏘았다. 그러자 투구를 쓴 당구가 흑수바다로 굴러떨어졌다. 장보고가 정년에게 지시했다.

"동상, 당구 돛에 불화살을 쏴부러!"

마침 당구 배의 돛을 겨냥하고 있던 정년이 불화살을 날렸다. 불화살은 곧장 당구 배의 돛에 불을 놓았다. 돛에 불이 붙자마자 당구들이 갑판 위에서 날뛰었다. 우두머리 당구가 장보고의 화살에 맞아 죽고 돛에 불이 붙어 타오르자 갈팡질팡했다. 장보고가 공격 기회를 놓치지 않고 궁사들에게 명했다.

"모다 화살을 쏴라!"

"예, 행수궁사님!"

돛이 불길에 휩싸이자 갑판 위에서 이리저리 날뛰던 당구들이 일부는 흑수바다로 뛰어들었다. 또 화살을 맞은 몇 명은 비명을 지르며 갑판 위에 쓰러졌다. 장보고의 작전은 예전의 미산포 별장처럼 용의주도했다. 당구 배가 방향을 잡지 못하고 흑수바다 파도에 떠밀려 갔다. 심지는 아직도 선실에서 기도 중이었다. 김시방이 용단을 내리자 선장이 돛잡이에게 말했다.

"돛을 올리그래이."

김시방의 장삿배가 돛에 바람을 안고 당구 배로 접근해 갔다. 정년이 단호하게 말했다.

"수색헐 때는 긴장해야 써! 숨어 있는 넘이 있을 줄 모른께."

김시방의 장삿배가 당구 배에 천천히 다가가는 동안 선원 두 명이 갈고리를 던졌다. 갈고리가 걸리자 당구 배가 끌려 왔다. 칼을 뺀 정년이 먼저 훌쩍 뛰어 당구 배로 넘어갔다. 창을 든 궁사 두 명도 정년 뒤를 따랐다.

잠시 후, 정년이 장보고에게 당구 배로 넘어오라고 손짓했다. 갑판 위에 쓰러져 죽은 당구들만 있을 뿐 안전하다는 수신호였다. 김시방과 장보고는 당구 배로 갔다. 당구 배의 갑판은 붉은 피로 얼룩져 있었다. 돛은 불화살을 맞아 시커멓게 불타버렸고, 타다만 돛대는 부러진 채 앙상했다. 이윽고 선실을 수색하던 정년이 소리쳤다.

"성님, 선실 창고에 사람덜이 있그만요!"

"당구가 있을지 모른께 지달려!"

그러나 조심할 필요는 없었다. 창고 문틈으로 손발이 묶인 사람들만 보였다. 며칠 동안 굶은 듯 신음소리만 뱉어냈다. 그중에서 누군가가 모기만 한 소리로 말했다.

"우덜은 신라인이어유. 당구덜헌티 붙잽혀 노비로 팔려 가고 있슈."

"걱정 말드라고잉. 우리는 신라인이여."

정년이 한마디 하고는 발로 창고 문을 찼다. 정년의 발차기에 창고 문이 박살 났다. 과연 빛이 한 점도 들어오지 않는 어두컴컴한 창고 안에는 손발이 묶인 여섯 명의 신라인 사내들이 신음소리만 내뱉을 뿐 꼼짝을 못 하고 있었다. 정년이 한 사람씩 새끼줄을 풀었다. 김시방이 장보고에게 지시했다.

"저 사람덜을 우리 배에 옮기그래이. 물이라도 멕이몬 기운을 쪼매 차릴 기다."

궁사들이 창고 안에 든 사람들을 한 명씩 업었다. 김시방은 선원들에게 죽은 당구들을 수장시키고 빈 배를 불 지르라고 명했다. 당구 배는 선실에서 연기를 내뿜더니 순식간에 불길에 휩싸였다. 우두머리 노잡이가 김시방에게 말했다.

"촌장님, 바다에 뛰어든 당구덜을 워쩌지유?"

"구출헌 신라인덜을 일조 신라촌에 맽길라몬 시간이 읎데이."

"알겠구먼유."

장삿배에 구출한 신라인 여섯 명을 다 태우고 간다는 것은 무리였다. 며칠을 굶은 여섯 명은 당장에 뭍으로 내려가 신라촌에서 기력부터 회복해야 했다. 당구들은 납치한 신라인들을 일부러 굶기는지도 몰랐다. 거동할 수 없을 정도로 비실비실해야만 배를 탈출하거나 반항하지 못할 것이기 때문이었다.

심지는 당구 배에서 구출한 신라인들의 불안을 해소시켜 주었다. 신라인 모두 절에 다녔던 불자인지 심지 앞에서 합장하고 있었다.

"인자 안심해도 됩니데이. 이 배는 신라촌 촌장님 배입니더. 여러분은 신라촌으로 갈 낍니더. 거기는 신라인이 사는 마실입니데이. 거기에는 신라소도 있꼬 나 같은 스님이 머무는 신라원도 있십니데이."

"스님, 이기 꿈인지 생시인지 모르겠십니더. 우리는 메칠 째 어데로 가는지도 모르고 컴컴헌 배 안에 갇혀 있었십니더. 인자 광명세상에 나온 거 같십니데이."

정년이 말했다.

"탐진에서 온 사람 있는게라?"

"한 사람만 겡상도고 모다 충청도 사람이유."

김시방의 장삿배는 일조 앞바다를 지나치려고 했던 계획을 바꾸어 포구로 들어갔다. 장삿배에서 내린 김시방은 구출한 여섯 명을 데리고 신라촌으로 갔다. 뭍에서도 장보고와 정년은 김시방을 호위했다. 신라촌은 포구에서 깊숙한 천태산 산기슭에 있었다. 그런데 바닷물은 신라촌 앞까지 들락거렸다. 바닷물이 빠지면 신라촌 앞은 드넓은 개펄이었다. 그러고 보니 신라촌 사람들은 개펄에서는 소금을 굽고, 들판에서는 농사를 짓고, 산자락에서는 참나무 장작에 불을 피워 숯을 만들고 살았다. 토기가마를 본뜬 신라촌의 숯가마는 당인들에게 없는 시설이었다. 신라인이 만든 소금이나 숯은 당인들이 서로 구하려고 했다. 당인의 것보다 품질이 우수하기 때문이었다.

월주가마 노비들

김시방의 장삿배는 양주로 들어가지 않고 바로 명주를 향해서 내려갔다. 심지가 양주 개원사로 가지 않고 명주까지 가겠다고 했기 때문이었다. 일조가 가까운 흑수바다에서 만난 당구들의 공격으로 차질이 왔지만 그래도 양주에서 정박하지 않았기 때문에 항해 시간은 엇비슷했다.

　백수바다로 들어섰을 때는 한밤중이었다. 장보고는 선실에서 일조 신라촌에 내린 여섯 명의 신라인들이 자꾸 떠올라 잠을 이루지 못했다. 가리포에서도 당구들이 납치해 간 어부가 있었지만 직접 눈으로 보지 못한 데다 어린 시절의 일이었으므로 실감을 못 했는데, 이번에는 달랐다. 당구들이 어선으로 위장해 신라의 바다까지 몰래 들어와서 노략질은 물론이고 사람들을 붙잡아 노비로 팔아넘기는 악행을 저지르고 있는 것이었다.

　김시방과 선장, 교대를 한 노잡이, 키잡이, 돛잡이들은 모두 곤하게 잠에 떨어져 있었다. 장보고는 선실을 나와 장삿배 갑판 위를 한 바퀴 돌았다. 밤바람이 차갑기는 하지만 매섭지는 않았다. 부드러운 기운이 얼굴을 스쳤다. 산동반도의 밤바람과는 감촉이 확연하게 달랐다. 북두칠성이 바로 머리 위에서 또록또록 빛나고 있었다. 심지는 뱃머리에서 북두칠성을 향해 무사항해를 빌었고, 정년은 고물에서 궁사들과 얘기를 주고받고 있었다. 정년이 장보고를 보더니 다가왔다.

"성님, 잠이 안 오요?"

"긍께 밖으로 나와부렀제."

"지가 경계 서는 시간인디 성님이 보여서 헌 말이요."

"한밤중에 뭔 얘기를 쏙닥거리고 있는가?"

"흑수바다에서 구출헌 사람덜 얘기허고 있었지라."

"그랬는가? 나도 치가 떨려 잠이 안 오드라고. 당구덜 만행이 이만저만이 아니여."

"궁사덜 얘기로는 으쩔 때는 흑수바다가 무법천지라고 허요. 모두 성님 칭찬했지라. 함마트라믄 큰일 날 뻔했다고."

"미산포 별장 숭내 쪼깐 내봤는디 잘 되드라고. 글고 심지 스님 기도 덕분이여. 스님이 시방도 기도허시고 겨신디 스님 역할이 솔찬허그만잉."

"우리가 직접 봤은께 믿어야지라. 성님, 새복에 명주에 도착헌다고 헌께 토막 잠이라도 잡시다요."

"그러세. 이러다가 하룻밤을 새불겄네."

그러나 두 사람은 바로 선실로 들어가지 못했다. 심지가 기도를 끝내고 두 사람에게 오더니 합장했다.

"촌장님께서 얘기했십니더. 궁사님덜이 당구덜을 물리쳤다고. 소승이 당에 무사히 올 수 있도록 도와주시어 고맙십니더."

"아이고메, 스님 기도 덕분이지라우. 우리덜 심만으로는 포도시 물리치기도 에러왔을 거그만요."

"아닙니더. 두 궁사님 실력으로 당구 배를 제압했다고 들었십니데이."

"스님, 명주에서 바로 장안으로 올라가시는게라?"

"선장님 말씸인디 명주 천태산에 국청사가 좋다니께 몬자 거그부텀 가겠십니더."

명주 국청사는 천태종의 본산이었다. 특히 그곳 일부 승려들은 『법화경』의 관세음보살에 의지하는 관음기도를 많이 하는 것으로 유명했다. 선원들이 배에서 내리면 반드시 들리는 절이 바로 국청사였다. 무사항해와 장사 등 원만성취를 기도하기 위해 한때 천태사라고 불렸던 국청사를 올라가는 것이었다. 심지가 장안 부근의 종남산 운제사를 가기 전에 왜 명주 천태산 국청사에서 기도하려고 마음을 바꾸었는지는 알 수 없었다. 항해하면서 풍랑과 당구들을 만나 극복하는 동안 기도의 힘을 새삼 절감했는지도 모를 일이었다.

김시방의 장삿배는 캄캄한 백수바다에서 "쿵!" 하고 암초에 한 번 부딪친 사고 말고는 무사히 명주 앞바다로 들어섰다. 먼동이 트고 있었다. 백수바다 위 동쪽 하늘에 붉은 놀이 부챗살처럼 번졌다. 장보고는 심지와 밤새 얘기를 주고받은 탓에 한숨도 못

했지만 전혀 피곤하지 않았다. 갈매기들이 이른 새벽인데도 부지런히 날았다. 몇 마리가 배를 따라왔다가 먼 하늘로 사라지기도 했다.

김시방은 사뭇 흥분해 있었다. 탐진에서 명주까지 무사히 왔다는 안도감에 그런 것 같았다. 얼굴이 상기되어 술을 한잔 마신 사람 같았다. 선원들도 들떠 있기는 마찬가지였다. 밤안개 속에서 표류하고, 거친 풍랑을 뚫고, 당구들을 제압하고, 암초를 피한 끝에 도달한 명주이므로 그럴 수밖에 없었다. 김시방이 애써 진정하며 말했다.

"마지막이 중요하데이. 탐진에서 가져온 토기 다발에 명주라고 쓴 것만 내리그래이. 돌아가는 길에 양주 장사꾼에게도 팔기 있는 기라."

"예, 촌장님."

선장은 장삿배가 무사히 정박할 수 있는 목책을 찾았다. 갑판 위에서 두 손을 휘휘 젓고 다녔다. 닻잡이 정수는 닻을 내려야 할 곳을 미리 정했다. 정년이 말했다.

"성님, 흑수바다는 꾸정꾸정허든디 여그 명주바다는 바다 밑까정 훤히 다 보여부요잉."

"뻘이 없는 바다 같그만. 긍께 백수바다라고 허겄제."

장삿배 옆에서 오락가락 헤엄치는 물고기들이 보일 만큼 바닷물은 투명했다. 포구 목책 너머에는 한 무리의 사람들이 장삿배를 기다리고 있었다. 김시방이 말했다.

"우리 배를 지달리고 있는 명주 장사꾼들이데이. 장 행수궁사는 포구에 몬자 내리그래이. 토기덜을 잘 지켜야 한데이. 여그는 큰 도시라서 좀도둑이 많다카이."

"예, 촌장님."

장보고와 정년이 먼저 배에서 내렸다. 그다음에는 김시방의 추천서를 받은 심지가 내렸다. 명주 절도사에게 보낼 추천서는 김시방이 심지를 보증해 주는 편지 형식의 문서였다. 심지는 명주에 오는 동안 정들었던 장보고, 정년과 헤어졌다. 선원들과는 이미 배에서 작별인사를 나누었는지 홀가분한 표정을 짓고 있었다.

"종남산 운제사에서 공부허고 귀국헐 낍니더. 훗날 만납시데이."

"잘 댕겨오시기를 빌게라우."

정년의 눈가가 촉촉해졌다. 장보고도 아쉬워했다.

"스님이 눈에 선헐 거 같그만요. 인연이 되믄 또 뵙겄지라우."

"지도 궁사님덜을 잊지 못헐 거 같십니데이."

심지는 합장한 뒤 거멍거멍 천태산 쪽으로 사라졌다. 선장은 선실 창고로 내려가서 명주 포구에 내릴 토기들을 점검했다. 양주로 갈 토기도 있기 때문에 선장이 분류해 주어야 했다. 선원들은 선장의 지시대로 토기를 밖으로 날랐다. 토기의 양은 엄청났다. 포구에 진열해 놓고 보니 두 수레 정도는 되었다. 토기를 정리하는 데만 두어 식경이 지나갔다. 명주 장사꾼들 중에는 토기를 보고 박수 치는 이도 있었다. 정교한 탐진토기를 보면서 감탄을 금치 못했다.

장보고는 진열한 탐진토기 둘레에 궁사들을 세웠다. 돛잡이와 키잡이, 닻잡이는 칼을 들고 배를 지켰다. 정년은 김시방을 따라다니면서 호위했다. 이윽고 김시방이 명주 장사꾼들에게 말했다.

"사고 싶은 탐진토기가 있으몬 값을 몬자 말하시오."

그러자 장사꾼 모두가 손을 들고 마음에 드는 탐진토기들을 먼저 가져가려고 경쟁했다. 한 장사꾼이 값을 부르면 다른 장사꾼은 더 높은 값을 제시했다. 그러는 동안 토기값은 점점 더 올라갔다. 마침내 명주 장사꾼들은 허리에 찬 전대를 풀고 은전을 쏟아냈다. 장보고와 정년은 탐진토기의 인기에 깜짝 놀랐다. 진열한 탐진토기는 한나절 만에 단 한 점도 없이 모두 팔렸다. 장보고가 정년에게 말했다.

"동상, 우리 탐진토기를 요로코름 좋아허는지 몰랐네."

"긍께 촌장님이 탐진토기를 양신 배에 신고 온갖 생고상을 험시로 왔겄지라."

"생고상을 허고라도 크게 남는 장사라믄 낸중에 우리도 한번 해보믄 으쩔까?"

"아이고메, 성님. 뱁새가 황새 숭내내믄 가쟁이가 찢어지지라."

"동상은 으째서 자신을 뱁새라고 생각허는가? 뱁새보담 어차든지 황새로 살아야제."

김시방은 명주에서 목적을 달성한 듯 시종 흐뭇해했다. 선장에게 은전을 한 주먹 쥐여주면서 선원들을 교대로 명주 저잣거리로 보내 회식을 시켜주었다. 술을 마시는 것도 허락했다. 어차피 명주에서 하루를 더 보낼 셈이었던 것이다. 오후에는 김시방이 장보고를 불렀다.

"자계(慈溪)를 댕겨올라꼬 허네. 장 행수궁사는 여그 남아 쉴 긴가?"

"아니지라우. 정년이 동상허고 촌장님을 따라가 불라요."

"나야, 든든허니 좋데이. 두 사람 다 출중헌 궁사 아이가."

"근디 자계는 뭣 땜시 가시는게라우?"

"거그 가몬 상림호(上林湖)가 있는 기라. 상림호 산자락에는 월주가마덜이 있꼬."

"월주가마라고라우?"

장보고는 당은포에서 치소 향리와 김시방 간에 주고받은 얘기가 떠올라 되물었다. 당은포 치소 향리가 김시방에게 월주가마의 청자를 부탁했던 것이다. 장보고는 당은포에서 청자사발이나 청자그릇을 처음 보고는 호기심을 가졌던바 가보고 싶은 생각이 들었다.

잠시 후, 김시방은 말 세 마리를 빌려와 두 사람을 앞뒤로 세우고 자계로 떠났다. 자계 상림호는 명주 동북쪽 산자락에 있었다. 김시방 일행은 유시 무렵에야 자계소에 도착했다. 월주가마는 황실 관요이므로 자계소 압아에게 허락을 받아야 했다. 월주가마에서 생산하는 최상품은 황실이나 귀족에게 돌아가고, 중하품은 가마의 주인이 김시방 같은 교분이 두터운 상인에게 팔았다. 월주청자는 중하품이라고 하더라도 일반 평민은 사용하지 못했다. 그런 까닭에 고급스러운 탐진토기가 명주 일대에서 아직도 인기를 유지하고 있을 터였다.

김시방은 직접 자계소로 가지 않고 자계소 앞에 있는 당전(堂前)으로 들어갔다. 당전은 관원들이 차를 마시고, 귀한 손님이 왔을 때는 무희가 와서 춤도 추는 숙박시설이 갖추어진 연회장이었다. 김시방은 팔걸이의자에 앉았고 장보고와 정년은 의자 뒤에서 꼿꼿하게 섰다. 이윽고 자계소 압아가 수염을 쓰다듬으면서 다소 거만하게 들어왔다. 김시방이 일어나 압아를 맞이했다.

"또 왔십니더."

"김 촌장, 반갑소이다."

압아가 앉자마자 김시방은 품속에서 무언가를 꺼냈다. 토우였다. 여자의 엉덩이와 젖무덤이 크게 강조된 다소 우스꽝스러운 토우였다. 토우 선물을 받은 압아가 두 손을 모아 이마까지 올리며 고마움을 표시했다. 토우는 탐진에서 만든 것이 아니라 서라벌에서 가져온 작품이었다. 장보고와 정년도 처음 보는 토우였다.

"소신이 무엇을 도와드릴까요?"

"월주가마에서 나오는 중하품 청자라도 많이 샀으몬 좋겠십니더."

"걱정하지 마시오. 내가 군관을 보내 지시하겠소이다."

"압아 나리, 고맙십니더."

압아는 술을 마시지 않았다. 급히 처리할 공무가 있는지 김시방의 눈치를 보면서 슬그머니 일어났다. 김시방도 압아를 붙들지 않았다. 마음은 이미 월주가마 쪽으로 가 있었다. 압아가 나가자마자 김시방은 바로 말을 탔다. 장보고와 정년은 상림호 월주가마 가는 길이 초행길이었으므로 김시방을 뒤따랐다.

마침내 상림호 산모퉁이를 돌아가자 십여 기의 가마들이 나타나기 시작했다. 마치 숨어 있다가 튀어나온 것처럼 가마들이 한꺼번에 드러났다. 장보고와 정년은 가마들의 숫자보다는 크기에 놀랐다. 가마 길이가 탐진 토기가마보다 네 배쯤 되었다. 봉통 아궁이 크기도 사람이 고개만 숙이고 들락거릴 수 있을 만큼 컸다. 정년은 자신도 모르게 "아!" 하고 탄성을 질렀다. 장보고도 마찬가지였다. 탐진에서 토기가마가 가장 크다는 정 족장의 것보다도 두 배는 더 길고 커 보였다.

봄철 가마 작업이 끝났는지 사람들은 보이지 않았다. 김시방은 상림호 호숫가에 저택을 짓고 사는 청자가마 주인을 찾아갔다. 오래전부터 친분이 있었기 때문에 청자가마 주인은 김시방을 아주 반갑게 맞아주었다. 그는 차 대신에 다짜고짜 고량주를 내놓았다.

"얼마 만이오?"

"3년이 지난 것 같십니더. 서라벌에 가서 볼 일을 다 보고 왔십니데이.”

“이번 가마는 신통찮습니다. 허나 중하품은 많으니 걱정 마시오.”

최상품은 반출이 금지되어 있으므로 김시방은 꿈도 꾸지 않았다. 청자가마 주인의 저택 거실을 장식하고 있는 청자항아리, 청자술병, 청자사발 등이 최상품이었다. 장보고의 눈에도 당은포에서 보았던 조악한 청자그릇들과는 전혀 달리 보였다. 김시방은 고량주에 약했다. 여남은 잔을 마시더니 몸을 비틀거렸다. 주인은 김시방에게 상림호가 보이는 사랑방을 내주었다.

“여독이 아직 풀리지 않은 것 같습니다. 오늘 밤은 저희 집에서 푹 쉬시기를 바랍니다.”

주인이 눈짓을 보내자 하인 두 명이 김시방을 사랑방으로 부축해 갔다. 그리고 또 한 명의 하인은 장보고와 정년을 별채 방으로 안내했다. 날은 금세 어둑어둑해졌다. 하인이 별채 방의 침대를 정리해 주고는 말했다.

“지덜은 신라에서 왔그만요.”

장보고와 정년은 술이 확 깨는 것을 느꼈다.

“으디서 왔다고라!”

“지는 탐진이고, 촌장님을 모신 사람덜은 고안(해남)이고 부령(부안)이그만요.”

장보고는 순간 짚이는 것이 있었으므로 사내의 손을 잡고 물었다.

"당구덜에게 붙잡혀 노비로 팔려 온 것이 아닌게라?"

"맞그만요. 가마 철에는 나무허고 그릇 맹글고 불 때고, 온 갖 궂은일을 송신나게 허고 있그만이라우. 목심이 원망시러와라우."

"어처케 해주믄 좋겠소?"

"고향으로 돌아가야지라우. 무시지도 씹고 잪고, 짓국도 마시고 잪고, 쪼각지도 묵고 잪어 미쳐불겄그만요. 여그 사람덜은 생것을 묵지 못헌당께요. 부모님을 보고 잪은 것은 말헐 것도 읎고라우. 우리 쪼깐 델꼬 가주씨요."

탐진에서 끌려왔다는 사내의 눈에 눈물이 그렁그렁했다.

"알았은께 얼렁 돌아가 있으쑈."

그날 밤 장보고와 정년은 청자가마 주인의 사랑방에서 쉬고 있는 김시방에게 갔다. 마침 김시방은 목이 타는지 일어나서 물을 벌컥벌컥 마시고 있었다. 장보고가 "촌장님!" 하고 부르자 금세 목소리를 알아차리고 문을 열어주었다.

"촌장님, 여그 하인덜 말인디요. 실은 노비로 팔려 온 탐진 사람도 있그만요."

"알고 있데이."

"근디 으째서 모른 체허신당가요?"

"여그 가마 주인덜 중에서 나와 가장 친헌 사람인디 내가 이 사람덜을 빼가몬 쓰겄는가? 때를 지달리고 있으니게 가만히 있그래이."

"알고 겨셨그만요."

갑자기 빗소리가 들려왔다. 정원의 나뭇잎을 때리는 빗소리였다. 잠시 후에는 천둥번개가 쳤다. 장보고와 정년은 김시방이 다시 자리에 눕자 별채 방으로 건너왔다. 그러나 장보고는 탐진에서 온 사내의 선한 눈망울이 눈앞에 어른거려 잠을 자지 못했다. 잠을 자기는커녕 뒤척대며 당구들의 악행에 치를 떨었다. 정년도 마찬가지였다.

3장

무령군 입대

명주를 떠난 김시방의 장삿배는 양주에서 한나절을 머물렀다. 양주에서도 김시방은 관아에서 장보고와 정년에게 젊은 장사꾼 왕청과 왕종을 소개시켜 주었다. 왕씨 두 사람은 명주와 달리 장 삿배에 싣고 온 탐진토기들을 보지도 않고 모두 사버릴 만큼 양 주에서 재력을 과시하는 장사꾼들이었다. 모두 황해도에서 온 신라인 출신이었다. 당나라에 귀화한 군관 이원좌도 만났다. 김 시방은 왕청 형제를 관아 앞의 당전으로 데리고 나가 다음 배에 가져올 탐진토기를 주문받았다.

장보고와 정년은 관아에 남아 이원좌와 얘기를 주고받았 다. 이원좌는 양주 절도사 휘하에서 군관을 하고 있었는데, 두 사 람을 보고서는 아주 살갑게 맞이해 주었다.

"반갑시다. 내레 고향은 개성이외다."

칼을 차고 있는 이원좌의 풍모는 위의가 있었다. 키가 크고 코는 주먹만 했다. 큰 키에 비해서 눈과 귀가 작았다. 눈은 실눈 이었고 귀는 뺨에 바짝 붙어 있었다. 장보고가 말했다.

"지덜은 탐진에서 왔그만요."

"개성이나 탐진이나 다 같은 나라 땅 아이오. 그라니까니 반갑시다."

"촌장님 말씀으로는 당에 귀화허셨다고 들었그만요."

"절도사께서 강권해 할 수 없이 그랬시다. 귀화는 했지만서도 내레 본 태생이 어케 없어지갓시오?"

절도사 휘하에서 군관을 하면 녹봉이 있고, 수십 명의 군사를 통솔하는 지휘권이 생기므로 누구나 욕심낼 만한 자리였다. 또한 무재가 있어야만 인정받는 자리였다. 신라인들이 당나라에 와서 출세하려면 무술이 뛰어나거나 과거에 급제해야만 했는데, 이원좌는 무술로 인정받은 경우였다. 정년이 말했다.

"우리 성님은 활이 뛰어난디 군관님은 으떤 무술이당가요?"

"내레 주특기는 창술이라요."

이원좌는 당나라 군사에 대한 정보를 알려주기도 했다. 장보고와 정년이 듣고 싶었던 정보였다.

"배를 타믄 재미는 있갓지요. 하지만 활을 잘 다루는 사람이 무장이 된다믄 더 큰 명예가 어데 있갓시오?"

"군관님, 우리덜도 당군에 들어갈 수 있는게라우?"

"여기 서주 무령군에서 몇 년 전부터 군사를 모집해 왔시다."

이번에는 장보고가 물었다.

"여그서 서주는 을매나 가야 헐게라우?"

"서북쪽으로 보름 이상 걸리갓시오."

"일조에서는 을매나 가야 헐게라우?"

"서남쪽으로 열흘 이상 걸리갓시오."

보름에서 열흘이라면 별 차이가 없었다. 장보고와 정년은 이원좌에게 고개를 깊이 숙여 인사하고는 당전으로 나가 김시방에게 갔다. 왕청과 왕종은 당전이 떠나갈 듯이 큰 소리로 떠들며 이야기했다. 당인들의 눈치를 보지 않고 떠드는 것을 보면 양주에서 큰 장사꾼임이 분명했다. 당전 하인이 숯불에 찻물을 끓여내고 차를 따르느라고 바쁘게 손을 놀렸다. 김시방이 왕청에게 장보고와 정년을 다시 소개했다.

"우리 배 행수궁사데이."

"지덜 형지는 양주에서 서주를 댕기면서 물건을 팔고 있습네다."

정년이 눈을 크게 뜨고 되물었다.

"서주를 가신다고라?"

"그러니까니 오늘 산 탐진토기 중에 일부는 서주 것이요."

장보고는 왕청 형제가 이원좌를 밖으로 데리고 나가자 김시방에게 말했다. 왕청 형제의 소리는 당전 밖이지만 우렁우렁 들려왔다.

"촌장님, 지덜은 여그서 내리믄 좋겄그만요."

"일조 신라촌까지 간다 캤다 아이가. 우째 생각을 바꾼 기고?"

"방금 이원좌 군관이 서주 무령군에서 군사를 모집헌다고 알려주었그만요. 마침 왕청 성제가 서주를 간다고 허니 기회인 것 같그만이라우."

김시방은 장보고와 정년을 쉽게 포기했다.

"왕청 성제가 서주를 간다 카니 길잽이가 되겠데이. 두 사람은 호위궁사가 될 기고."

"촌장님, 고맙그만요. 은혜를 반다시 갚겠습니다요."

"아니데이. 흑수에서 두 사람 덕분에 당구덜을 물리친 기라. 그것만도 은혜를 이미 다 갚었데이."

김시방이 허리에 찬 전대를 열고는 은전 한 줌씩을 장보고와 정년에게 주었다.

"타국 땅이데이. 요긴하게 쓸 데가 있을 기라."

"이번 배에서 번 것을 지덜에게 다 주시는 것이 아닌게라우?"

"허허허. 이번에 이문을 가장 많이 남겼다 아이가. 그러니까 내 배를 지켜준 보답이데이."

장보고와 정년은 의자에서 일어나 바닥으로 나온 뒤 김시방에게 큰절을 했다. 탐진의 정 족장 사랑방에서부터 양주까지 호위하면서 보았지만 도량이 바다처럼 넓은 촌장임이 틀림없었다. 선원들을 대하는 태도나 구출한 신라인들을 일조 신라촌에 보내는 것만 보아도 보통 위인이 아니었다. 왕청 형제가 다시 들어오자 김시방이 웃으며 말했다.

"무신 수작을 허고 오는 기가?"

"아이고, 관아에서 이 군관에게 통행증을 얼똥 받아가지고 왔시다."

"서주로 바로 갈 긴가?"

"우리 형지는 촌음을 애껴야 허니까네 곰세 바로 가야것시다."

그제야 김시방이 장보고와 정년을 부탁했다.

"우리 궁사를 서주까지 붙여줄 틴께 잘 부탁헌데이."

"우리 형지에게 궁사까지 붙여주시다니 고맙습네다."

"본인덜이 서주까지 가기를 원허고 있데이."

"은제든 촌장님께서 가져오시는 탐진토기는 다 사겠시다. 서주에서도 탐진토기는 인기가 있으니까네 촌장님이나 우리 형지나 이문을 남기는 일입네다."

"바다를 건너오는 것이 원체 위험해서 자꼬 몬 온데이. 장사보다 목심이 중헌 기라."

"촌장님, 이분 궁사덜 통행증이 필요허니까네 관아에 또 가서 받아오갓시다."

"그러시게."

장보고는 주위를 두리번거리고 난 뒤 김시방에게 심중에 있는 말을 꺼냈다.

"근디 촌장님, 고상허시며 바다를 오가지 않는 방법이 있그만요."

"그기 뭐고?"

김시방이 고개를 내밀고서 장보고를 뚫어지게 쳐다보았다. 장보고는 이미 머릿속에 정리해 둔 바 있어 물 흐르듯 막힘없이 말했다.

"월주가마 도공덜 중에 일부는 신라 사람이었지라우. 더구나 노비로 팔려 온 양민덜이어서 자나 깨나 고향 생각만 허고 있드랑께요. 모두 다 신라로 델꼬 가서 청자를 맹글믄 일석이조가 아니겠는게라우? 신라에서 청자만 맹글믄 판로는 양주에 왕씨 성제도 있고, 등주에서 명주까지 신라방과 신라촌이 곳곳에 있은께 걱정할 거 읎겄지라우. 청자를 맹그는 월주에는 신라 출신 노비덜이 모여 사는 신라방까지 있은께 청자기술을 쉽게 들여올 수 있겄지라우. 지 말이 틀렸는게라우?"

"틀린 거 하나 읎데이. 나도 인자 늙은 기라. 장 행수궁사맨치 머리가 잘 돌아가지 않는 기라. 신라 땅에 청자가마를 맹근다몬 목심 걸고 바다를 오갈 필요가 읎데이."

정년도 어깨를 으쓱하며 말했다.

"월주청자는 평민덜은 못 쓰게 막아놔 부렀은께 신라에서 청자만 맹근다몬 당나라 천하에 신라청자를 팔 수 있겄그만요."

"두 사람 장사 머리를 내가 몬 따라가겄데이. 두 사람이 신라방과 신라촌을 이용해서 신라청자를 판다몬 큰 부자가 되겄데이."

그러나 정년은 고개를 흔들었다.

"촌장님, 지는 부자보담 무장이 되고 잪그만요."

장보고는 정년과는 생각이 달랐지만 아무 말도 하지 않았다. 김시방과 헤어지는 마당에 월주의 신라 출신 노비해방과 그로 인해 신라 땅에 청자기술이 전해지는 두 가지 방법을 다 알려주었다고 생각했기 때문이었다. 그때 장보고는 품속에서 굽이 긴 술잔을 꺼냈다. 정년의 아버지한테서 받은 선물인 단아한 굽 잔이었다. 눈썰미가 뛰어난 김시방이 굽잔을 보고는 놀랐다.

"이런 모냥의 술잔은 왕경에서 왕족덜이 사용하는 고배(高杯)데이."

"촌장님께 드리고 잪그만요. 촌장님은 이 굽잔을 가질 자격이 있는 분이그만요. 왕족이신께라우."

"허허허."

"지 맘인께 받아주시믄 고맙겄습니다요."

김시방은 장보고가 내민 굽잔을 받았다. 그러더니 당전 하인에게 술을 세 잔 시켰다. 잠시 후 장보고와 정년은 김시방이 주는 이별주를 한 잔씩 마시고는 왕청을 따라나섰다. 왕청 형제는 말네 마리를 가져왔다. 네 마리의 말 옆구리에는 탐진토기가 든 대나무 상자가 튼튼하게 매달려 있었다. 그러나 대나무 상자를 말 옆구리에 붙이고 장거리를 간다는 것은 몹시 불편한 일이었다.

보름 후.

왕청이 말한 대로 양주에서 서주까지 쉬지 않고 갔는데도 보름이 걸렸다. 서주는 양주보다 작은 도시였다. 왕청 형제는 서주에 도착하자마자 서주 관아로 가서 절도사를 만났다. 절도사는 관아 앞의 당전에서 면담을 하지 않고 굳이 관아로 왕청 형제를 불러들였다. 서주는 양주와 달리 검문검색이 심했다. 그 바람에 말 옆구리에 붙인 대나무 상자를 세 번이나 열곤 했다. 산동반도 일대를 다스렸던 평로치청절도사 이정기와 그의 아들 이납과 손자 이사도 때문이었다.

평로치청절도사 이정기는 당 덕종 때 죽었지만 그의 아들 이납은 산동반도 내륙지방에 제나라를 세웠던 것이다. 고구려 후예인 이정기가 거느리는 군사가 한때는 장안으로 가는 큰 도시들을 점령하고 당 덕종을 위협한 적이 있었으므로 서주 절도사는 이정기의 아들 이납과 손자 이사도를 토벌하기 위해 무령군을 조직해 군사를 모병하고 있는 중이었다.

그런데 왕청 형제는 관아를 들어간 뒤 바로 장보고와 정년의 서주 체류증까지 받아왔다. 절도사에게 탐진 토기항아리를 뇌물로 주었기 때문에 가능한 일이었다. 서주 절도사는 뇌물을 좋아해서 서주 성민들에게 존경받지는 못했다. 무령군을 만들었지만 강군이 되지 못한 까닭은 공과 사가 불분명한 절도사의 인품 탓이 컸다. 따라서 무령군이 강군으로 변모하려면 절도사보다는 통솔력이 탁월한 무장이 필요했다. 왕청 형제에게 감쪽같이 선물을 받은 서주 절도사는 그제야 당전으로 나왔다. 당전에서 왕청 형제를 기다리고 있던 장보고와 정년은 자리에서 일어나 절도사에게 인사했다. 그러자 왕청이 말했다.

"무령군에 지원할라고 신라에서 온 궁사덜이외다."

"나를 위해 먼 길을 왔단 말이오? 당장 무령군에 입대하시오."

"그래도 절도사께서 신라 청년덜 무술을 시험해 봐야 되지 않갓시오?"

"왕씨 말도 맞소. 당장 군중소장을 불러 시험해 보겠소이다."

장보고와 정년은 생각지도 않았는데 서주 절도사 앞에서 자신의 창술과 검술, 활쏘기 실력을 보여줄 기회를 가졌다. 무령군 군중소장은 얼굴이 험악했다. 얼굴에 깊은 흉터가 있었고 두 눈썹은 귀 쪽으로 치켜 올라가 위압감을 주었다. 어린 군사가 장창 두 개를 들고 와서 절도사 앞에 놓았다. 무령군 군중소장이 먼저 장창 한 개를 절도사에게서 받아갔다. 왕청이 장보고에게 눈짓을 했다. 장보고도 절도사에게 가서 장창을 받으라는 눈치였다.

두 사람은 당전 앞마당에서 장창을 들고 섰다. 그런 뒤 서로 가 뒤로 돌아서 다섯 걸음을 물러섰다. 열 걸음 공간 안에서 겨루자는 무언의 약속이었다. 군중소장이 장보고를 쏘아보더니 입가에 웃음을 흘렸다. 장보고는 군중소장의 태도를 일부러 무시했다. 무술을 겨루는 데 감정은 군더더기에 불과했다. 군중소장은 반석처럼 꿈쩍 않는 장보고의 반응에 조바심이 들었던지 먼저 공격했다. 허공에 장창을 휘두르며 다가왔다. 허공을 가르는 날카로운 소리가 휙휙 났다. 군중소장의 장창이 움직일 때마다 허공이 찢어지는 듯했다. 그래도 장보고는 그가 바짝 다가올 때까지 한 걸음도 떼지 않았다. 정년은 자신도 모르게 주먹을 꽉 쥐었다. 손바닥에서 진땀이 났다. 군중소장은 장보고의 태도에 흥분한 듯 장창을 들고 몸을 날렸다.

"야아얏!"

장보고가 슬쩍 피해버리자 군중소장은 중심을 잃고 땅바닥에 나뒹굴었다. 그러나 장보고는 공격하지 않고 군중소장이 스스로 일어나기를 기다렸다. 왕청 형제는 장보고의 무술 실력이 믿어지지 않았다. 무령군 군중소장이라면 1천 명의 군사를 거느리는 장수였다. 당나라 장수가 일개 신라 궁사에게 나가떨어져버린 것이다. 왕청이 중얼거렸다.

　　'내레 홀린 거이가?'

　　장창 무술은 장보고가 단 한 번도 휘둘러 보지도 않고 이겼다. 이번에는 절도사 앞에 장검 두 자루가 놓였다. 군중소장과 장보고는 장검을 들었다. 그러나 군중소장은 공격을 못 했다. 공격의 허점을 파고드는 장보고의 실력을 보았기 때문이었다. 군중소장은 전략을 바꾼 듯 장보고가 선공하기를 유도했다. 그때 절도사가 두 손을 흔들며 소리쳤다.

　　"장보고는 무령군에 입대할 자격이 충분하니 칼을 내려놓거라."

　　"예, 절도사님."

　　정년은 가슴을 쓸어내렸다. 두 사람 중에 누군가는 피를 봐야 할지도 몰랐던 것이다. 정년은 활쏘기로 시험을 보았다. 임시로 군사 두 명이 과녁을 옮겼다. 활쏘기는 위험한 시험이 아니었다. 탐진 대구소 활터에서 익힌 대로만 쏘면 될 터였다. 정년은 어깨에 메고 다니는 활을 사용해도 좋다고 허락받았다. 관아 군관이 흰 기를 들었다. 활을 쏘라는 신호였다. 정년은 시위가 끊어

질 듯 팽팽하게 잡아당겼다가 화살을 놓았다. 화살은 직선으로 날아가 과녁을 명중했다. 화살 꽂히는 소리가 돌멩이 부딪치듯 퍽 하고 절도사가 앉아 있는 자리까지 들려왔다. 절도사가 호상 (胡床)에서 일어나 박수를 쳤다. 절도사는 정년이 화살을 1순까지 쏘지 않았음에도 불구하고 무령군 입대를 허락했다.

"어찌해서 신라인들 무술은 이처럼 뛰어난 것인가? 귀하들은 미구에 우리 무령군 장수가 될 것이 틀림없다!"

두 사람의 무술 시험은 싱겁게 끝났다. 왕청 형제가 장보고와 헤어지면서 두 손을 맞잡았다.

"내레 장 행수궁사님을 성님으로 모시갓시다."

"소개를 잘해주어 무령군에 쉽게 든 거 같으오."

"절도사님께서 무술 실력을 직접 보았으니까네 군관은 곰새 될 것입네다."

장보고와 정년은 무령군 군관을 따라서 절도사 관아 옆에 있는 군막에 입소했다. 군막은 평야지대에 수백 채가 늘어서 있었다. 장보고와 정년은 방을 배정받았다. 정년이 말했다.

"성님, 꿈멩키로 믿어지지 않그만요."

"당에 와서 우리 실력을 인정받고 봉께 기분은 참말로 좋아부네잉."

"아따, 근디 성님은 배짱도 좋습디다. 상대가 날카로운 창을 들고 공격허는디도 몸을 바우멩키로 꼼짝도 않드랑께요."

"동상 활 솜씨도 일취월장이여. 과녁을 쾅 허고 맞히니까 절도사가 좋아서 벌떡 일어나시드라고."

　군막 방에는 침대 두 개가 놓여 있었다. 아궁이에 군불을 지피는 온돌방은 없었다. 잠시 후 댕그랑댕그랑 쇳소리가 들려왔다. 저녁 시간을 알리는 종소리였다. 장보고와 정년은 밖으로 나왔다. 배식을 기다리는 군사들이 벌써 길게 줄을 서 있었다. 장보고와 정년은 줄 맨 끝에 섰다.

군중소장

서주 절도사에게 무술 실력을 인정받은 장보고와 정년은 입대한 지 며칠 만에 군관으로 승진했다. 무령군 군관은 1백여 명의 군사를 훈련시키고 지휘했다. 군관으로 특진한 장보고와 정년은 기쁘면서도 한편으로는 걱정했다. 당인 출신 군관들이 시기할 수도 있기 때문이었다. 당인 출신의 군관들 중에는 신라인을 무시하는 이가 적잖았던 것이다.

그런데 무령군 군사는 오합지졸이었다. 소작농 출신들이 많아서 괭이 같은 농기구는 잘 다루지만 칼과 활을 한 번도 손대보지 않은 사람들이 대부분이었다. 그들이 무령군에 입대한 이유는 배고픔을 면하기 위해서였다. 무령군 군사가 되면 전투복 말고도 갈아입을 두 벌의 평상복이 지급되었고, 전투 중이라도 세끼 밥을 굶지 않을 수 있었던 것이다. 그러니 그들에게 무령군은 별천지나 다름없었다. 군사뿐만 아니라 군관도 마찬가지였다. 다른 도시에 살던 군관들이 절도사에게 뇌물을 주고 황제가 지원하는 무령군에 자원하기도 했다.

장보고와 정년은 날마다 시간 나는 대로 군사들을 훈련시켰다. 활쏘기뿐만 아니라 산자락으로 데리고 가서 편을 나누어 공격과 방어 전술도 가르쳤다. 미산포 별장에게 배운 대로 전투대형과 전술을 반복해서 습득시켰다. 그러자 무령군 내부에서 금세 소문이 났다. 이윽고 절도사가 술을 하사하고 무희들을 보내 위로공연을 열어주기도 했다.

장보고와 정년의 활동은 무령군 전체가 분발하도록 자극을 주었다. 당에 귀화한 신라인 군관이 찾아와 자신의 신분을 밝히기도 했다. 최훈이 그런 군관 중의 한 사람이었다. 최훈은 박식했다. 최훈을 처음 만났을 때였다. 정년이 자신을 소개하자 웃으며 반박했다.

"지는 신라 탐진에서 온 정년이라고 허그만요. 당구덜을 묵인하는 반란군 수괴 이정기를 잡을라고 무령군에 입대했지라우."

"이정기는 죽은 지 30여 년이 넘었소. 그의 아들 이납도 죽었소. 또 이납의 아들도 죽고. 죽은 귀신들을 어떻게 잡는다는 말이오? 하하하."

"그라믄 시방 반란군 수괴는 누구당가요?"

"밤이 되면 남는 건 시간밖에 없소. 이정기 일가의 얘기를 해주겠소. 지금은 이정기의 손자가 운주 절도사 행세를 하고 있소."

"지피지기면 백전백승이라는 말이 있는디 나도 알고 잖소."

장보고는 침대 밑에서 토기항아리를 꺼냈다. 토기항아리에는 고량주가 들어 있었다. 속이 더부룩할 때 마시려고 구해둔 술이었다.

"술로 목이라도 축이씨요. 그래사 말이 술술 풀리겠지라잉."

"아이고, 무령군에 금주령이 내려진 것을 모르고 있소? 술만 마시면 군사들끼리 싸움이 일어나니까 병마사께서 며칠 전에 금주령을 내린 것이오."

음주로 인한 사고가 빈번해지자 무령군 병마사가 며칠 전에 금주령을 내린 것은 사실이었다. 장보고와 정년은 아직 금주령이 내린 지시를 모르고 있었다. 병마사 휘하의 지휘계통에 질서가 문란하고 군관들끼리도 서로 경쟁하느라고 소통이 안 되고 있기 때문이었다. 장보고가 말했다.

"그것도 모르고 군율을 어길 뻔해부렀소."

"하하하."

"최 군관은 내 말이 우스와부요?"

"장 군관, 안심하시오. 군관들끼리 밤에 한잔 마시는 것은 병마사께서 이해한다고 했소. 다만 군사들이 정신을 차리지 못할 정도로 마시니까 금주령이 내려진 것이오."

그러자 정년이 곧 자신의 침대에 술자리를 만들었다. 안주는 오이가 나왔다. 농부에게 고량주를 살 때 은전 한 닢을 주자, 밭에서 딴 싱싱한 오이를 한 바구니나 주었던 것이다. 당나라 군사 대부분은 오이나 무를 생것으로 먹지 않았다. 때문에 정년은 농부가 준 오이를 다 가져올 수 있었고, 침대 밑에 안줏거리로 남겨두었던 것이다. 술이 한 잔 오간 뒤 장보고가 말했다.

"죽었다는 이정기 얘기부텀 해보씨요."

"아하, 술값은 해야지요."

최훈은 고구려가 멸망한 뒤 20여만 명의 포로가 압록강 이남에서 요동으로 끌려왔다는 이야기부터 했다. 그러니까 요동 영주 태생인 이정기는 고구려 유민의 아들이었다. 이정기는 26세에 '안사의 난' 토벌군에 들어갔다. 고구려 유민 출신으로서 신분 상승을 하기 위해서였다. 이정기는 기마군사인 유격대를 이끌고 산동반도 등주로 이동한 뒤 본거지를 청주로 옮겼다. '안사의 난'이란 당 현종 때 일어난 반란이었다. 안록산과 그의 부하 사사명에 이르기까지 8년 동안의 반란을 '안사의 난'이라고 불렀다.

산동반도는 당나라에서 소비하는 소금의 절반을 생산하고, 철과 구리의 매장량이 풍부한 지역이었다. 이정기는 30세 때 고종사촌인 후희일을 절도사로 추대하고, 자신은 2인자인 병마사가 되어 전투를 지휘했다. 이후 이정기는 32세에 후희일과 함께 평로, 치청, 기주, 제주, 해주, 밀주 등의 지역을 통치했다.

이정기는 35세가 되자 후희일을 몰아내고 청주 절도사가 되었는데, 이정기 번진은 당 조정에 세금을 내지 않을 만큼 연합국 같은 독립번진으로 부상했다. 이정기의 군사는 용교를 장악함으로 해서 더욱 강성해졌다. 용교는 당나라 낙양과 장안으로 물자를 수송하는 운하의 요충지였던 것이다. 산동반도의 15개 성을 다스리던 이정기는 막대한 부를 축적하면서 45세 때는 덕주 등 2개 성을 더 얻고, 마침내 47세에 청주에서 낙양이 가까운 운주로 도읍을 천도했다.

이정기는 49세에 장안을 함락시키기 위해 낙양으로 진격을 명했다. 명분은 이정기의 동맹군인 이보신이 죽자 당 덕종이 그의 아들 이유악에게 절도사를 세습하지 않았기 때문이었다. 이정기의 10만 군사는 낙양으로 진격하는 동안 제음벌에서 당 덕종의 방어군과 맞섰다. 그런데 이정기는 낙양을 함락시키지 못했다. 낙양을 눈앞에 두고 갑자기 병사했던 것이다.

최훈이 고량주를 한 잔 더 훌쩍 마시고는 안줏감인 오이를 우걱우걱 씹었다. 오이 한 개를 다 먹어 치운 뒤 말했다.

"황제님도 무서워서 벌벌 떨게 했던 이정기 절도사가 어떻게 죽었는지 압니까?"

"조정에서 보낸 자객에게 죽었는게라우?"

"천하를 얻을 듯 호령하던 이정기가 49세에 허망하게 죽었소. 평소에 달고 다니던 악성종기의 독이 온몸에 퍼져 죽은 거요."

"사자가 쬐끔만 사자충으로 죽어불데끼 이정기 세상은 고로코롬 끝났그만요."

"아니요. 이정기 나라는 그의 아들 이납이 계승했소. 이납도 이정기 못지않았다오. 당 황제는 이납을 달래려고 관직을 주었소."

당 덕종은 이납을 회유하기 위해 '검교공부상서 운주자사 평로절도사 치청관찰사 검교우복사 동중서문하평사'라는 긴 관직을 주었다. 검교공부상서는 황실의 재상급이었다. 그리고 철권(鐵券)을 하사하고 농서군왕이라는 칭호를 내렸다. 철권은 직할 영토의 사법권 일체, 즉 사형권에서 사면권까지를 주겠다는 상징물이었다.

그러나 이정기의 맏아들 이납은 당 황제를 인정하지 않고 제나라를 건국했다. 문무백관을 임명하고 법전을 정비했다. 그런데 이납의 통치는 오래가지 못했다. 이납 역시 악성종기 때문에 35세로 요절했고, 제나라 왕위는 그의 아들 이사고에게 돌아갔다. 그리고 이사고의 뒤를 이어 이정기의 손자이자 이사고의 이복동생인 이사도가 제나라를 다스렸다. 이처럼 이정기 일가가 산동반도 일대를 통치한 지는 47년이 됐고, 이사도가 제나라 왕이 된 지는 벌써 5년이나 지나고 있었다. 그러니까 지금의 무령군이 토벌하려고 하는 상대는 이사도와 그의 군사였다. 이사도는 여전히 강군 10만 명을 가지고 있었다. 제나라는 당 황제의 지시를 번번이 무시하는 산동반도 일대에서 가장 강력한 독립국 같은 번진이었다. 최훈의 이야기가 다 끝나자 장보고가 말했다.

"인자 알겠그만요. 내가 싸울 상대는 이사도그만요. 나는 첨부텀 이정기 일가에게 반감이 컸지라우."

"어째서 반감을 가진 것이오?"

"우리 바다를 모지락시롭게 댕기는 당구덜을 묵인헌 위인인디 어쩌케 반감이 안 들겠소?"

"아, 이해하겠소. 그래서 나도 무령군에 입대한 것이오."

실제로 무령군에는 이정기 일가에 반감을 품은 신라 유민들이 많았다. 정년이 두 사람의 대화에 끼어들었다.

"긍께 두 성님덜끼리 의기투합을 허시고 있그만요."

최훈이 정년에게 말했다.

"고구려 유민이나 백제 유민이나 신라 유민이나 다 같은 조상을 가진 사람들인데, 나도 이정기 일가의 태도를 도저히 참을 수 없었다네. 오죽하면 무령군에 들어왔겠나."

무령군이 창설된 시기는 당 순종 원년이었다. 낙양을 위협하는 제나라가 있는 한 당 덕종 시기처럼 나라가 위태롭기 때문이었다. 또한 산동반도는 물산이 풍부해 당 조정에서는 언제까지나 고구려 유민에게 땅을 내어줄 수 없는 형편이었다. 최훈이 술에 취해 비틀거리며 돌아간 뒤 장보고가 정년에게 말했다.

"오늘 최 군관에게 많이 배워부렀다야. 촌장님 배에서 행수노잡이에게 들은 얘기를 믿고 행동했다가는 나만 멍충이가 될 뻔했다야."

"노잡이덜이 뭣을 안다요? 평생 배 안에서 묵고 자는 사람덜인디."

"긍께 말이여. 이정기가 살아 있는 줄 알았는디 30년 전에 죽은 구신이랑께 헐 말이 읎다야. 그 아들도 죽고, 그 아들의 아들도 죽었단께 은제 쩍에 이야기냔 말이여."

장보고와 정년은 비로소 이정기 일가의 나라인 제나라의 실체를 알았다. 제나라 도읍이 운주이고, 운주에서 낙양은 75리밖에 안 된다는 것도 실감했다. 그러니 당 황제는 제나라를 두려

위할 수밖에 없었다. 남과 북의 물산이 운하를 통해서 만나 낙양으로 가고, 군사적으로도 낙양이 제나라에 넘어가면 당 수도 장안은 고립을 면치 못할 터였다. 낙양과 장안은 불과 125리 거리이므로 이사도 대군이라면 파죽지세로 진격할 것이었다.

장보고는 최훈과 대작해서 마신 탓에 오랜만에 얼큰한 취기를 느꼈다. 그러나 정신이 흐려질 정도는 아니었다. 정년은 술을 많이 마시지 않았으므로 평소와 별로 다르지 않았다. 군막 너머 산자락에서 소쩍새 울음소리가 들려왔다. 소쩍새 소리에 정년이 말했다.

"성님, 저 새가 여그도 있그만요잉."

"쑤꿈샌가?"

"아이고메, 성님. 쑤꿈새는 낮에 쑤끔쑤끔 허고 울지라. 소쩍소쩍 허고 운께 소쩍새라고 안 허요."

탐진 사람들은 뻐꾸기를 쑤꿈새라고 불렀다. 그러나 취기가 오른 장보고는 잠시 헷갈렸다가 소쩍새라는 것을 바로 알았다.

"맞네, 맞어. 밤에 피를 토허데끼 우는 저놈은 소쩍새여."

"아까침에 쑥독쑥독 허고 운 새는 머심새고라우. 엄니가 무시를 써는 소리멩키로 쑥독쑥독 허지라."

"동상이 쑥독새를 말헌께 에렸을 때 돌아가신 엄니 생각이 나네. 우리가 비록 무령군에 와 있지만서도 어처케 엄니를, 고향을 잊어불겄는가."

"그래라우. 낮에 훈련헐 때는 아무 생각이 안 나다가도 밤에

161

잠들라고 허믄 반다시 탐진 사람들이 그립당께요."

장보고는 최훈이 이야기한 것들 중에 산동반도가 떠올랐다.

"산동반도에서 굽는 소금이 요로코름 많은지 놀라부렀네. 나는 소금이 은가루멩키로 겁나게 부럽드랑께. 은가루를 쌓아 놓고 사는 부자가 산동반도 사람덜이드란 말이여."

"으디 흐건 것이 소금만 있당가요. 당나라 사람덜이 묵는 밀가루도 있고 쌀도 있지라. 허기사 배식군관 말로는 산동반도에서 나는 쌀이 당나라 사람덜 입에 들어가는 쌀이라고 헙디다."

"우리 탐진에 산동반도 같은 땅이 있다믄 을매나 좋겄는가."

"아따, 성님. 말 같은 소리를 허씨요. 당나라 산동반도를 어처케 탐진으로 옮기겄소."

"동상, 내가 부러와서 한번 해본 소리네."

"성님, 불가능헌 일도 아니요."

"뭔 소린가?"

"이정기 일가가 산동반도를 다스리데끼 그놈덜을 몰아내고 성님이 다스리믄 되지라."

"동상 말도 그럴 듯허네. 땅이사 어처케 옮기겄는가만 내가 주인이 돼불믄 그라겄네."

"글고 성님이 말했지라. 산동반도에는 가리포허고 비슷헌 적산포도 있고 헌께 다른 디보다 맴이 고향맨치로 편허겄지라."

정년은 장보고를 놀라게 했다. 장보고는 입을 다물었다. 순찰을 도는 군사의 발걸음 소리가 자박자박 들려왔다. 산동반도를 다스리고 있는 이사도를 토벌하기 위해 무령군에 입대했는데 훗날 자신이 이사도를 대신한다는 것도 또 다른 반역일 터였다. 그러나 장보고는 그런 야심까지는 없었다. 산동반도의 풍부한 물산이 부럽고, 가리포와 같은 적산포의 풍광이 마음에 들 뿐이었다.

장보고가 입을 다물자 정년도 침묵했다. 기발한 상상을 해놓고 스스로 생각해도 엉뚱해서였다. 그러나 장보고는 상상의 날개를 접지 않았다. 포기했다가도 곧 다른 방편을 생각해 내는 것이 장보고의 집념이기도 했다. 소쩍새 울음소리가 뚝 그쳤다. 군막 가까이까지 날아와 울다가 먼 숲속으로 돌아간 것이 분명했다. 소쩍새 울음소리를 듣지 않는 것만도 장보고의 마음은 한결 편안했다.

뭍에서 살다가 가리포로 들어온 장보고의 부모가 어설프게 고기잡이를 나갔다가 변을 당한 때가 여름철이었다. 가리포에서는 이른 봄부터 한여름까지 밤이 되면 소쩍새가 마을 부근까지 내려와 울었다. 장보고는 소쩍새 울음소리만 들으면 참변을 당해 돌아가신 부모가 떠올라 한동안 마음이 불편했던 것이다. 정년은 장보고의 그런 마음도 모르고 소쩍새 이야기를 꺼냈다가 잠이 들었는지 코를 골았다.

2년 후.

장보고는 무령군 군중소장(軍中小將)이 되었다. 군중소장은

1천 명의 군사를 이끌고 지휘하는 장수급이었다. 정년은 장보고 휘하의 전투부장으로 어디를 가든 심복으로 활약했다. 신라인이 2년 만에 군중소장 지위에 오른 것은 드문 일이었다. 장보고가 군관이 된 것도, 군중소장이 된 것도 모두 특진의 결과였다. 그만큼 장보고는 당인 군관들과 경쟁하면서 신분 상승을 했다. 서주 절도사와 무령군 병마사가 장보고의 출중한 능력을 인정한 결과였다. 바늘과 실 같은 정년도 장보고의 도움을 받아서 특진했다.

무령군 군중소장이 된 장보고의 소식은 산동반도 일대와 명주에 있는 신라방과 신라촌까지 소문이 났다. 산동반도 성의 절도사 휘하에 고구려 출신의 병마사는 있었지만 당 황제가 지원하는 무령군에서 군중소장이 된 것은 처음 있는 경사였다. 군중소장에 오른 장보고는 자신의 부대를 이끌고 신출귀몰한 작전으로 운하의 요충지인 용교를 점령했다. 무령군의 장보고 부대가 요해지인 용교를 차지했다는 보고가 장안 황실에 올라가자 병부상서가 춤을 추며 기뻐했다. 장보고는 재당신라인들 사이에서 일약 유명인이 돼버렸다. 재당신라인들은 어디서나 장보고의 무용담을 이야기했다.

황제가 부르다

서주 무령군 소속의 장보고 부대는 산동반도 곳곳에서 치청절도사 이사도의 군사를 토벌했다. 군중소장 장보고가 전공을 세울 때마다 서주 병마사는 장보고에게 당 황제가 내린 은전과 하사주를 대신 전했다. 장보고 휘하의 정년도 황제의 하사주를 받았다. 두 사람은 군막의 방 선반에 하사주 술병들을 올려놓았다.

어느새 장보고는 무령군 병마사에 버금가는 발군의 장수가 되었다. 당 군관이나 군사들이 서로 장보고의 부대에 들어오려고 줄을 섰다. 어떤 군관은 절도사나 병마사를 통해 청탁하기도 했다. 장보고 부대는 어디서나 크고 작은 전공을 세웠고, 그때마다 당 황제가 포상을 했기 때문이었다.

마침내 장보고는 당 원화(元和) 12년(817)에 황제의 부름을 받아 장안으로 향했다. 물론 부장인 정년도 호위무사로 동행했다. 찬바람이 불기 시작한 12월 초였다. 장안에 이르려면 운하에서 배를 타고 낙양으로 내려갔다가, 낙양 관아에서 말을 빌려 서쪽으로 이틀 반쯤 달려야 했다. 운주는 아직 이사도가 지배하고 있으므로 긴장을 풀지 말아야 했다. 적어도 낙양이 가까운 제음벌까지 가야만 안심할 수 있었다. 제음벌에는 당나라 황제의 직할부대가 주둔하고 있었다. 제음벌에 다다라서야 장보고는 정년과 노포(路鋪)에 들어가 휴식을 취했다.

노포는 당나라 부대가 이동하는 곳마다 생기곤 했는데, 술과 음식을 팔고 하루 이틀쯤 묵어가는 방도 있었다. 장보고와 정년은 노포에서 하룻밤 쉬기로 했다. 장보고가 말했다.

"동상, 당나라 군사는 무사태평이네."

"투구를 벗고 신발을 질질 끌고 댕기는 것을 본께 군기가 엉망이그만요."

"이사도 군사를 막을라고 진을 치고 있는 모냥인디 한심허네. 쯧쯧."

당나라 군관이 검문하러 왔다가 장보고가 황제 명으로 된 문서를 보여주자, 갑자기 태도를 바꾸어 공손하게 말했다.

"아이고, 장안으로 가시는 길이시구먼요."

"황제 폐하의 부름을 받아 가고 있소."

정년이 일부러 고자세로 대답했다. 장보고와 정년은 당나라에 온 지 5년이 되었으므로 당인들과 간단한 대화는 주고받을 수 있었다. 군관이 몹시 부러워하며 말했다.

"저희들은 황실 근처에 가보지도 못하는 미관말직의 군관인데 두 분이 존경스럽기만 합니다."

"무술을 닦어서 전공을 세운다믄 황제 폐하를 알현할 날이 있겠지요."

군관이 노포 주인을 부르더니 주의를 주었다.

"주인장, 이분들은 폐하를 알현하러 가시는 장수들이오. 불편한 점이 없게 하시오."

"물론입죠. 어떤 분이 됐건 노포에 오시면 다 손님입죠. 군관님, 걱정 마십시오."

주인이 말하고 있는 동안 군관은 등을 돌리고 노포를 나갔다. 노포 주인은 좀 전에 장보고와 정년을 건성으로 맞아들였던 자신의 태도를 사과했다.

"귀한 손님이신 줄 몰랐습죠. 제가 술을 한 잔 올리겠습니다요."

"고맙소."

장보고와 정년은 주인이 안내하는 대로 노포 안마당의 탁자로 갔다. 안마당에는 탁자 서너 개가 놓여 있었다. 손님들이 차와 술을 마실 수 있게 놓아둔 탁자들이었다. 주인이 토기 술항아리를 가져왔다. 정년이 술항아리를 보더니 눈을 크게 떴다.

"성님, 이거 탐진토기 아닌게라우?"

"맞네. 근디 어쩌케 여그까정 왔는지 모르겄네잉."

무거운 동제(銅製) 술잔은 당나라에서 만든 것 같았다. 주인이 또다시 오자 장보고가 물었다.

"이 술항아리는 신라에서 온 것 같으오."

"맞습니다. 양주까지 가서 사 온 것인데 귀한 손님에게만 내놓습죠."

"왕청 형제가 판 항아리그만요."

"그렇습죠."

장보고와 정년은 제음벌 노포에서 탐진토기를 보고는 몹시 좋아했다. 정년은 한눈에 탐진토기라는 것을 알아보았다. 탐진 토기는 고온에서 구워지므로 기물에 달라붙은 재가 녹아서 회색 유약을 바른 듯했고, 어떤 토기보다도 두께가 얇아서 가벼웠다. 그러므로 물이 스며들지 않고 사용하기가 편리한 것도 탐진 토기의 특징이었다.

"동상 집 가마에서 온 것 아니여?"

"성님, 그럴 리는 읎겄지라. 밑을 보믄 알 것지라."

정년이 항아리를 두 손으로 높이 들어 보았다. 그의 예상대로 정(鄭)자는 없었다. 그래도 탐진에서 온 것만은 분명했다. 장보고는 술을 조금 마셨는데도 피로가 풀리고 마음이 홀가분해졌다. 장보고는 주인이 또 입가심하라며 우롱차를 가져오자 속주머니에서 노자(路資)로 챙겨온 은전 중의 한 닢을 탁자 위에 놓았다. 주인이 깜짝 놀랐다.

"군관님께서 잘 모시라고 했습죠. 그러니 은전을 받지 않겠습니다요."

"이 탐진 토기항아리를 보니 마치 고향 사람을 만난 것 같으요. 반가와서 주는 것인게 거절허지 마씨요."

"아이고, 감사합니다요."

"성님, 비상금으로 가지고 왔그만요."

"은전이 으째서 똥그란지 아는가? 똥그란 모냥은 굴러댕긴다는 것이제. 긍께 은전이란 이리저리 굴러댕기다가 낼은 누구 호주머니로 들어가 있을지 모른다네."

"성님다운 말씸이요."

사실 장안으로 가는 데 노자가 들어갈 일은 없었다. 운하에서 배를 타든 관아나 치소에서 말을 빌리든, 황제가 보낸 문서만 내밀면 다 해결할 수 있었다. 장보고와 정년은 항아리의 술을 다 비운 뒤 우룽차로 입가심을 하고는 방으로 들어와 곧장 코를 골았다.

닷새 후.

장보고와 정년은 장안 남문으로 향했다. 남문 앞에 이르자 수염을 기른 수문장이 다가와 말했다.

"무슨 일로 장안에 왔는가?"

"황제 폐하를 알현하러 왔지라우."

정년의 말에 수문장이 코웃음을 쳤다.

"네 말을 내가 어찌 믿겠느냐? 내 허락 없이는 누구도 남문을 통과할 수 없느니라."

그때 장보고가 당 황제가 보낸 문서를 내밀었다. 문서를 받아든 수문장의 손이 떨렸다. 수문장은 문서를 보자마자 뒤에 있던 수문지기에게 소리쳤다.

"이분들을 마차로 황실 객사까지 안내하라! 오늘은 신라에서 오신 분들이 많구나!"

"신라에서 누가 왔는게라우?"

"사신들이 왔소. 당신도 사신 일행이 아니오?"

"아니그만요. 우리들은 서주 무령군에서 왔지라우."

칼을 찬 남문 수문지기가 장보고와 정년을 안내했다. 두 사람은 수문지기가 끄는 마차에 올라탔다. 마차는 덮개가 없었으므로 대로를 오가는 행인들을 다 볼 수 있었다. 행인들의 옷차림은 서주 사람들과 달리 화려했다. 비단 저고리와 바지를 입은 사람들이 많았고, 걸음걸이도 서주 사람들보다 빨랐다. 붉은 등을 단 가게들도 즐비했다. 무엇보다 성곽의 크기가 장보고와 정년을 압도했다. 시원하게 뚫린 대로 옆으로는 소로들이 바둑판의 줄처럼 직선으로 뻗어 있었다. 장보고와 정년은 눈을 휘둥그레 치떴다. 어디다 눈을 줄지 모를 정도로 장안은 신기한 물건들이 많았고 사람들로 넘쳐났다. 이윽고 수문지기의 마차가 기와집들 앞에서 멈추었다. 수문지기가 말했다.

"황제 폐하를 알현하려면 여기 객사에서 대기해야 합니다."

"객사에는 시방 누가 겨시오?"

"신라 사신이 머물고 있습니다. 신라 사신뿐만 아니라 각국의 사신들이 차례를 기다리고 있습니다."

"폐하를 바로 뵐 수는 읎는 거요?"

"그렇습니다. 최소한 보름은 걸릴 것입니다."

장보고와 정년은 보름 정도 대기하고 있어야 한다는 수문지기의 말에 놀랐다. 그렇다고 서주로 돌아갈 수는 없었다. 병마사에게 정식으로 허락받고 왔으므로 기간이 늦어지는 것은 별 문제 없었다. 장보고와 정년이 황제를 알현하는 것만으로도 무령군의 명예는 한껏 높아질 터였다. 수문지기가 객사 우두머리 관원을 데리고 왔다. 우두머리 관원을 수문지기는 접빈사라고 호칭했다.

"접빈사 나리, 서주에서 오셨는데 폐하께서 내린 문서를 가지고 있는 신라인들입니다."

"그래요? 문서를 보여주시오."

장보고가 접빈사에게 황제가 보낸 문서를 보여주었다. 그러자 접빈사가 웃으면서 말했다.

"이사도 반란군 지역을 무사히 지나쳐 왔구먼요. 숙소는 신라 사신들이 묵고 있는 객사를 함께 사용하시면 될 것이오. 황제 폐하를 알현하려면 시일이 걸리니까 그사이에 장안을 구경하셔도 좋을 것이오."

장보고와 정년은 접빈사를 따라 객사 앞의 당전으로 갔다. 당전의 용도는 양주와 자계에서 보았던 것과 별 차이가 없었다. 다만 차와 술뿐만 아니라 음식까지 나오는 것이 달랐다. 당전의 규모는 어마어마했다. 한쪽 출입문에서 반대쪽 출입문까지 족히 오십 보는 되었다. 접빈사는 한마디 더 한 뒤 사라졌다.

"관원들을 곧 보낼 것이니 안내받으시오."

"예, 감사합니다."

장보고와 정년은 당전의 구석 자리를 잡고 앉아 관원을 기다렸다. 그런데 관원은 유시(오후 5시)가 되어서야 나타났다. 정년은 화가 나서 안절부절못했다. 곧 온다던 관원이 서너 식경 만에 얼굴을 비쳤기 때문이었다. 정년이 일어나 씩씩거리자 장보고가 그의 팔을 잡아 주저앉혔다.

"동상, 참아불게. 시방 우리가 지달리는 것은 아무 일도 아니네. 여그서 어처케 보름을 견뎌야 헐지 나는 고것이 깝깝해 부네."

두 사람의 관원 중에 한 사람은 신라 말을 하는 역관이었다. 늙은 역관 관원이 말했다.

"여기서 저녁을 하시고 나면 숙소를 안내하겠습니다."

"숙소는 멀리 있는게라우?"

"아닙니다. 접빈사 나리께서 신라 사신이 묵고 있는 곳으로 모시라고 했습니다."

그때였다. 신라 사신 일행이 우르르 당전으로 들어왔다. 사신 일행의 우두머리인 대사와 그를 보좌하는 부사(副使), 그리고 실무 책임자인 판관(判官)과 서류를 관장하는 녹사(綠事), 통역을 담당하는 통사(通事) 등이 먼저 자리를 잡자 뒤이어 별자리를 보고 점을 치는 복인, 노잡이 방인, 배를 수리하는 선공, 키를 조작하는 타사(柁師), 의원 등이 들어왔다. 사신을 호위해 왔던 궁사 50여 명은 맨 나중에 들어왔다. 사신 일행이 모두 의자에 앉자 당전 한쪽은 신라인들로 가득 찼다.

사신 일행과 반대편에 앉아 있던 장보고는 자리에서 일어나 대사를 찾아갔다. 등받이가 높은 호상에 앉은 사람이 대사일 것이었다. 대사는 이십 대 초반으로 보였다. 장보고가 먼저 자신을 소개했다.

"지는 본래 탐진 사람인디 서주 무령군 군중소장이그만요."

"사실인기요? 신라인으로서 무령군 장수가 됐다니 나라의 큰 자랑입니더."

"황제 폐하께서 부르시어 왔그만요."

"우리 사신들은 황제 폐하께 조공하려고 왔지만 군중소장 께서는 황제께서 부르신 깁니더. 우째 자랑이 아니겠십니꺼?"

부사가 말했다.

"대사께서는 왕자님이십니데이. 숙위로 왔십니더."

소국의 왕자가 황제를 호위할 때 숙위(宿衛)란 직함을 받았다. 대사는 헌덕왕의 아들 김장렴이었고, 조공사로서 대사가 신라에서 가지고 온 것은 불상이었다. 당 헌종은 불교와 도교에 빠져 봉상(鳳翔)에 있던 법문사(法門寺)의 불사리를 장안으로 이운해서 공양하고 싶다고 자주 말해왔던 것이다. 부사가 다시 물었다.

"군중소장께서는 황제 폐하를 언제 알현합니꺼?"

"지들은 보름 이상 객사에서 지달려야 된다고 허그만요."

"대사님과 지는 낼 알현할 낍니더."

장보고가 부사를 보고 부러워하는 눈빛을 보이자 대사 김 장렴이 말했다.

"황제 폐하께 긴히 드릴 진언이 있십니꺼?"

장보고의 입에서 나온 첫마디는 뜻밖이었으므로 대사와 부사 모두 놀랐다.

"황제를 알현한다면 꼭 드릴 말씀이 있지라. 신라인을 노비로 삼는 일을 금하는 조칙을 내려주시도록 진언드리겠그만요."

"오, 군중소장이야말로 신라인을 참으로 애끼는 분입니데이. 내 반다시 황제 폐하 앞에서 신라인 노비매매 금지를 진언하겠십니더."

숙위로 온 대사 김장렴이 약속했다. 장보고는 장안에 온 소기의 목적을 달성한 것 같아 내심 흡족하기 그지없었다. 정년이 부사에게 물었다.

"신라에서 오시는디 고상은 안 허셨습니까요?"

"말도 마이소. 당항포에서 출발하자마자 악풍을 만나 표류했십니데이. 배가 등주로 가지 몬하고 명주까지 밀렸십니더."

부사가 말한 악풍(惡風)이란 요동에서 불어오는 계절풍인 삭풍이었다. 사신 일행을 태운 배가 거센 삭풍에 밀려 명주까지 표류했던 것이다. 겨울에 당은포에서 배를 타면 거친 삭풍 때문에 종종 발생하는 사고였다. 그래도 장강 하구인 명주까지 밀려왔다는 것은 행운이라고 할 수밖에 없었다. 더 밀려 남쪽으로 내려가 버리면 다시는 고국으로 돌아가지 못하는 불귀의 객이 되고 말 수도 있었다.

"명주에서 장안으로는 어처케 왔는게라우?"

"절동(浙東)의 관리를 따라 배도 타고 말도 탔는데 두 달쯤

걸렸십니더.”

그래도 김장렴 조공사 일행은 표류했다고는 하지만 운이 좋은 편이었다. 전년도, 그러니까 헌덕왕 8년(816) 11월에 새해를 축하하러 하정사(賀正使)로 떠난 대사 김사신 일행도 삭풍을 만나 등주로 가지 못하고 표류하다가 초주 염성(鹽城)에 표착했는데, 다섯 달 후인 다음 해 3월에야 장안에 도착했던 것이다.

김장렴은 당전에서 저녁을 하고 난 뒤, 객사로 일찍 돌아와 황제가 주관하는 조회에 들어가서 무슨 말부터 진언해야 할지 통사에게 도움을 받아 중얼중얼 반복했다. 장보고가 부탁한 말도 잊지 않으려고 했다.

“폐하, 지금 저는 유생들 중에서 학문이 낮은 자이고 평범한 사람으로서 외람되이 표(表)와 장(章)을 받들고 좋은 나라에 와서 조회하게 되었사옵니다. 무릇 진실로 간청이 있어 예에 맞게 저희 백성들이 가장 원하는 바를 진언드리고자 하옵니다. 그것은 저희 백성들이 노비로 팔려 와 고통받지 않는 일이옵니다. 폐하, 신라인 노비매매를 금지하도록 조칙을 내려주시옵소서.”

통사는 김장렴의 틀린 당나라 발음을 고쳐주느라고 초저녁까지 애를 썼다. 마침내 김장렴은 자정 무렵에야 당 헌종 앞에서 진언할 말을 다 외웠다. 통사처럼 발음이 자연스럽지는 않지만 황제가 알아들을 수 있을 정도는 되었다.

175

재당신라인

신라 헌덕왕 11년 2월.

　당 헌종이 죽기 1년 전의 전투였다. 당 헌종이 지원하는 토벌부대인 무령군은 운주성을 총공격했다. 장보고의 부대도 선봉대로서 운주성 성문을 돌파했다. 오랫동안 포위당한 채 수성전을 펴던 치청절도사 이사도의 군사는 속수무책으로 당했다. 1년 전까지만 해도 낙양과 장안을 위협하던 이사도의 군사는 운주성을 내주고 도망치기에 급급했다. 장보고는 요동 쪽으로 간 이사도의 산졸들을 추격하지는 않았다. 그들 역시 압록강 아래서 신라인과 함께 살았던 고구려인의 후손들이었던 것이다.

　그동안 무령군이 운주성 공격을 늦췄던 이유는 신라원군이 오기를 기다렸기 때문이었다. 당 헌종은 양주 절도사 조공(趙恭)을 신라에 특사로 보내 원군을 요청했던 것이다. 헌덕왕은 당 헌종이 신라인 노비매매를 금지하라는 조칙을 내린 바 있어 그에 대한 답례로 3만 명의 군사를 파병하겠다고 약속했다. 신라원군의 이름은 순천군(順天軍)이었다. 원군의 부대명은 황제, 즉 천자에게 순응한다는 뜻이었다. 헌덕왕은 순천군 장군으로 김웅원을 임명했다. 그러자 그때부터 김웅원은 지방에서 군사를 징발하기 시작했다. 그러나 3만 대군을 모병하는 데는 예상했던 것보다 시일이 더 걸렸다. 파병이 해를 넘겼던 것은 그런 어려움이 있어서였다.

순천군이 당항성에서 등주로 갔을 때는 이미 운주성은 함락되었고, 그것도 다섯 달이나 지난 신라 헌덕왕 7월이었다. 신라원군이 제 역할은 못 했지만 어찌 됐든 당 헌종과의 약속은 지킨 모양새는 되었고, 산동반도 해안에서 신라인 노비를 매매해왔던 당구들을 소탕하여 공을 세운 측면도 있었다.

서주 무령군 본대로 돌아온 장보고는 운주성 전투 때 부상을 당한 정년을 위로했다. 운주성 성문을 공격할 때, 이사도의 군사가 쏜 화살이 정년의 허벅지에 박혀 부상을 당했던 것이다. 끝이 뾰쪽한 화살촉은 생각보다 허벅지살 깊이 파고들어 가 진중 의원이 겨우 빼내기는 했지만 피고름 때문에 새살이 쉽게 차지 않았다. 장보고는 정년을 볼 때마다 걱정했다.

"동상, 인자 허벅지는 으쩐가?"

"아이고메, 성님. 무르팍 뼈에 화살을 맞았으믄 큰일 날 뻔했지라. 걷지도 못 허는 다리 병신이 되야분다믄 지 앞날이 어쳐케 되겠소? 지 꿈은 물거품멩키로 꺼져불겄지라."

"고만치 다쳤응께 망정이제, 다행이여."

"원군이 왔으믄 이 고상을 안 했을지도 모르겠소."

"아까침에 병마사헌테 들었는디 원군이 등주에 오기는 했 등마."

"참말로 빨리도 와부렸소잉. 운주가 우리 무령군에게 넘어 온 지 몇 달이 지나부렀소."

"우리 원군이 흑수바다 당구덜을 깨깟이 청소해 부렀을 거 같은디 고것만도 당이나 신라 입장에서는 이득이여."

"성님은 자나 깨나 당구덜 토벌이요잉."

"그라고 이익이 또 하나가 더 있제. 동상이 맞춰봐."

"아, 고것 모르믄 정년이 아니지라. 거, 장사해서 부자 되는 것 아닌게라?"

"인자 동상이 내 오장육보는 물론이고 머릿속까정 훤히 다 보고 있네 그려."

장보고는 무령군 군중소장으로 계속 남아서 병마사 같은 대장군이 되겠다는 야망은 없었다. 정년이 진중의원 치료를 다 받을 때까지만 무령군에 남아 있을 생각이었다. 정년은 허벅지 에 찬 고름이 다 빠질 때까지는 무령군 진중의원의 치료를 받아 야 했다.

그런데 3일 뒤였다. 오전에 서주 절도사가 베푸는 연회에 참석하고 군막으로 돌아와 쉬고 있을 때였다. 일조 신라촌 부촌 장이 찾아왔다. 그렇지 않아도 장보고와 정년은 은인이라고 여 겼던 촌장 김시방의 안부가 궁금했던 차였다. 그런데 부촌장은 침통한 얼굴을 하고 있었다. 장보고가 먼저 말했다.

"내가 장보고요."

"촌장님이 돌아가셨습니다."

"은제 돌아가셨는게라?"

"당항성에서 돌아오시다가 인당수에서 큰 풍랑을 만나 배가 침몰한 것 같습니다. 신라 경비선이 발견했지만 선원은 한 사람도 구하지 못했다고 합니다."

"아이고메!"

정년이 큰소리로 탄식했다. 장보고는 잠시 할 말을 잃고 말았다. 탐진에 청자기술을 전한 뒤 큰일을 할 분으로 믿었는데 침몰사고를 당했다고 하니 비통하기만 했다. 부촌장이 예를 갖추어 말했다.

"평소에 촌장님께서 군중소장님 자랑을 많이 하셨습니다. 신라촌에서 큰일을 하실 분이라고 말씀했습니다."

"일조에서 서주까지는 먼 거리인디 부탁허실 일이 있어 오신게라?"

"물론입니다. 그렇지 않다면 여기까지 왔겠습니까? 일조 신라촌을 이끌어주십사 하고 왔습니다."

장보고가 말했다.

"비통허요. 촌장님이야말로 큰일을 허실 분이었지라. 나는 촌장님맹키로 큰일을 헐 만헌 능력이 읎는 사람인께 돌아가써요."

"촌장님께서 평소에 하신 말씀이 있습니다. 그러니 언제라도 일조 신라촌을 위해 오시기를 바랍니다."

장보고의 의사를 확인한 일조 신라촌 부촌장은 바로 돌아갔다. 장보고와 정년은 무령군 군막 부근에 있는 절로 갔다. 마침 사미승이 두 사람을 요사채로 안내했다. 요사채 의자에 잠시 앉아 있자 주지스님이 나타났다. 주지스님이 군복을 입고 있는 두 사람에게 물었다.

"무슨 일로 오셨소?"

"예, 이분은 무령군 군중소장이시그만요."

"오늘 우리 절에 찾아온 군사들 중에 가장 높은 분입니다."

장보고가 용건부터 말했다.

"스님, 지 은인이 돌아가셨그만요. 지가 무엇을 해야겠습니까요?"

"나무아미타불을 외우시면 돌아가신 망자께서 극락왕생하실 것입니다. 부처님 말씀이니 틀림없습니다."

장보고와 정년은 주지스님을 따라 극락전으로 들어갔다. 장보고는 거대한 불상 앞에서 무릎을 꿇고 나무아미타불을 외기 시작했다. 정년은 다친 다리 때문에 선 채로 나무아미타불을 외었다. 두 사람의 창불(唱佛) 소리가 우렁차게 법당 밖까지 울려 퍼졌다. 한나절이 지나자 주지스님이 다시 법당 안으로 들어왔다.

"이제 망자께서 극락왕생하셨을 것입니다. 그러니 돌아가셔도 됩니다."

순간 장보고는 마음이 홀가분해지는 것을 느꼈다. 마음을 무겁게 했던 비통함이 사라지는 것 같았다. 자신만이 그런 것이 아니라 망자가 된 김시방도 극락으로 가는 걸음이 가벼울 것 같다는 생각이 들었다. 장보고는 신기한 경험을 확인이라도 하듯 정년에게 물었다.

"동상, 나무아미타불을 외고 났더니 맴이 개봅네. 글고 촌장 님도 내 맴 같은 것 같고. 동상도 그란가?"

"맴이 지도 그랑만요. 그리고 봉께 이짝 절 스님덜은 모다 관세음보살이나 아미타불을 외고 있그만요."

정년의 말은 정확했다. 등주에서 명주에 이르기까지 신라 원이나 당나라 사원은 대부분 『법화경』을 소의경전으로 하는 천 태종 계열이었다. 관세음보살이 힘들게 사는 양민들에게 위안 을 주고, 죽은 망자들에게는 극락왕생을 빌어주는 천태종 종풍 이 바다를 면한 산동반도와 명주, 항주 일대에 퍼져 있었다. 돌변 하는 바다와 함께 살아가는 사람들이 의지할 수밖에 없는 천태 종 종풍이었다. 군막으로 돌아오면서 정년이 말했다.

"성님, 지는 참말로 아숩그만요."

"뭣이 아숩다는 말인가?"

"촌장님이 살아 겨셔야 우리 집에 청자기술이 전해질 거 아 니요? 긍께 촌장님을 생각헐수록 아숩지라."

"나도 마찬가지여. 내가 촌장님께 말씸드렸제. 탐진에 청자 기술이 전해진다믄 당나라에 탐진토기나 탐진청자를 폴 수 있 을 거라고 말이여."

정년이 못내 아쉬워했다.

"당나라에서는 왕족이나 귀족이 아니믄 월주청자를 못 쓰게 헌께 우리에게는 기회인디 말이요. 우리가 청자를 맹글어 당나라 천하에 폴믄 되는디."

"토기가마를 갖고 있는 정 족장님 아들 같은 말이네. 걱정허지 말소. 아무도 안 허믄 나라도 해야제, 벨 수 있겄는가."

"성님이 참말로 헐라고라?"

"근디 시방은 때가 아니네. 황제 폐하께서 노비매매금지 조칙을 내렸는디 고것만으로는 약허제."

"뭔 조칙이 또 내려져야 헌다요?"

"월주 청자가마 신라 노비덜을 델꼬 갈라믄 황제께서 노비해방령을 내려주셔야 허제. 그라믄 그자덜이 신라로 맴 놓고 갈 수 있겄제. 우리가 뭣이라도 험시로 말이여, 황제께서 노비해방령을 내리실 수 있도록 심을 써야 헌당께. 그라믄 우리 신라 노비덜을 델꼬 갈 수 있을 것이여."

"아따, 성님은 참말로 겁나게 앞서가요잉. 어차든지 쬐끔만 신라가 살길은 우리가 토기든 청자든 잘 맹글어서 큰 나라에 많이 폴아야 되겄지라."

"나는 대구소 향리 나리나 동상 아부지인 정 족장님을 절대로 잊어불지 않을라네. 아마도 월주 신라 노비를 동상 마실로 보내는 것이 가장 크게 은혜를 갚는 방법이라고 생각허네."

장보고는 김시방이 월주의 청자기술을 신라로 가져가 주기를 바랐지만 이제는 달리 방법이 없다고 생각했다. 신라 노비 도공들을 마음대로 손쉽게 데리고 가려면 당 황제가 조칙으로 노비해방령을 내려줘야 할 텐데, 그런 순간이 오려면 신라 사신이 바다를 건너와서 진언하고 간청해야 하므로 적잖은 시간이 필요할 터였다.

장보고를 찾아오는 신라인들이 차츰 많아졌다. 일조 신라촌 부촌장이 다녀간 며칠 뒤에도 등주 신라소 군관 장영이 말을 타고 왔다. 정년이 거만하다고 투덜거렸지만 장보고는 믿음이 간다고 했던 바로 그 군관이었다. 장보고가 반갑게 맞이했다.

"장 군관, 무신 일로 여그까정 와부렀는가?"

"긴히 드릴 말씀이 있어서 왔습니다."

"말해보시게."

"등주에서 산동반도에 있는 신라촌, 신라방, 신라소 분들이 다 모여 결의한 것을 알려드리려고 왔습니다."

"뭣을 결의했다는 말인가?"

"산동반도에 와 있는 신라인 우두머리로 군중소장님을 모시기로 했습니다."

정년이 소리쳤다.

"성님, 때가 와분 것 같으요. 뭣을 망설이시요."

"내가 갈 신라소는 으디에 있는가?"

"군중소장님께서 가시는 신라소가 산동반도 대표 신라소가 될 것입니다."

정년이 장보고를 쳐다보면서 또 소리쳤다.

"성님! 가리포허고 비슷헌께 적산에서 살고 잪다고 헌 말씀을 잊어부렀소?"

장보고가 선뜻 결정하지 않고 있자, 장영이 말했다.

"신라소는 등주에도 있고, 적산에도 있고, 일조에도 있습니다. 어느 곳이나 가실 수 있습니다."

"간다면 적산으로 갈 것이네. 다만."

"또 무슨 문제가 있습니까?"

"서주 절도사님 호의로 무령군에 들어왔으니 떠날 때도 절도사님의 허락이 떨어져야 할 것 같네."

"절도사님은 저와 인연이 조금 있습니다. 등주 절도사님 편지를 이곳 절도사님께 몇 번 전해드린 일이 있습니다. 그런 까닭에 이곳에 왔을 때도 먼저 가서 인사드리고 용건을 대강 말씀드렸습니다."

장영은 용의주도했다. 장보고는 그의 말을 의심하지 않고 신뢰했다. 일전에 왔던 일조 신라촌 부촌장과는 근본적으로 달랐다.

"절도사님께서 무어라고 말씀허시든가?"

"때가 되면 무령군을 해체할 것인데 잘됐다고 말씀하셨습니다."

무령군이 머잖아 해체되는 것은 어쩔 수 없는 일이었다. 치청절도사 이사도의 군사를 궤멸시켰으므로 토벌부대로서 임무

184

가 끝났기 때문이었다. 바로 군사들을 해산시키지 못한 것은 그들의 일자리가 당장 마땅찮아서였다. 서주 관군으로 편입하는 것도 한계가 있으므로 얼마의 군사는 다른 절도사 휘하의 관군으로 가거나, 운하 준설작업이 있는 곳으로 추천장을 써서 보내야 했던 것이다.

"성님, 지 걱정 말고 가시랑께요. 지는 여그 의원이 치료를 잘허는 거 같은께 낫을 때까지 더 있을라요."

정년이 무령군에 남겠다고 하는 이유는 허벅지 치료 말고도 또 있었다. 장보고가 떠나면 군중소장의 자리는 자신에게 올 것이 뻔했기 때문이었다. 단 몇 달이라도 장보고에 이어 자신도 군중소장 자리에 오르는 것이 정년의 숨은 꿈이었다. 전투 중에 부상당한 군관에게는 병마사가 특진의 기회를 주어왔는데, 정년은 아직 그 혜택을 받지 못하고 있었다. 정년이 특진한다면 군중소장이었다. 그러나 장보고 부대에 군중소장이 두 사람일 수는 없었다. 장보고가 떠나야만 정년은 군중소장이 될 수 있었다. 장보고는 정년의 그런 마음도 모르고 말했다.

"동상 상처가 아물 때까정 나는 여그 있을라네. 긍께 그런 소리 말어."

"아따, 성님. 성님헌테 참말로 좋은 기회가 왔는디 으째서 발로 차버리시요. 나 같으믄 장 군관을 당장 따라나서서 불겄소."

장영이 자기 편에서 말하는 정년의 태도가 고마웠는지 무뚝뚝한 표정을 풀고는 미소를 지었다.

"군중소장님! 적산 신라소에 오시겠다는 것으로 알고 저는 떠나겠습니다."

"으쨌든 나도 절도사님을 뵤야졌그만."

말에 올라탄 장영이 흙먼지를 일으키며 군막 저편으로 사라졌다. 순간, 장보고는 정년과 장영이 자신을 돕는다면 무엇을 하든 이루지 못할 일이 없을 것 같았다. 다만 정년의 다리가 나을 때까지는 움직일 수 없었다. 당나라에 함께 온 정년과 한순간이라도 헤어져 있다는 것은 장보고로서는 상상조차 할 수 없는 일이었다. 장보고가 정년에게 말했다.

"동상, 절도사님을 쪼깐 뵙고 와야졌네."

"말씀 잘 드리써요. 성님을 붙잡을지 모른게."

"그런 일은 읎을 것인게 지달리고 있게."

장보고는 무령군 군막을 나와 서주 관아로 갔다. 마침 절도사는 당전에서 관원들과 술을 마시고 있었다. 절도사가 장보고를 보더니 호탕하게 말했다.

"군중소장! 어서 오시게."

"절도사님께 드릴 말씀이 있어서 왔그만요."

그러자 절도사가 옆자리를 권하며 말했다.

"아, 그 얘기로군. 장 군관헌테 들었네. 그대를 나는 그냥 보내주지는 않겠네."

"무신 말씀입니까요?"

"놀라지 말게. 나는 황제께 신라 사신의 우두머리를 대사라

186

고 호칭하듯 그대에게 대사라는 벼슬을 제수하시라고 주청을
드리겠네."

"당장 떠나지는 않겠습니다요. 정년 부장의 부상이 나을 때
까지는 무령군에 남아 있겠습니다요."

"잘했네. 무령군은 내년이나 내후년에나 해산할 것 같네."

장보고는 절도사가 술자리에 합석을 권유했지만 사양했다.
문득 군막 밖의 산자락에 있는 절에 가서 기도하고 싶은 생각이
났다. 지난번처럼 나무관세음보살, 나무아미타불을 외고 싶었
다. 기도를 한나절 했을 뿐인데 모든 일이 술술 잘 풀리고 있기
때문이었다.

적산 신라소 대사

당 황제 직속의 반란군 토벌부대인 무령군은 서주 절도사의 말과 달리 해산이 늦어졌다. 헌종에 이어 목종 원년 때까지 유지되었다. 무령군이 산동의 치청절도사 이사도 군사를 물리쳤지만 하북의 성덕(成德), 노룡(盧龍), 위박(魏博) 절도사들이 당 황제들에게 계속 반항했기 때문이었다. 설상가상 정년의 다리 치료도 해를 넘겼다. 그래도 정년의 다리 상처는 늦가을이 되면서 빠르게 아물기 시작했다.

장보고는 작년에 절도사의 허락을 받았지만 무령군을 떠나지 못했다. 정년과 적산 신라소로 함께 가겠다는 약속을 지키려고 그랬다. 정년이 장보고의 마음을 모를 리 없었다. 정년은 스스로 결심한 뒤 밤에 장보고에게 말했다.

"성님, 몬자 서주를 떠나부씨요."

"동상은?"

"내 다리는 낫고 있소. 인자 군마도 쬐깐 타기도 허요. 성님이 나 땜시 떠나지 않고 있다는 것을 잘 알고 있지라."

"탐진을 떠날 때부텀 우리는 은제나 한 맴으로 살았네. 동상을 놔두고 어처케 몬자 떠나겄는가?"

"성님이 떠나도 될 이유가 생겼그만요."

"이유가 뭔가? 알고 잪네."

"지 꿈은 장수가 되는 것이었어라. 무령군을 해산할 거 같지 않은께 나는 여그서 더 있어 볼라요."

"여그서 장수가 되고 잪다는 것인가?"

"성님만 군중소장 되라는 벱은 읎지라. 하하하."

정년은 기회다 싶어서 자신의 속마음을 농담 반 진담 반 식으로 드러냈다. 장보고는 그제야 정년의 속마음을 눈치챘다.

"동상 맴이 그렇다믄 헐 말이 읎네만."

"지가 아조 여그서 있지는 않을 거요. 장수가 된 뒤에는 성님 옆으로 가야지라."

"군중소장이 되고 나서 나헌테 오겄다는 말이그만."

"그러지라."

"진작에 말허지 그랬는가? 내가 읎으믄 동상이 내 자리에 오를 것인께. 내가 절도사께 부탁허믄 특진은 에럽지 않은 일인디 말이여."

"아따, 성님 앞에서 어처케 그런 말을 헌다요. 성님을 밀어내고 내가 그 자리에 오른다는 것이나 다름읎는디 말이요. 안 그라요?"

"알아서 허소. 내가 뭣이라고 허겄는가."

장보고는 무령군에 남겠다는 정년을 만류하지 않았다. 탐진을 떠날 때부터 정년의 꿈은 장수가 되는 것이기 때문이었다. 더구나 정년은 장수가 된 뒤에는 장보고 옆으로 오겠다고 약속했으므로 만류할 이유가 조금도 없었다.

"그라믄 동상 맴대로 허소. 은제든 적산 신라소로 오소. 인자 나는 장영 군관허고 헌 약속을 지켜야겠네."

장보고는 군막 방에서 정년과 각자의 침상에 누웠다. 멀리서 찬바람에 실린 부엉이 울음소리가 들려왔다. 기름불을 끄자 부엉이가 군막 방 부근까지 날아왔다. 부엉이 날갯짓 소리가 푸드덕푸드덕 하고 신경을 곤두서게 했다. 마치 찬바람에 나뭇가지들이 거뭇거리는 소리 같았다. 장보고가 말했다.

"동상 자는가?"

"성님이 낼 간다고 헌께 잠이 안 와부요."

"낼 아칙에 떠날라고 허는디 스님헌테 전해주소. 은젠가 한 번 찾아뵙겠다고 말이네."

"천태종 그 스님 땜시 우리가 맴을 다잡은 것은 사실이지라."

"나는 으쩐지 살아서는 중생구제허고 죽어서는 극락왕생헌다는 스님 말씸에 맴이 끌리드라고."

"성님도 인자 천태종 신자 다 돼부렸소잉."

"천태종 신자든 아니든 중생구제허고 극락왕생헌다믄 대장부가 아니겠는가?"

"성님 말씸이 지당허요."

두 사람은 자정이 넘어서야 토막 잠을 잤다. 닭이 홰치는 소리에 눈을 떴다. 동창으로 숯덩이에 불붙기 시작한 잉걸불 같은 먼동이 보였다. 동쪽 하늘에는 어느새 놀이 붉게 널리 번지고 있었다.

다음 날 이른 아침. 장보고는 절도사에게 갔다. 절도사는 장보고를 보자마자 당 목종이 신라 경하사(慶賀使) 사신을 인덕전(麟德殿)에서 접견하고 연회를 베푼 뒤 차등을 두어 사은품을 내려주었다는 소식을 전해주었다. 신라 헌덕왕이 경하사를 당나라에 보낸 것은 별세한 헌종을 조문하고 황제가 된 덕종을 축하하기 위해서였다.

"절도사님, 이제 무령군을 떠나겠습니다요."

"어디로 가는가?"

"산동반도 적산으로 가그만요. 근디 부탁이 하나 있지라우."

"뭣인가?"

"정년 부장을 제 자리에 앉히믄 으쩌겠습니까요."

"그거야 당연한 수순이지. 정년이 그대를 대신해야지 누가 하겠는가. 안심하고 바로 떠나게. 정년을 군중소장으로 특진시키겠네. 어찌 부대에 잠시라도 우두머리 장수가 없을 수 있겠는가. 상상할 수 없는 일이지."

장보고는 당 황제가 포상으로 주었던 호마(胡馬)를 탔다. 호마는 천 리를 달려도 지치지 않는다는 말이었다. 정년이 멀리서 호마 등에 오른 장보고를 보고는 손을 흔들었다. 장보고는 어깨에 멘 활을 만지기만 했다. 어젯밤에 자정 무렵까지 얘기를 했고, 미리 작별하였으므로 서로가 따로 할 말은 없었다.

이윽고 장보고는 적산 신라소로 방향을 잡았다. 호마가 앞발을 쳐들자 품속 복주머니에 있던 은전들이 달싹거렸다. 적산까지 가는 데 노잣돈으로 충분했다. 며칠은 달려야 적산에 도달할 터였다. 장보고는 발로 호마의 옆구리를 강하게 찼다. 그러자 호마는 흙먼지를 일으키며 비호처럼 달렸다. 서주성을 벗어나자 끝이 안 보이는 들판과 구릉이 나타났다. 추수가 끝나버린 들판과 구릉은 황량하기 그지없었다.

"이럇! 이럇!"

호마는 훈련이 잘된 명마다웠다. 장보고가 말고삐를 잡아당기거나 호마의 옆구리를 가볍게 찰 때마다 힘차게 내달렸다. 장보고는 마을이 보여도 쉬지 않고 지나쳤다. 하루에 팔십 리를 가도 적산까지는 여러 날이 걸렸다. 서주성과 적산은 산동반도의 서쪽과 동쪽 끝이었다. 따라서 장보고는 일조 신라촌에서 이삼일 동안 충분하게 휴식을 취한 뒤 적산으로 올라갈 요량을 했다. 물론 해가 기울면 노포를 찾아가거나 불가피한 경우는 야영을 할 수밖에 없었다.

실제로 첫날 밤은 산자락 밭두렁 움푹한 곳에서 야영했다. 무령군에서 전투훈련 때 익힌 대로 낙엽을 무덤처럼 모아놓고 그 속으로 들어가 잠을 잤다. 땅바닥에서 냉한 습기가 올라왔지만 견딜 만했다. 낮에 햇볕을 받았던 낙엽의 온기가 뜻밖에도 새벽까지 유지되었던 것이다. 둘째 날에는 다행히 노포에 들어가 몸을 씻고 따뜻한 음식으로 허기를 해결했다. 노포 주인은 장보고에게 많은 소식을 전해주었다.

"손님은 어디로 가는 길이오?"

"적산으로 가는 길이지라."

"적산이오? 거기는 그래도 해적들이 덜한 곳이니 위험하지는 않겠소."

"해적덜을 소탕헌 줄 아는디 또 생겼그만요."

"바다 건너에서 신라군이 왔을 때는 바다가 조용했지요. 허나 신라군이 떠난 뒤로는 또 예전같이 험악해졌다오."

장보고는 바다의 사정을 사실대로 말하는 노포 주인이 고마웠다. 노포 주인이 말하는 신라군이란 헌덕왕이 보낸 원병 김원웅의 순천군이 틀림없었다. 장보고가 술을 한 잔 시켜놓고 주인에게 물었다.

"주인장께서는 바다 사정이 훤허그만요. 전해주는 사람이 있는게라?"

"그런 사람이 어디 있겠소? 바닷가에서 소금을 굽고 살다가 해적들 때문에 못 살겠다고 이곳으로 이사 와서 사는 사람에게 들었소."

"혹시 그 사람도 신라인이 아닌게라?"

"맞소. 여기도 신라촌이 있다오. 이쪽 신라촌 사람들은 토박이들에게 땅을 빌려 주로 농사를 짓고 살지요. 허나 신라인들은 느긋한 농사보다는 빨리 자리를 잡고자 바닷가에서 소금이나 숯을 굽고 사는 사람들이 대부분이라오."

"해적덜이 신라인덜을 못살게 구는그만요."

"바다에서만 해적질을 하는 게 아니오. 뭍으로 들어와서도 분탕질을 한다오. 우리 노포도 피해를 본 적이 있다오."

장보고는 일조 신라촌에 가서 휴식을 취하려던 생각을 버렸다. 당구들이 다시 발호하여 바닷가에 사는 신라인들이 피해를 보고 있음이 분명했다. 한시라도 일찍 적산에 도착하여 바다의 당구들을 토벌하겠다는 생각뿐이었다. 마침내 장보고는 일조 신라촌을 들르지 않으므로 해서 이틀을 앞당겨 적산에 도착했다.

적산 신라소에는 압아 장영이 군사들을 지휘하고 있었다. 장영이 신라소 밖으로 나와 장보고를 깍듯이 맞이했다.

"대사 벼슬을 받으셨다는 소식을 들었습니다."

"절도사께서 주청해서 제수헌 베슬인디 여그까정 소문이 났는지 몰라부렀네."

"대사님, 신라소까지 내려오는 관아의 소식도 번개 같습니다."

절도사들이 신라인에 관한 소식은 신라소까지도 보내주는 모양이었다. 대사란 당 황제가 신라 사신 우두머리를 부를 때 사용하는 호칭이었다. 그러니까 신라 사신의 정사(正使)에 버금가는 관작이라고 할 수 있었다. 물론 신라소 우두머리를 높여서 진즉부터 대사라고 불러온 호칭도 관례이기는 했다. 장보고는 신라소의 군사현황부터 파악했다. 장영에게 물었다.

"장 압아, 이곳 신라소 군사는 몇 명인가?"

"모두 스물다섯 명입니다. 군관이 다섯 명이고 군사가 스무 명입니다."

장보고는 적산 신라소 군사 규모에 안심했다. 탐진현 치소는 물론이고 대구소의 군사보다 두 배쯤 많았다.

"훈련만 잘 시키믄 되겠그만."

"다른 신라소보다 군사가 많은 이유가 있습니다. 대사님이 오실 줄 알고 산동지방 다른 신라소 압아들이 군사 한두 명씩을 보냈습니다."

"고마운 일이그만. 나는 당장 산동반도 바다에 발호허는 당구덜부터 청소헐 것이네. 그럴라믄 군사덜을 강하게 훈련시켜야 허네. 장 압아가 책임지고 강군으로 맹그시게."

"예, 대사님."

"신라인덜은 당인덜과 달리 농사보다는 소금과 숯을 구워 부자가 되는 방법을 알고 있는 사람덜이제. 우리가 해야 헐 일은 신라인덜을 보호허는 것인께 명심허시게."

장영은 내심 놀랐다. 자신은 배 한 척을 가지고 등주에서 명주까지 다니면서 신라촌이나 신라방의 장삿배를 호위하는 데 그쳤는데, 장보고는 바다의 당구들부터 일소하자고 했기 때문이었다. 그런데 장보고의 생각은 그보다 더 나아가 있었다.

"우리가 소금이나 숯을 가지고 장사를 직접 허믄 신라인덜은 안심허고 더욱 진력해서 자리를 싸게 잡을 것이고, 우리는 구입헌 소금과 숯을 당인덜에게 비싸게 폴아 부를 축적헐 수 있을 거네."

"대사님, 저는 한 번도 생각해 본 일이 없습니다. 대사님의 앞선 생각에 놀랄 뿐입니다."

장영은 장보고에게 마음속으로 충성을 맹세했다. 재당신라인들의 염원인 당구들을 퇴치하고 그들의 생업을 도와 부자가 되도록 힘쓰겠다는 장보고의 복안에 탄복하지 않을 수 없었다. 절도사의 지시를 받아 신라인들에게 세금징수를 하고 치안을 담당하던 업무에서 한 걸음 더 나아가 신라인들의 생업을 돕겠다는 장보고의 말에 감동했던 것이다.

"여그 적산에도 신라원이 있는가?"

"없습니다."

"우리 형편이 나아지믄 나는 반다시 사찰을 지을 것이네. 절이 생긴다믄 신라인덜이 보다 행복헐 수 있겄제. 가족은 물론이고 남을 돕고 살다가 죽어서 극락왕생헌다고 갈치는 곳이 절이라고 생각허네. 내가 무령군에서 직접 경험헌 일이여."

등주나 일조, 명주에 신라원이 있지만 한 번도 가본 적이 없는 장영은 장보고의 극락왕생이란 말이 다소 낯설었다. 그러나 장영은 사찰을 짓든 말든 그것은 장보고의 뜻이기 때문에 신경 쓸 일은 아니라고 생각했다. 장보고는 오후에 실제로 군사를 점고했다. 그런데 오전에 보고받았던 장영의 군사현황은 정확했다. 장영이 군사들을 모아놓고 말했다.

"대사님의 존함은 장보고이시다. 오늘부터 우리 신라소를 지휘하실 우두머리 어른이시다. 여러분은 대사님께 충성을 아끼지 말아야 한다."

장영의 소개를 받은 장보고는 짧게 인사말을 했다.

"장영 압아 휘하에서 고상헌 여러분을 치하헌다. 나는 산동반도 신라방, 신라촌을 다스리는 대사로 추대받았다. 적산 신라소가 산동반도 대표 신라소가 된 것이다. 신라소가 강해질라고 허믄 여러분이 강헌 군사가 돼부러야 헌다. 장영 압아의 지시를 따라 오늘부텀 밤낮으로 군사훈련에 임헐 것이다."

군사 점고를 마친 장보고는 적산포구로 나가 배를 점고했다. 배는 크기가 장삿배만 했지만 돛이 찢어지고 돛대가 부러져 새끼줄로 동여매어 있는 등 낡고 초라했다. 당구들의 표적이 되지 않은 것만도 다행이라고 여겨질 정도였다. 장보고는 장영에게 명했다.

"당장 신라촌에서 선공을 불러 배를 수리허게. 배를 수리헌 뒤에는 우리 신라인들의 소금과 숯을 싣고 양주와 명주를 댕겨오겄네."

"그곳의 장사꾼들을 아십니까?"

"양주에는 왕씨 성제가 있고, 명주에는 한 번 뵌 적이 있는 절도사와 장사꾼덜이 있네."

장보고의 일 처리 방식은 속전속결이었다. 그러나 장영은 군사들에게 훈련만 시키면 되었기 때문에 힘들지는 않았다. 무역은 장보고의 몫이었는데 수완을 발휘했다. 신라촌과 신라방을 순시했을 때 모두가 장보고를 환영했다.

신라인들이 판로를 찾지 못해 집안에 쌓아둔 소금과 숯은 엄청났다. 장보고는 목수 출신을 불러 모아 배부터 건조했다. 동시에 장삿배 두 척을 건조하도록 지시했다. 이미 수리한 배와 합치면 세 척을 보유하는 셈이었다. 세 척이라면 신라인들의 물건을 선적해서 양주와 명주 등에 파는 데는 지장이 없었다. 양주의 왕씨 형제가 장보고를 힘껏 도울 터였다.

마침내 장보고는 수리한 낡은 배를 타고 황수바다, 흑수바다를 순시했다. 당구들을 토벌한다는 소문이 돌았는지 당구들의 배는 한 척도 보이지 않았다. 실제로 당구들이 산동반도 바다를 떠나 명주 부근인 백수바다 이남으로 물러가 버렸기 때문이었다. 강훈련을 받은 군사들이 불만을 터뜨렸다.

"대사님, 당구들은 언제 나타납니까?"

"신라소 군사덜이여, 싸우지 않고 이기는 것이 최상의 병법이여. 알겄는가!"

장보고가 생각해 낸 병법은 아니었다. 청해진이 들어서기 전, 탐진현 미산포 별장이 장정들에게 자주 말했던 병법이었다. 어쨌든 뱃길이 안전해졌으므로 해상을 통한 무역은 마음 놓고 할 수 있었다. 더구나 적산 신라소 군사들의 전력은 배가되었고 사기는 하늘을 찌를 정도였다.

넉 달 후. 뱃길을 순시한 바 있는 장보고는 신라방에서 가져오는 소금과 신라촌에서 맡기는 숯을 배 두 척에 가득 선적했다. 소금과 숯은 양주에서 왕씨 형제에게 반을 팔았고, 나머지는 명주에서 다 소진했다. 단 한 번의 무역으로 재당신라인들은 물론 장보고까지 엄청난 이익을 얻었다.

장보고의 탁월한 역량은 곧 신라 헌덕왕에게까지 전해졌다. 헌덕왕은 장보고에게 신하를 보내 신라 사신들이 안전하게 항해할 수 있도록 도와달라고 부탁했다. 장보고는 흔쾌하게 응했다. 배편뿐만 아니라 신라 사신이 등주나 명주, 양주에 도착하면 군사를 보내 장안까지 호위하도록 했다.

4장

월주 신라도공 귀국

진눈깨비가 흩날리는 동짓달이었다. 장보고는 압아 장영에게 신라 사신 일행이 양주에 와 있다는 보고를 받았다. 사신 일행을 이끄는 정사는 김주필이었다. 아마도 배가 당항성을 출발하여 계절풍인 삭풍을 이용해 산동반도 등주 쪽으로 올라갔다가 양주로 내려갔을 터였다. 그러나 항해가 서투르면 삭풍에 떠밀려 명주까지 가기 일쑤였다. 장보고는 신라인 출신 군관을 불렀다.

"박 군관이 시방 양주로 가서 신라 사신 일행을 장안까지 안내허고 돌아와 불게."

"군사를 두 명만 주십시오."

"그래야제. 사신 일행이 양주로 돌아올 때까지 호위해 주게."

박 군관은 주로 사신 일행을 호위하는 장보고의 부하였다. 작년에 당항성에서 이십 대 초반의 승려 한 명을 장삿배에 태우고 온 사람도 박 군관이었다. 그 승려는 부석사에서 온 무염(無染)이었다. 적산 신라소 군사들은 신라와 당나라를 오가는 장삿배에 파견 나가 장사꾼들을 보호하는 일도 했던 것이다.

또한 장삿배에 오른 군관은 신라 왕실의 소식을 장보고에게 낱낱이 보고해야 했다. 장보고가 최근에 받은 보고는 웅천주(공주) 도독 김헌창의 반란 소식이었다. 무진주(광주) 도독, 청주(진주) 도독에 이어 웅천주 도독 등 변방을 전전하던 김헌창은 왕위에 오르지 못한 김주원의 아들로서 불만이 컸다.

그의 반란군은 초반에는 신라의 서쪽과 남쪽에서 기세를 올렸다. 순식간에 무진주와 완산주(전주)에 이어 사벌주(상주), 국원경(충주), 서원경(청주), 금관경(김해) 등을 점령했다. 그러나 반란군은 서라벌과 가까운 성산(성주)에서 순천군 우두머리 장수 출신인 김원웅과 김균정, 김우징이 이끄는 대군과 맞서 싸우다가 참패했다.

이후 김헌창은 웅진성으로 돌아와 10일 동안 수성전을 펼치며 반항했으나 더 이상 버티지 못했다. 궁지에 몰린 김헌창은 스스로 목숨을 끊었고, 웅진성은 수성하던 대부분의 반란군사가 도망쳤으므로 맥없이 무너졌다. 이처럼 나라 안이 크게 흔들렸던 반란 소식도 장삿배에 오른 박 군관에게 들었던 것이다. 박 군관이 말했다.

"대사님, 김주필 정사께 전하실 말씀이 있습니까?"

"있제, 으째 읊겼는가. 노비로 팔려 온 우리 신라 양민덜을 고국으로 돌아가게 해달라고 부탁허게. 정사나 부사께서 황제 폐하께 주청허믄 들어주실 것이여."

"알겠습니다. 대사님."

"몇 년 전에는 황제께서 우리 신라인 노비매매를 금지시킨 일도 있으니까 헌 말이네."

"정사나 부사 사신께 대사님의 말씀을 전하겠습니다."

적산포에서 양주는 겨울철 삭풍을 타고 내려가면 빠르게 도달할 수 있는 거리였다. 더구나 양주에는 장보고에게 호의적인 왕씨 형제가 살고 있었으므로 장보고의 군사가 편의를 제공받을 수 있었다.

두 달 후.

박 군관이 신라 사신 일행 길잡이와 호위 임무를 마치고 돌아왔다. 이때도 장보고는 박 군관에게서 보고를 받았다. 첫 번째는 당 목종이 인덕전에서 신라 정사와 부사를 접견했을 때, 정사 김주필이 신라인 출신 노비들을 방환(放還)해 달라고 간청하자 허락했다는 소식이었다. 방환이란 해방시켜 돌려보낸다는 뜻이었다. 두 번째는 김주원의 증손자 김흔이 사신 일행으로 와서 숙위로 남았다는 소식이었다. 숙위는 보통 왕자가 인질 성격으로 왔던 것인데 특이한 경우였다. 김흔은 왕자가 아니었던 것이다. 더구나 김흔은 김주원의 증손자였으므로 숙위로 온 것이 그 집안 내력으로 보아 이해하기가 어려웠다. 반란군 우두머리 김헌창은 김흔의 할아버지 김종기와 형제 항렬이었으므로 그랬다. 그러나 김흔은 자신의 출세를 위해서 숙위를 자청했는지도 몰랐다. 장보고 생각도 김흔이 할아버지 김종기, 아버지 김장여에 이어 집안 내력으로 권력을 탐했을 것이라고 짐작했다.

"희소식은 당구덜에게 붙잡혀 노비가 된 우리 양민덜의 방환이네."

"월주에 신라인 노비들이 많다고 들었습니다."

"나도 알고 있네. 나는 거그 신라 양민덜을 모다 고향으로 보내줄라고 허네."

장보고는 일조 신라촌 촌장 김시방을 따라 월주에 갔다가 노비로 팔려 온 신라인 도공들을 잊지 못했다. 고향으로 돌아가고 싶다는 신라인 도공 눈에 눈물이 글썽글썽했던 것이다.

"으쨌든 김흔 집안이 고로코름 살아온 것은 쪼깐 거시기허제."

"그렇습니까?"

"양지만 찾아댕기는 집안이라서 허는 말이네."

김헌창은 왕위를 물려받지 못한 아버지 김주원의 한을 풀고자 반란을 일으켰으므로 나름대로 명분은 있었던 것이고, 김헌창과 형제뻘인 김종기 일족은 헌덕왕에게 충성하여 부귀영화를 누리며 살고 있기 때문이었다.

"시상 일은 변화무쌍헌 것이여. 양지가 은제 음지로 바뀔지 모르는 벱이네."

"김흔은 숙위를 하고 돌아갈 것입니다. 그때 대사님은 그를 돕지 않을 것 같습니다."

"잘 보았그만. 내 고향 탐진현 대구소 향리께서 사람이 의를 보고도 행하지 않으믄 용기가 읎는 거라고 말씸헌 적이 있네. 그라지 않는가?"

박 군관은 장보고의 말에 군말을 덧붙이지 못했다. 장보고의 언행에는 저울눈금 같은 기준이 있었다. 그 기준은 바로 의(義)였다. 장보고는 무령군 시절에 군중소장으로서 이를 절감하곤 했는데, 의가 있으면 따르는 무리가 절대로 흩어지지 않았던 것이다.

적산 신라소에도 당 목종의 조칙이 문서로 내려왔다. 노비가 되어 끌려온 신라 양민들을 방환하라는 황제의 명이었다. 장보고는 즉시 장영을 불러 조칙문서를 소중하게 챙기도록 지시했다. 그런 뒤 바로 적산포로 내려가 명주로 갈 신라소 배를 점고했다. 배는 이상이 없었고, 선장 이하 돛잡이·키잡이·노잡이들은 물론 스무 명의 궁사들까지도 모두 결원 없이 대기 중이었다.

장보고는 지체하지 않았다. 다음 날 이른 새벽에 적산포를 출발했다. 때마침 거센 삭풍이 불어 배는 최고의 속도로 황수바다와 흑수바다를 지나 백수바다 쪽으로 남진했다. 장영 압아도 동행했다. 월주의 청자가마 주인들이 혹시나 거칠게 반항한다면 무력행사가 필요할 터였다. 장보고는 장영 압아와 박 군관에게 미리 지시했다.

"황제의 명이니 저항헐 사람은 읎겄제. 그런디도 흉기를 들고 덤벼들 자가 있을지 모른게 긴장해야 써."

"황제의 명을 거역하면 즉시 처형할 수 있습니다."

장영이 당연하다는 듯 무덤덤하게 대답했다. 그러나 장보고는 대화로 해결하자고 말했다.

"장 압아, 청자가마 주인덜도 당구덜에게 은전께나 주고 노비를 샀을 것인게 억울하다고 항변헐 거네. 긍게 몬자 설득부터 해보드라고잉."

"지금까지 신라인을 부려 먹은 것을 생각하면 충분하게 갚았다고 생각합니다."

장영의 생각도 일리는 있었다. 장보고가 보았다시피 그들은 도공 일만 한 것이 아니라 하인처럼 가마 주인집에서 허드렛일까지 하고 있었던 것이다. 이틀 밤을 자고 나자 백수바다가 나타났고 명주가 아스라이 보였다. 다행히 암초 지대에 들어서서도 단 한 번도 배 밑을 긁히지 않고 명주 앞바다에 이르렀다.

"신라소 군사덜은 들으라. 우리는 명주 관아에 들렀다가 바로 자계 치소를 갈 것인게 그리 알라."

"자계는 얼마나 갑니까?"

"한나절이면 충분헌께 당일치기가 가능헐 것이다."

장보고 일행은 명주 관아를 들러 튼실한 말을 빌려 탔다. 그러고는 바로 자계 치소로 올라갔다. 마침 절도사가 구면이었으므로 은전 꾸러미를 맡겨놓고 말을 쉽게 빌릴 수 있었던 것이다. 장보고는 서둘렀다. 자계 치소에서는 명주와 달리 황제의 조칙 문서를 보여준 뒤 월주가마로 가서 신라인 도공들을 데리고 갈 생각이었다. 월주가마 주인들이 신라인 도공들을 멀리 격리시킬 수도 있으므로 급습하듯 속전속결로 처리해야 했다. 자계 치소 우두머리 관원은 낯설었다. 장보고가 예전에 만났던 관원이 아니었다. 장영은 관원을 따라 치소 안으로 들어갔다. 장영이 관원에게 신분을 밝힌 뒤 황제의 조칙문서를 내밀었다.

"우리들은 황제의 명을 따를 뿐이오."

"알겠소이다. 나는 황제 폐하의 명대로 협조하겠소."

조칙문서를 보고 있는 관원이 마치 황제를 알현하고 있는 것처럼 벌벌 떨었다. 관원이 장보고의 군사보다 한발 앞서서 월주가마들이 있는 상림호로 갔다. 다행히 월주가마 주인들은 무슨 영문인지도 모르고 관원 앞에 모였다. 관원이 소리쳤다.

"황제 폐하의 명이시다! 오늘부로 신라인 도공들을 방환하라."

"관원 나리, 우리는 은전을 지불하고 노비를 샀소. 그런데 아무리 황제 폐하의 명이라고 하더라도 그럴 수는 없소."

그때 장영이 긴 칼을 빼어 들고 말했다.

"이놈! 황제 폐하의 명을 거역하고서도 살아남을 줄 아느냐!"

"내 재산을 빼앗는 사람은 누구든 도적이오. 황제 폐하도 마찬가지요. 내 말이 틀렸소?"

"이놈이 사람들 앞에서 황제 폐하를 능멸하는구나!"

장영의 칼이 허공에서 번쩍했다. 순간, 장영에게 거칠게 항의하던 청자가마 주인의 목이 땅바닥에 떨어져 뒹굴었다. 그제야 청자가마 주인들이 장영 앞에 무릎을 꿇었다. 자계 치소 우두머리 관원이 다시 소리쳤다.

"지금 보았을 것이다. 황제 폐하의 명을 어기면 바로 극형이다! 나는 황제 폐하의 조칙문서를 보았느니라. 그러니 그대들은 신라인 노비들을 모두 풀어주어야 한다. 알겠는가?"

청자가마 주인들이 서로 눈치를 보면서 하나둘 일어났다. 신라소 군사들이 지켜보는 가운데 가마 주변의 동막으로 가더니 노비로 팔려 온 신라인 도공들을 앞세우고 돌아왔다. 남루한 누더기 차림의 도공들 중의 한 명이 장보고 앞에 엎드려 눈물을 흘렸다. 예전에 보았던 탐진 출신의 도공이었다.

"여그서 살다가 월주 구신이 되는 줄 알았그만요."

해남, 부안 출신의 도공도 장보고 앞으로 와서 울먹였다.

"인자 고향으로 돌아가는게라우?"

"내 장삿배로 델꼬 갈 것이오. 고향에서도 을마든지 청자를 맹글 수 있을 텐께 묵고 사는 일은 걱정허지 마씨요."

"아이고메, 감사허요. 감사헙니다요."

신라인 도공들이 눈 깜짝할 사이에 스무 명 정도 모였다. 장영이 엄하게 말했다.

"이 일은 우리 신라 사신이 황제 폐하께 간청해서 이루어진 것이오. 또 여기 대사님께서 힘을 쓴 것이니 그리 아시오."

신라도공들이 하나같이 장보고에게 머리를 숙였다. 탐진 출신 도공이 말했다.

"대사님, 지덜은 어처케 대사님의 은혜를 갚아야 헐게라우?"

"내가 바라는 것이 하나 있소. 고향에 가더라도 여그 청자를 맹그시오. 그것이 내게 은혜를 갚는 길이요."

장보고는 군사들이 빌린 말에 도공들을 태우게 했다. 장보고도 탐진 출신 도공과 함께 말에 탔다. 장영이 선두에 섰다. 이윽고 장영이 "출발!" 하고 소리치자 20여 마리의 말들이 일제히 회오리바람처럼 무리 지어 달렸다.

신라도공들은 일단 명주에서 신라소 배를 타고 적산으로 갔다. 모두들 바로 고향으로 가고 싶어 했지만 장보고는 신라를 오가는 자신의 장삿배에 실어 보낼 생각이었다. 신라소 배 말고도 장보고에게는 몇 척의 장삿배가 있었던 것이다. 재당신라인들의 소금과 숯으로 등주, 양주, 명주, 항주 등지에서 무역을 하던 장보고가 배를 늘린 이유는 신라 동쪽 바다 건너에 있는 하카타(博多)까지의 항해도 염두에 두었기 때문이었다. 그렇게 항해하려면 신라 탐진현이 중간 기항지가 될 수밖에 없었다.

적산으로 돌아온 장보고는 또 경사를 맞았다. 의형제를 맺은 정년이 신라소에 와 있었다. 정년도 신라도공들을 데리고 온 장보고를 보고는 감격한 나머지 넙죽 큰절을 했다.

"성님, 참말로 대단허시요."

"그때 동상이 만난 탐진도공도 있네. 막사에 가서 만나보소."

"시방 그를 만나 지 소식을 부모님께 전해불라요."

"정 족장님이 어처케 겨시는지 궁금허네. 근디 동상에게만 고백헐 일이 하나 있네. 동상이 알다시피 난 우멍헌 사람이 아니네."

"뭣인디라? 으째 쪼깐 거시기허요잉."

"동상은 촉이 좋아부러. 거시기헌 일이랑께."

작년 초겨울에 우연히 벌어진 일이었다. 등주 신라방 방정
집에 초대받아 갔다가 생긴 인연이었다. 방정의 수양딸인 백제
계 여인을 만났던 것이다. 방정이 삼십 대 중반이 된 장보고에게
외롭지 않으냐며 술자리에서 수양딸을 소개해 주었던바, 그날
이후 그녀에게 아기가 생겨버렸던 것이다.

"성님이 여자를 만나셨그만요."

"거시기허게 자부렀는디 아기가 생겨부렀단마시."

"성님 나이가 올해 서른일곱이신가? 늦었지라. 근디 아기는
은제 볼 수 있을게라?"

"올 가실에나 머시기허겄제."

"헹수님은 시방 으디 겨시요?"

"여그 신라촌으로 와 있제."

"성님이 소개해 주씨요. 인사라도 드리고 잪소."

"알았네. 군사덜에게 소문은 내지 말소. 내 처지가 거시기해
서 남세시롭네."

"아따, 성님. 참말로 의뭉허요잉. 하하하."

그해 산동반도의 봄은 유난히 짙은 안개가 자주 끼었다. 황수바
다에서 올라온 해무였다. 장보고는 약속한 대로 여름철 태풍이
오기 전에 자신의 장삿배에 도공들을 태워 신라로 보냈다. 도공

들은 자신이 원하는 대로 고향으로 갔다. 일부는 남기도 했다. 그들은 내년에 장보고가 창건할 법화원에서 울력할 사람들이었다. 장보고는 정년에게 지시하여 수십 명의 목수와 사병들과 인부들을 올려 보내 법화원을 조성하려고 했던 것이다.

적산의 가을은 탐진보다 빨랐다. 숙위를 하던 김흔이 적산 신라소에 편지를 보냈다. 귀국하려고 하는데 배를 주선해 달라는 것이었다. 그러나 장보고는 장영 앞에서 즉시 거절했다.

"김흔을 믿을 수 읎네. 긍께 도와줄 수 읎제."

"나중에라도 대사님을 비난하지 않겠습니까?"

"수완이 좋은 사람이라서 내가 아니더라도 그자는 무사히 귀국헐 것이네."

장영은 장보고에게 더 이상 말하지 않았다. 김흔이 편지에다가 자신의 관작을 은근히 자랑하며 부탁했지만 장보고가 들어주지 않았기 때문이었다. 당 목종이 금자광록대부 시태상경(金紫光祿大夫 試太常卿)이란 관작을 김흔에게 주었던 것은 사실이지만 장보고에게는 통하지 않았다. 그런데 한 달 후, 김흔은 장보고의 예상대로 적산 신라소의 도움 없이도 무사히 귀국하여 숙위를 마친 공을 인정받아 남원태수로 부임했다.

탐진 첫 청자도공

샛바람이 강하게 부는 데다 장맛비까지 내려 장보고의 장삿배는 당은포에서 정박했다. 항해하는 데는 장맛비보다 샛바람이 더 장애가 되었다. 적산포에서 온 신라 청자도공들은 모두 선실로 들어가 비를 피했다. 선실이 좁아 모두들 새우처럼 다닥다닥 웅크렸다. 샛바람이 잦아들고 마파람이 부는 계절인데 예상치 못한 날씨였다. 선장은 우두머리 궁사에게 샛바람이 약해지기를 기다렸다가 탐진으로 떠나겠다고 말했다.

"아래로 갈수록 에럽다카이. 마도 물살을 얕봤다가는 큰일 난데이. 거그 바다는 미쳐 날뛸 때가 많다 아이가."

마도바다의 와류(渦流)에 변을 당할 수도 있다는 경고였다. 와류란 소용돌이치며 흐르는 조류를 일컫는 말이었다. 배가 와류에 갇히면 침몰할 수도 있었다. 실제로 마도바다를 오가는 중에 침몰하는 배가 적잖은 것도 사실이었다. 애가 타는 사람들은 월주에서 온 신라인 도공들이었다. 탐진 출신인 최녹천과 김보, 고방인은 월주가마에서 한 주인 밑에 일했던 인연으로 늘 함께 움직였다. 김보는 고안, 고방인은 부령이 고향이었다. 세 사람 모두 바닷가에서 고기를 잡고 해초를 뜯으며 살았던 보자기, 즉 해상유랑민 출신들이었다. 세 사람은 적산으로 올라와서도 그랬고, 장보고의 장삿배를 탈 때까지 서로가 의지하면서 지냈다. 고방인이 말했다.

"나는 여그서 더 지달리기보담 걸어서라도 부령으로 내려 갈라네."

"혼자만 몬자 떨어져 갈라고?"

최녹천이 고방인을 쳐다보며 말했다. 당은포에서 부령은 가깝지만 탐진은 너무 멀었던 것이다. 그러자 김보가 말했다.

"방인이 말도 맞는 거 같으네. 여그서 은제까정 요로코름 있을지 모른께 비를 쫄딱 맞드라도 나서는 것이 좋겠네."

고안과 탐진은 지근 거리였다. 월출산 고개 두어 개만 넘으면 탐진이었다. 그러나 최녹천은 두 사람처럼 배에서 내릴 수 없었다. 최녹천이 두 사람에게 사정했다.

"이틀만 더 지달려보세. 샛바람이나 비가 그칠지 모른께 말이여."

"늦은 장맛비가 더 감푼 뱁이네. 내가 볼 때는 메칠 더 갈 거 같으네."

김보는 혼자만 남게 되는 최녹천에게 미안했던지 이틀만 배에서 더 기다려보겠다고 말했다.

"여그까정 함께했는디 하렛밤이나 이틀을 못 참겄는가? 방인이 쪼간 더 지달려보세."

"알았네. 근디 녹천이 자네는 뭣 땜시 배를 꼭 타고 갈라고 헌가?"

"시방 이 배는 탐진토기를 실러 가는디 거그까정 함께 감시로 내가 도울 것이 있으믄 도와줘야 도리가 아니겄는가? 내 고향이 탐진이라서 그라네."

"자네는 그라네만 나는 하루라도 싸게 가고 짚아서 못 살겄네."

"나는 더 늦어지드라도 장삿배를 타고 갈라네."

"으쨌든 우리는 녹천이 자네허고 정도 들었고 허니 이틀만 더 지달려볼라네."

"내가 탐진까정 배를 타고 갈라고 헌 이유가 또 있네."

"고것은 뭣인가?"

"대사님허고 대사님 동상 편지를 갖고 가네. 편지가 비에 젖어불믄 으쩌겄는가? 우리덜을 여그까정 보내준 분이 대사님이 아닌가."

최녹천의 품속에는 두 장의 편지가 있었다. 장보고와 정년이 정 족장에게 보내는 편지였다.

"뭣이라고 써 있는가?"

"자네덜이나 나는 까막눈인디 어처케 알겄는가? 잘 있은께 걱정허지 말라는 말씸이었지 머."

샛바람이 강해졌는지 배가 뒤뚱거렸다. 세 사람은 선실에서 이리저리 휩쓸렸다. 선장과 우두머리 궁사는 당은포 치소 객사로 가서 아직 돌아오지 않고 있었다. 당은포 치소 향리는 별세한 김시방 촌장 때부터 관계가 좋았으므로 장보고의 장삿배 선장이나 궁사들에게 호의를 베풀었다.

이틀 후.

　장맛비는 오는 둥 마는 둥 했지만 샛바람은 여전히 강하게 불었다. 결국 고방인과 김보는 선원과 궁사들에게 인사한 뒤 배를 떠났다. 두 사람이 떠나자 눈치만 보고 있던 여남은 명의 다른 도공들도 모두 배에서 내려 흩어졌다. 선장은 도공들을 붙잡지 않았다. 신라에 왔으니 자신의 의무는 다했다고 생각했던 것이다. 오히려 선장은 도공들이 빨리 떠나주기를 바랐던 속내도 있었다. 입을 하나라도 덜수록 선실 창고의 식량을 아낄 수 있기 때문이었다. 선장이 뿔뿔이 사라지는 도공들을 보고는 한마디 했다.

　"당은포 치소에서 식량을 구하지 않아도 되겠데이."

　"지도 배에서 내려불기를 바랐습니까?"

　최녹천이 웃으며 말하자 선장이 고개를 크게 저었다.

　"아닐세. 자네는 탐진까지 가야 헐 사람이데이. 나는 탐진이 처음인 기라. 지리를 잘 모르니 자네 도움을 받아야 한데이."

　"우두머리 돛잡이나 노잡이 성님덜이 지리에 훤헐 것이지라우."

　"그렇다 카더라도 탐진 사람이 더 잘 알지 않겠나."

　선장의 판단은 옳았다. 돛잡이나 노잡이들은 탐진 구석구

석을 최녹천만큼 알지 못했다. 최녹천은 어린 시절부터 보자기가 된 이후 탐진 바닷가를 옮겨 다니면서 살았기 때문에 어디에 암초가 있는지 정확히 알았다. 선장은 틈만 나면 최녹천을 따로 불러 이야기를 시켰다.

"자네는 월주까지 어처케 갔노?"

"바닷가에서 혼자 갯것을 찾다가 당구덜에게 붙잡혀 월주까정 갔그만요."

"가마 주인은 어떤 사람이었노?"

"우리덜을 자주 굶겼던 안주인허고 달리 그래도 주인은 괴안찮은 사람이었지라우. 청자가 잘 나오믄 잠을 푹 자게도 했지라우."

"잠도 못 자게 한 기가."

"잠잘 시간이 읎었지라우. 기물을 맹글고 말리고 다듬고 허다 보믄 하루가 금방 지나불지라우. 불을 안 때는 가마를 보수허거나 가마 나무하러 상림호 산자락을 발톱이 빠져불도록 오르락내리락 했당께요."

최녹천이 선장에게 손을 보여주었다. 손가락마다 굳은살이 박여 마치 장갑을 끼고 있는 것처럼 거칠었다.

"그래도 청자 맹그는 기술은 확실하게 배웠다카이."

"진짜 중요헌 기술은 안 갈치드라고요."

"그기 뭐꼬?"

"청자유약 맹그는 뱁이그만요. 대사님이 탐진에 청자기술을 전허라고 했는디 걱정이 이만저만이 아니그만요."

"눈치껏 배우지 그랬노."

"월주가마 주인덜이 을매나 의뭉헌지 압니까요? 청자유약
맹글 때는 신라도공덜은 근처에 얼씬도 못 허게 했지라우. 근디
조개를 숯불에 구웠다가 돌절구에 밀가리멩키로 찧는 것은 봤
그만요."

"거기에 비밀이 있는 것 같데이."

"지도 엥간히 눈치는 챘지라우. 조개가리가 청자유약 재료
일 거 같드랑께요."

선장이 말머리를 돌렸다.

"월주청자가 왕실이나 귀족한테만 간다꼬 하던데 우째서
그럴까? 혹시 자네가 들은 것이 있는 기고."

"지도 곰곰이 생각해 봤지라우. 으떤 월주가마 주인이 황실
에서 몬자 요구해서 청자를 맹글었다는 말도 한 적이 있고라우."

"반다시 이유가 있을 끼네."

"있지라우. 주인이 헌 말이 생각나그만요."

최녹천은 기억을 되살려 선장에게 이야기해 주었다. 황실이
나 귀족들이 천제를 지낼 때는 반드시 옥빛이 나는 신비한 빛깔
의 청동기물을 당나라 이전부터 전통적으로 사용해 왔는데, 그것
들의 문제점이 하나둘 드러났다는 것이었다. 청동기물은 녹이 잘
슬어 자주 닦아야 했는데 청동항아리나 청동술병, 청동물병 등은
그 속의 녹까지는 제거할 수 없는 문제점이 있었다. 뿐만 아니라

청동기물은 쇳덩어리였으므로 토기와는 비교할 수 없을 만큼 무거웠다. 그래서 황실이나 귀족들이 가마를 관장하는 자계 치소에 청동처럼 청색이 나는 도자기를 주문했고, 따라서 월주가마에서 청자를 만들기 시작했다는 것이 최녹천의 기억이었다.

"알겠데이. 황실이나 귀족이 청색을 신성하게 여겨 갖꼬 청자를 주문했을 끼다."

선장은 최녹천의 이야기를 듣고 월주청자가 만들어진 배경을 나름대로 이해했다. 최녹천은 월주청자에 대한 장보고의 생각도 전했다.

"대사님은 당 황실허고 생각이 다르시드그만요. 황실에서 청자는 신성헌 것인께 일반 양민덜은 사용해서는 안 된다고 허지만 말입니다요."

"대사님이 자네헌테 청자를 맨들라꼬 헌 이유가 있을 것이네."

"무신 이윤디요?"

선장이 웃으며 말했다.

"내가 대사님 머릿속으로 들어가 보지 않아 갖꼬 정확하게 모르지만서도 아마 큰 장사를 염두에 둔 것이 아닌가 싶데이."

"청자를 당 양민덜에게 폴고 잪다는 말씸을 허신 적은 있지라우."

"장사를 할라믄 큰 나라에서 해야 크게 벌지 않겠나?"

"그러고 봉께 대사님 속은 참말로 짚그만요."

최녹천은 선장과 이런저런 이야기를 하면서 많은 것을 느

껐다. 자신이 월주에 있으면서 청자만 만들 줄만 알았지 우물 안 개구리 같은 사람이었다는 것을 새삼 깨달았다. 장삿배는 사흘 후 가리포를 돌아 미산포로 향했다. 미산포가 가까워지자 선원들이 민첩하게 움직였다. 돛잡이는 마파람을 받고자 돛폭을 수평으로 바로잡고, 키잡이는 배가 가는 방향으로 일(一) 자를 견지했다. 닻잡이도 감은 닻줄을 이리저리 점검했다. 궁사들은 이물과 고물, 배의 좌현과 우현으로 가서 경계를 섰다. 장삿배가 닻을 내리는 굴강에 도착하자마자 미산포 별장이 올라와 검문했다. 최녹천은 눈에 익은 풍경을 보자 눈물이 나오려고 했다. 보자기 시절에 미산포 위아래 바닷가를 자주 와 봤던 것이다. 별장은 최녹천을 수상하게 여기고 다가왔다.

"자네는 선원이 아닌 거 같그만."

"원래는 탐진에 살았는디 장보고 대사님 지시로 왔어라우."

별장이 장보고라는 말에 태도를 누그러뜨렸다. 장보고의 명성은 미산포까지도 알려져 있었다.

"무신 지시를 받고 왔는가?"

"정 족장님께 전헐 편지를 갖고 왔그만요. 정년 군관님 편지도 갖고 왔고라우."

정년을 들먹이자 별장이 미소를 띠었다.

"정년은 동상 같은 사람이제. 향리 나리께 함께 무술을 배운 적이 있다네."

별장이 군사 하나를 불러 최녹천을 정 족장 집에 데려다주라고 지시했다. 군사가 말을 한 마리 가져오더니 자신이 말에 먼저 올라탄 뒤 최녹천에게 손을 내밀었다. 말을 타본 적이 없는 최녹천은 군마 등에 겨우 올라가 군사의 허리를 붙잡았다. 군사는 화가 난 것처럼 보일 만큼 과묵했다. 미산포를 떠나 냇가와 산자락 사이의 자드락길로 들어설 때까지 한마디도 하지 않았다. 최녹천은 처음 가보는 곳이어서 두리번거리며 눈길을 주었다. 어두운 자드락을 벗어나자 다시 내가 보였다. 내는 물이 벙벙했다. 장마가 끝났지만 냇물은 아직도 흙탕물이었다. 냇가 양옆으로는 대숲이 군데군데 우거져 있었다. 군사가 겨우 한마디 했다.

"쩌그 저 초가집이 정 족장님 사시는 디요."

"으디라고요?"

"마실 초입에 초가 네 채가 보이지라? 그 집이요."

군사는 더 이상 가지 않겠다는 듯이 말고삐를 잡아당기고 있었다. 최녹천은 말 등에서 뛰어내리다시피 했다. 군사는 최녹천이 고맙다는 말을 할 사이도 없이 쏜살같이 미산포 쪽으로 사라졌다. 최녹천은 군사가 가리킨 대로 마을 초입의 초가집에서 걸음을 멈추었다. 마침 나뭇짐을 한가득 지게에 지고 사립문 안으로 들어가려던 지게꾼이 말했다.

"누구를 찾는게라우?"

"족장님은 겨시요? 멀리서 왔소."

지게꾼은 행색으로 보아 노비 같았다.

"지는 족장님 집에서 잡일허는 사람이그만요. 지달려보시지라우."

잠시 후 정 족장이 나왔다. 최녹천이 장보고의 편지를 가지고 왔다고 하자 반색하며 반겼다. 육십 대 노인인 정 족장의 턱수염은 염소 털처럼 길쭉했다.

"얼른 올라오게."

최녹천은 마루에 오르자마자 정 족장에게 큰절을 했다. 그런 뒤 품속에서 봉투 두 개를 꺼내 정 족장에게 주었다. 정 족장은 장보고의 편지부터 읽었다. 편지를 보면서 최녹천에게 눈길을 주었다가 거두었다.

"자네가 탐진 사람인디 월주까지 가서 도공을 했다고?"

"예, 사실이그만요."

"집은 탐진 으딘가?"

"보자기라 집은 읊고, 당구덜에게 붙잡혀 가족이 다 뿔뿔이 흩어져 부렸그만요."

"장 대사가 자네를 델꼬 있으믄 탐진에 좋은 일이 생길 것이라고 편지에 썼는디, 그게 뭣인지 어렴풋이 알겠네만 잘 될까 걱정시롭네."

"지가 헐 줄 아는 것은 청자를 맹그는 것밖에 읊어라우. 여그서도 청자를 맹그는지 모르겄습니다요."

"여그 도공덜은 아직 청자를 모르네. 청자가 어쩌케 생겼는지 구경도 못 헌 도공이 있을 것이네. 긍께 자네에게 우여곡절이 많겄제."

222

"지가 여그 온 것은 장 대사님 덕분이지라우. 긍께 지는 죽으나 사나 장 대사님이 시킨 대로 살라고라우."

"우리 집에 살아볼 맴은 있는가?"

"아이고메, 지를 식구로 거둬주시믄 고맙지라우."

"장 대사의 간곡헌 부탁이네. 자네를 델꼬 있음시로 우리 가마에서도 반다시 청자를 맹글라고 말이네."

"대사님은 지를 탐진으로 오게 허신 은인이시지라우. 근디 어처케 은인의 부탁을 모른 체허겄습니까. 지는 목심이 다허는 날까정 대사님 당부대로 청자를 맹글다가 죽을라고라우."

"허허허. 자네는 청자가 아니라도 인간성이 돼부렀구만. 장 대사가 말헌 당부를 죽을 때까정 지키겠다고 허는 것을 보니 말이여. 자네 이름은 뭣인가?"

"최녹천이라고 헙니다요."

정 족장이 중얼거렸다.

"녹천이라. 녹천이라…."

여름의 문턱에 선 투명한 하늘과 산자락은 옅은 갈맷빛 일색이었다. 구름 한 점 없는 부드러운 하늘빛도, 신록이 녹음으로 바뀌어가고 있는 천개산 산자락도 탐진바다처럼 온통 푸른색이었다. 정 족장이 허공에 눈길을 한 번 주고 난 뒤 말했다.

"자네는 천상 청자를 맹글고 살 사람이네. 녹천이란 푸를 녹(綠) 자에 하늘 천(天) 자, 푸른 하늘이 아닌가."

"아이고메, 지는 지 이름 뜻도 몰라불고 살았그만요. 족장님 고맙습니다요."

　정 족장은 아들 정년이 보낸 편지는 그 자리에서 보지 않고 품속에 넣었다. 정 족장이 좀 전에 보았던 노비를 불렀다.

　"여그 손님에게 저짝 방 하나를 내줘라."

　정 족장은 아들 정년이 보낸 편지를 차마 바로 읽지 못했다. 최녹천 앞에서 눈물을 보일지도 몰라서 그랬다. 최녹천에게서 정년의 편지를 건네받았을 때 갑자기 손을 떨었을 정도였던 것이다. 정 족장은 최녹천이 일어서자 바로 사랑방으로 들어가 버렸다.

마을 도공들의 텃세

도공들이 가마에 불을 때는 늦가을이 왔다. 낮에는 햇볕이 모당모당 쏟아지다가도 초저녁이 되면 선득한 하늬바람이 불어왔다. 천개산 산자락의 푸른 나무숲이 시나브로 붉고 노랗게 물들었다. 단풍이 든 나뭇잎들은 하늬바람에 낙엽이 되어 뒹굴기도 했다. 도공들이 가을을 기다리는 이유는 봄에 이어 또다시 한 차례 기물을 채운 가마에 불을 때기 때문이었다. 불볕더위가 기승을 부리는 여름이나 삭풍이 몰아치는 한겨울을 피해서 봄철과 늦가을에만 두 차례씩 가마에 불을 때왔던 것이다. 초가을에는 태풍이 한차례 있고 중추에는 가을걷이로 농사일에 바빴으므로 늦가을에야 가마 불을 땠다. 가마에 불을 때는 동안 도공들은 가슴이 설레었다.

그런데 최녹천의 마음은 늦가을이 왔는데도 무겁기만 했다. 여름 내내 마음 편한 날이 거의 없었다. 도공들이 일하는 동막에 갈 때마다 마음이 울적하고 답답했다. 정 족장 가마의 도공들이 최녹천을 알게 모르게 은근히 따돌렸던 것이다.

지난여름 소나기가 감푸게 내리는 날이었다. 최녹천은 비를 피해 동막 처마 밑으로 들어갔다가 동막 안에서 도공들끼리 하는 말을 엿듣고는 정 족장 집으로 맥없이 돌아온 일도 있었다. 도공들이 최녹천을 비아냥대고 있었던 것이다.

　"굴러온 도팍이 백힌 도팍 빼불겄어."

　"누가 굴러온 도팍인디?"

　"참말로 몰라서 묻냐! 최녹천인가 뭣인가 허는 놈이제."

　발물레를 차는 토기장 조씨와 새끼줄로 성형한 토기에 무늬를 만드는 거내꾼 김씨가 최녹천을 두고 비웃는 말이었다. 조씨와 김씨는 돌멩이를 '도팍'이라고 했다. 지병으로 죽은 불대장 최씨의 후임자로 정 족장 토기가마에서 일한 지 5년밖에 안 된 안씨는 별로 말이 없었다. 안씨는 불대장을 오랫동안 했던 최씨의 외사촌 동생이었다. 조씨가 또 말했다.

　"최가가 토기장이 되믄 우리는 모다 여그서 찬밥 신세가 돼부러."

　"성님, 찬밥만 되야도 좋겄소. 족장님이 우리덜을 인자 집에서 쉬라고 해도 벨 수 읎겄지라."

　"족장님 집 가마에서 일헌 지 10년도 넘었는디 설마 우리덜 밥줄을 끊기사 헐라고. 근디 최가 놈이 월주에서 배운 기술이 우리덜보담 낫다고 헌께 앞일은 모르겄다야."

　도공들이 하는 말은 청자기술을 가지고 온 최녹천 때문에 자신들이 정 족장에게 받아온 대접이 바뀌지 않을까 하는 걱정들이었다. 소나기를 흠뻑 맞고 정 족장 집 헛간 옆 자신의 방으로 돌아온 최녹천은 벌렁 드러누워 버렸다. 그때 땔나무 하는 노비가 누더기지만 자신의 옷이 한 벌 있으니 갈아입으라고 했지만 최녹천은 마음이 심란해 대꾸도 하지 않았다.

동막의 도공들이 자신을 슬슬 멀리했던 일은 한두 번이 아니었다. 한 번은 동막 토방에서 도공들끼리 술을 마시다가 최녹천이 오자 술잔을 놓은 뒤 일하는 척했던 적이 있고, 또 한 번은 새참을 하면서 돼지고기를 자기들끼리만 먹어 치운 때도 있었다. 그뿐만 아니었다. 산골짜기 개울에서 진흙을 찾아 파오는 질꾼은 최녹천이 정 족장에게 자신들의 언행을 일러바치는 세작(細作)일 것이라고 모함했던 적도 있었다.

그래도 최녹천은 스스로 분을 가라앉혔다. 정 족장 집을 나가기는 쉬워도 돌아오기는 어렵기 때문이었다. 보자기가 되어 연명하던 자신의 가족은 이미 뿔뿔이 흩어져 어디 있는지도 모르고, 더구나 장보고의 은혜를 생각하면 함부로 정 족장 집을 떠날 수도 없었다.

최녹천의 마음을 가장 잘 아는 사람은 땔나무꾼 노비였다. 하루는 노비가 최녹천의 방으로 들어왔다. 올가을 가마에 불을 때기 보름 전이었다. 노비가 말했다.

"월주도공님, 여그 도공덜 땜시 맴이 괴롭지라우?"

"자네가 내 맴을 아는구만."

"지가 지켜봤지라우. 근디 여그 도공덜이 자뻬바뗴헌 것은 이유가 있지라우. 정 족장님께서 도공님을 가차이헐라고 헌께 부러와서 그렁만요."

"내가 부러와서 그란다는 말이여?"

"그라믄요."

"허허허."

"지가 볼 때는 해결해 주실 분은 족장님밖에 읎어라우. 족장님께서 말씸 한마디만 허시믄 깨깟이 정리가 되겠지라우."

"나보고 족장님께 말씸드리라는 말인가?"

"그라믄요. 지가 어처케 감히 말씸드리겠습니까요."

"알겠네. 근디 자네는 나보고 월주도공이라고 부르는디 인자 그라지 말게. 나도 탐진도공이 아닌가."

"아따, 지는 여그 도공덜허고 달리 부르고 잪어서 그랬지라우."

"나는 월주만 생각허믄 머리가 찌근찌끈 아프단 말이여."

"아이고메, 그란지 몰랐그만요."

그날 밤. 검푸른 서쪽 하늘에 연화의 눈썹 같은 초승달이 떠 있을 무렵이었다. 연화는 마을 위쪽에 자리한 쌍계사의 처녀 공양주보살의 법명이었다. 최녹천은 쌍계사 가는 오솔길에서 연화를 몇 번 마주쳐 보았는데, 이상하게도 그녀의 눈썹이 가끔 어른거렸던 것이다. 최녹천은 정 족장의 사랑방 앞에서 몇 번이나 왔다 갔다를 반복했다. 이윽고 최녹천은 두 손을 앞으로 모은 뒤 정 족장을 불렀다.

"족장님!"

방 안은 컴컴했다. 그래서 최녹천은 다시 한번 더 불렀다.

"족장님!"

"녹천이가 무신 일이여?"

사랑방이 아니라 사립문 쪽에서 정 족장의 목소리가 들려왔다. 정 족장은 미산포 토기 창고에 나갔다가 들어오는 길이었다. 정 족장이 말했다.

"방으로 들어오게. 미산포 창고는 요번에 토기덜이 나오믄 포도시 채와지겄드그만."

"장삿배가 또 올 모냥이그만요."

"우리 토기는 읎어서 못 폴아. 근디 자네 청자가 나오믄 살라고 허는 장사덜이 눈젱이맹키로 몰려들 것잉마."

탐진 사람들은 송사리를 '눈젱이'라고 불렀다. 정 족장은 아직도 최녹천이 동막 도공들에게 따돌림을 받는지 모르고 있었다. 최녹천은 사랑방에 들어서자마자 말했다.

"족장님, 드릴 말씸이 있그만요."

"뭣인가. 말해보게."

"시방 지가 이라지도 저라지도 못 허고 있는디 어쩌케 했으믄 좋을지 모르겄그만요."

"내가 모르는 일이 있는가?"

"그라그만이라우. 요즘에는 동막에 가고 잪지 않그만요."

"으째서 그런 말을 허는가?"

"동막 도공덜이 지만 보면 자뻬바뻬허그만요."

"불대장이나 거내꾼, 질꾼, 토기장 모다 그렇다는 말인가?"

"불대장만 빼고 다 그렇습니다요."

"그라겠제. 불대장은 가마에 온 지 몇 년 안 된 초짠께. 무신 말인지 알겄네. 일단 맴 편히 묵고 가서 쉬게."

"지가 못나서 생긴 일이지라우. 죄송허그만요."

"내가 눈치를 몬자 채지 못헌 것이 미안허네. 가마 불 땔 때가 다가오는디 말이네."

정 족장은 최녹천을 돌려보낸 뒤 노비를 불렀다. 노비에게 동막에 있는 도공들을 모두 불러오도록 지시했다. 잠시 후 일을 마친 뒤 쉬고 있던 토기장 조씨, 불대장 안씨, 거내꾼 김씨, 질꾼 하씨 등이 정 족장 사랑방으로 달려왔다. 모두들 무명 바지저고리가 하나 같이 흙투성이였다. 정 족장은 도공들을 보자마자 불같이 화를 냈다.

"녹천이는 우리 집에 굴러들어 온 복덩어린디 느그덜이 작장작장허고 있다는디 사실이냐!"

"…."

아무도 대답을 못 했다. 겨우 질꾼 하씨가 변명했다.

"지는 진흙뎅이를 찾을라고 밖으로만 돌아댕겼그만요. 족장님께서 무신 말씸을 허시는지 잘 모르겠당께라우."

"어차든지 니도 동막에서 묵고 자지 않았느냐?"

"잠이사 잤지라우."

질꾼 하씨도 더 이상 변명을 못 했다. 정 족장의 목소리가 더 커졌다.

"느그덜이 녹천이를 우습게 보는 모냥인디 녹천이도 본래 탐진 사람이여. 글고 느그덜멩키로 양민이여. 에렸을 때 혹독헌 기근 땜시 보자기가 된 것뿐이란 말이여. 이름이 있는 것을 보믄 양민이 틀림읎어."

최녹천이 탐진 사람이고 양민 출신이라는 말에 모두가 고개를 숙였다. 그러니까 보자기 출신이라고 하여 얕보았던 속내도 있었던 것이다. 토기장 조씨가 더듬거렸다.

"족장님, 지덜이 크게 잘못했어라우."

"니덜이 우리 가마에서 10년 이상을 고상헌 거는 잘 안다. 긍께 한 번은 봐주겄는디 여그가 싫으면 떠나도 좋다. 모다 제냥 시롭기는."

거내꾼 김씨가 말했다.

"이 마실에서 대대로 살아왔는디 어처케 족장님 가마를 떠난다요."

"자발탱이 읎는 놈덜 같으니라고! 쯧쯧."

정 족장이 혀를 차며 말하자 토기장이 또 고개를 주억거렸다.

"요번 가마는 청자만 넣는게라우?"

"니 생각은 으쩐디?"

"우리는 토기만 맹글어봤는디 청자유약을 어처케 맹글고 불은 으짠 방법으로 때는지 알 수 읎응께라우."

"어처케 한 번에 확 바꾸겠느냐. 내게 좋은 방법이 있어야."

"족장님 말씸허시지라우."

좀체 나서지 않는 불대장 안씨가 말했다.

"요번 내 가마에 느그덜이 맹근 토기를 반 넣고, 녹천이가 맹근 청자를 반 넣으믄 으짜겄냐? 그라믄 공평헌 거 같다만."

토기장이 말했다.

"족장님, 고로코름 해주시믄 지덜은 안심이지라우."

"인자 알겄다. 니덜이 녹천이를 경계헌 것을. 앞으로 토기 반 청자 반씩 가마에 넣을 텐게 그리 알아라."

"근디, 족장님. 토기와 청자를 으디에 넣을께라우?"

"고것은 한 번은 앞에, 또 한 번은 뒤에 넣으믄 되지 않느냐. 나는 녹천이도 소중허지만 느그덜도 내 손꾸락 같은 사람이어야."

땔나무꾼 노비가 방 밖에서 엿들었다가 한밤중에 최녹천에 게 정 족장과 도공들 사이에 오간 이야기를 전해주었다. 사랑방 불은 벌써 꺼져 있었다.

"정 족장님께 토기장님이랑 모다 사과허드랑께요."

"사람덜 소리가 나서 나도 안 자고 있었네. 근디 청자유약을 맹글라믄 소나무 재가 필요헌디 나 쪼깜 도와주소."

"아이고메, 기술을 갈쳐주믄 고맙지라우."

다음 날 최녹천은 동막으로 가서 토기장 조씨가 내미는 술 떡을 먹었다. 조씨가 집에서 술떡을 가져와 최녹천에게 주는 것 은 앞으로 잘 지내자는 의미였다. 최녹천은 시큼한 술떡을 한 입

씹으면서 일부러 크게 말했다.

"술떡이 오살나게 맛있어부요."

"어저께 밤에 족장님이 머락허시든디 인자 잊어붐씨다. 나도 우멍헌 사람이 아닌께 말이요. 마츰 집에 술떡이 있어서 나눠묵고 잪아 갖고 왔소."

"토기장님, 어차든지 잘 부탁허요."

소화가 잘되는 술떡은 탐진 사람들이 예전부터 즐겨 먹어 왔던 간식이었다. 술떡은 집안의 특별한 날이 아니라도 만들어서 이웃 간에 사이를 돈독하게 하는 떡이었다. 최녹천은 월주에서도 고방인과 함께 밀가루에 술을 뿌려 술떡 흉내를 내서 먹었는데, 월주가마 주인도 좋아한 나머지 어떤 날은 그가 먼저 술떡을 만들어 먹자고 했던 때도 있었다.

최녹천은 봉통에서 참나무를 서너 식경 동안 태운 뒤 숯불이 만들어지자 조개껍질을 몇 되 구웠다. 조개껍질들이 벌건 잉걸불에 바삭바삭 구워지고 나자, 이번에는 그것들을 반반한 바위에 올려놓고 빻았다. 봉통에 참나무를 넣고 불을 피우면 두 가지 이득이 있었다. 조개껍질을 굽는 숯덩이를 만들면서 가마 안의 습기를 말릴 수 있기 때문이었다. 가마 안은 장마철과 여름을 나면서 습기가 눅눅하게 배어 있기 마련이었던 것이다.

토기장 조씨는 최녹천의 작업에 별로 신경 쓰지 않았다. 지금까지 자신이 만들어온 토기에만 정성을 쏟을 뿐이었다. 그런데 질꾼 하씨에게 구한 진흙으로 청자기물을 만들어온 최녹천의 입장은 달랐다. 최녹천은 가마 불 때는 날이 다가올수록 긴장했다. 최녹천이 가마 봉통에 참나무를 태우고 난 뒤, 기다리고 있던 노비가 소나무를 넣고 태우려고 하자 말했다.

"소나무는 재가 벨로 읎어. 참나무는 많은디. 긍께 유약 맹글기가 심들 수밖에 읎제."

"참나무 재를 쓰믄 안 될게라우?"

"월주에서는 참나무 재로 회유를 맹글기도 헌디 나는 여그 나무인 소나무 재를 써볼라네. 잿물에다가 조개가리를 섞으믄 회유가 되겠제."

진흙을 수비해 태토를 만들어온 하씨가 말했다. 하씨는 가리포에서 이사 온 사람으로 무릎을 치며 말했다.

"우리 마실에서 한 번은 조개무덤 구뎅이에서 토기를 굽는디 토기에 푸르스름헌 광이 나드랑께요."

"조개가 녹아 그란 것이겠지라."

"조개가 바다에서 산께 퍼렁 물이 들었을게라우?"

"조개가리는 흐건디 바닷물허고는 상관이 읎겠지라."

최녹천은 토기에 푸른 광이 났다는 하씨의 말을 사실이라고 믿었다. 노천 가마가 우연히 조개무덤(貝塚) 자리일 때는 청자 유약을 바른 것 같은 토기가 나온 적이 있었던 것이다. 조갯가루를 잿물에 넣는 것은 청자 빛깔을 내기 위한 비밀이었다. 다만 조갯가루를 얼마만큼 넣어야 하는지는 최녹천도 월주가마 주인에게 배운 적이 없었으므로 몰랐다.

보름 후.

　예정대로 토기와 청자 초벌구이 기물들을 가마 안에 차곡차곡 재임했다. 재임한 날 바로 고사를 지내면서 정 족장이 먼저 술을 받아 고수레를 했다. 불대장, 토기장도 술을 받아 음복한 뒤 가마에 술을 부었다. 최녹천은 갑자기 손이 떨려 술잔의 술을 흘렸다. 며칠 후 토기와 청자가 어떻게 나오느냐에 따라 자신의 실력이 판가름 나기 때문이었다.

　이번 가마에서는 토기장과 협의한 결과 청자는 가마 앞쪽에, 토기는 뒤쪽에 재임하기로 했는데 다음번에는 서로 위치를 바꾸기로 했다. 최녹천은 청자를 앞쪽에 재임하는 것이 불리하다고 생각했지만 고집을 피우지는 않았다. 다음번에 뒤로 가기로 했기 때문에 그럴 수 없었다. 봉통과 가까운 앞쪽은 공기 유입이 많기 때문에 열이 덜 올라갈 것이고, 반대로 뒤쪽은 열이 갇히고 공기마저 태워버리므로 청자 특징대로 푸른빛이 더 도드라질 가능성이 컸다.

　정 족장은 청자를 처음으로 굽는 날이어선지 시종 말이 없었다. 가마 주위를 두리번거리며 살필 뿐 입을 꾹 다물고만 있었다. 반면에 토기장 조씨나 불대장 안씨, 거내꾼 김씨는 온도가 점점 올라가는 봉통의 불길을 지켜볼 뿐 느긋했다. 그러다가도 봉통 안에 참나무 숯이 쌓이면 쇠갈퀴로 이리저리 흩트리곤 했다. 그래야만 가마 안의 위와 아래 온도가 같아졌다. 봉통에서 재나 숯이 차면 안 되었다. 그렇게 되면 불길이 확확 가마로 넘어가지 않을뿐더러 온도가 쑥쑥 오르지 않았다.

실패한 청자들

가마에 불을 때고 나자, 탐진바다 쪽에서 된하늬바람이 슬슬 불어오기 시작했다. 찬비까지 말라가는 푸나무에 추적추적 내렸다. 토기장 조씨나 거내꾼 김씨는 가마 불 때던 날에 바람이 불거나 비가 내리지 않았던 것은 천우신조였다고 말했다. 질꾼 하씨는 고사를 지낸 덕분이라고 믿었다. 된하늬바람이나 삭풍이 불면 가마 굴뚝으로 나가야 할 연기가 봉통 쪽으로 역류하거나, 비 때문에 공기가 축축해지면 가마 안의 온도가 잘 오르지 않기 일쑤였던 것이다.

불대장 안씨는 물론이고 토기장과 거내꾼은 가마를 열면서 한껏 기대에 부풀었다. 그러나 최녹천은 월주가마와 모양이 다른 데다 청자 초벌구이 기물을 앞쪽에 재임했기 때문에 불안하기 짝이 없었다. 정 족장은 재임할 때처럼 별로 말이 없었다. 결과에 일희일비하지 않겠다는 주인어른다운 표정이었다. 그러나 마음 한구석에는 기대와 초조함이 숨어 있었다. 자신의 토기가마에 청자를 굽는 일이 처음이었기 때문이었다. 정 족장은 청자

유약을 바른 기물들이 최상품으로 나오기를 바랐다.

이윽고 재임한 순서대로 청자부터 꺼내기 시작했다. 최녹천은 처음 꺼낸 청자사발들을 보자마자 실망했다. 태토와 유약이 완전하게 녹지 않았는지 황갈색이거나 칙칙하고 탁한 녹색의 사발들이었다. 월주가마에서 작업했던 청록색의 빛깔과 완전히 달랐다. 청자라기보다는 잿빛에 가까운 뇌록색으로 예상치 못한 빛깔이었다. 최녹천은 기물들을 모두 깨버리고 싶었지만 그래도 청록색의 목이 긴 항아리 한두 점은 광택이 약간 살아 있었다. 최녹천은 청자기물들을 땔나무꾼 노비와 함께 동막 처마 밑으로 옮겼다. 정 족장이 최녹천 옆으로 와서 위로했다.

"내 가마에서 이런 빛깔이 나오다니 놀랍네. 근디도 자네 얼굴은 말이 아니네. 뜻대로 되지 않았다고 너무 실망허지 말게."

"죄송허그만요."

"녹천이 실수는 아니여. 불이 요로코름 맹글어준 것이제."

"어차든지 쓸 만헌 것을 골라볼랍니다요."

"그러시게."

그런데 토기들은 청자와 달리 최상품이 쏟아졌다. 토기장이 장담한 대로였다. 토기들은 재가 달라붙어 잘 녹으면서 반지르르 빛이 났다. 굴뚝과 가까운 쪽에 있는 토기 몇 점만 누리끼리한 빛깔일 뿐 대부분 밝은 잿빛으로 최상품들이었다. 토기에 무늬를 새겼던 거내꾼 김씨는 가마 밖으로 토기가 나올 때마다 환호성을 질렀다.

"뭔 일이다냐! 요번 가마에서 젤로 잘 나와부렀어야!"

"오메, 요것 쪼깐 보소. 청자 바로 뒤에 재임헌 것인디 청자 유약이 기가 맥히게 달라붙어 부렀어야."

청자 뒤쪽에 재임한 토기들은 청자유약이 달라붙어 물방울 같은 무늬가 흩뿌려져 있었다. 불길이 지나면서 생긴 무늬였다. 토기장은 새로운 변화를 보고 한마디 했다.

"토기에다가 청자유약을 발라부러도 청자가 돼불겄네잉."

"다음 가마에서는 우리가 맹근 토기에다가 청자유약을 한 번 발라볼까? 쪼깐 붙었는디도 느낌이 영 달라붕마잉."

거내꾼 김씨가 흐뭇한 얼굴이 되어 말했다. 자신이 만든 무늬에 풋콩처럼 청자유약이 방울방울 달라붙어 있자 다음번 가마에서는 아예 토기에다 청자유약을 시유해 보고 싶다는 생각이 들어서였다. 그러나 정 족장이 단호하게 말했다.

"느그덜은 토기만 맹글믄 된께 다른 생각 묵지 말어. 느그덜 토기가 양주나 명주에서 을매나 인기가 좋은 줄 알어? 긍께 허든 대로 맹글란 말이여."

정 족장은 토기와 청자가 무엇이 다른지 잘 알고 있었다. 청자에는 해무리처럼 생긴 굽이 있고 토기에는 아직 그것이 없었다. 그래서 탐진 사람들은 굽이 없는 토기를 '반데기'라고 불렀다. 그런 반데기에 청자유약을 바른다는 것은 어색한 일이라고 정 족장은 믿었다. 최녹천은 실패한 청자기물들을 동막 창고에 넣고는 정 족장 집 방으로 돌아와 버렸다.

그날 밤 정 족장이 최녹천을 사랑방으로 불렀다. 창호로 흘러드는 보름달 달빛이 호롱불을 켜지 않아도 될 만큼 환했다. 정 족장의 말투는 다른 날보다 더 인자했다.

"녹천이, 오늘 나온 청자 중에서 모냥이 괴안찮은 것이 있든디 미산포 창고로 옮길라고 허네."

"아이고메, 족장님. 오늘 것은 청자라고 부를 자격도 읎습니다요."

"이런 청자가 있은께 저런 청자도 있는 벱이제, 으디 청자란 이래야 헌다는 벱이 있는가? 살 사람이 보기 좋으믄 그만이여."

정 족장의 말은 진심이었다. 일부 청자그릇들을 미산포 창고로 옮기겠다는 것은 팔겠다는 말이나 다름없었다.

"녹천이가 가고 읎을 때 자세히 봉께 으떤 항아리는 격조가 있드랑께."

"으떤 것이 그라든가요?"

"뿐만 아니라 청자항아리 굽이 처녀 발맹키로 이쁘드랑께."

"족장님은 참말로 안목이 대단허시그만요. 지는 여태 청자 굽을 처녀 발 같다고 생각해 본 적이 한 번도 읎그만요. 그러고 봉께 족장님 말씸이 딱 맞습니다요."

"자네는 빛깔 땜시 시방도 실망허는 것 같은디 뭣이 청자 빛깔이당가?"

"월주에서 맹근 것이 청자라고만 생각했지 실제로 요것이 청자 빛깔이다, 라고 생각해 본 적은 읎어라우."

"그런가? 으쨌든 천 리 길도 한 걸음부터라고 했네. 첫술에 배부를 리가 없어. 긍께 다음 가마에서 잘 나오기를 지달릴 줄도 알아야 허네."

"족장님께서 허락허시믄 쌍계사로 올라가 올 시안을 보내 겠습니다요."

"잘 생각했네. 토기장이나 불대장도 뭣이 잘 안 될 때는 쌍계사로 올라가 기도를 헌다네."

"족장님, 고맙습니다요."

최녹천은 다음 해 봄 가마가 있다고 생각하니 위로가 되고 힘이 났다. 물론 정 족장이 쌍계사로 가서 기도해 보라고 권유했 지만 어쨌든 내년 봄에 다시 시도해 보겠다는 의지가 솟구쳤다. 다음 봄 가마에서는 청자를 토기 뒤쪽으로 재임하기로 했으므 로 안심이 되기도 했다. 보통 가마의 온도는 굴뚝과 봉통 사이에 서 3분의 2 지점이 가장 높이 올라가기 때문이었다.

다음 날 최녹천은 땔나무꾼 노비 꺼먹이를 데리고 동막 창 고로 갔다. 실패한 청자들은 어제 놓아둔 그대로 있었다. 최녹천 은 목이 긴 청자항아리를 하나씩 창고 밖 밝은 데로 가지고 나와 확인했다. 비록 청록색 청자이지만 유약이 보글보글 말린 데가 없고 광택도 앞뒤로 고루 좋은 것을 골랐다. 불단에 놓일 정병(淨 瓶) 용도였다. 최녹천은 노비에게 확인하기도 했다.

"꺼먹아, 니는 요 청자항아리가 으쩌냐?"

"지가 뭣을 안당가요."

"보는 눈은 다 엇비슷헌 것이여."

"저것은 으쩐게라우? 지가 볼 때는 저것이 쪼깐 때깔이 좋그만이라우."

"아따, 잘 봐분다야. 저것은 족장님께 드릴라고 놔둔 것이여."

"부처님께 젤로 좋은 항아리를 드려야지라우. 족장님께는 또 맹글어 드리믄 되겄지라우."

"니 말이 맞다."

최녹천은 노비 꺼먹이의 말을 듣고 목이 긴 청자항아리를 바꾸었다. 꺼먹이는 본래 이름이 아니었다. 정 족장이 여러 노비 가운데 땔나무꾼 노비를 부를 때의 이름이었다. 그의 얼굴이 다른 노비보다 유난히 검어서 부르게 된 별명이었다.

꺼먹이를 집으로 보낸 최녹천은 동막에서 나오는 불대장 안씨를 보고 말했다. 불대장 안씨는 다른 도공들과 달리 가끔 최녹천에게 호의를 보여왔던 것이다. 안씨는 외사촌 형이었던 불대장 최씨가 지병으로 죽자 뒤를 이은 풋내기 도공으로서 오래된 도공들에게 실력이 부족하다며 홀대받은 적이 있었는지 최녹천에게 은근히 정을 준 것도 사실이었다.

"쌍계사로 올라가 시안을 보낼라고 헌디 어처케 허믄 좋겄소?"

"주지스님 허락을 몬자 받어야 허겄지라."

"내가 묵을 양식은 갖고 올라가야겄지라?"

"족장님이 절에 양식을 보내왔응께 그라지 않아도 될 것이요. 우리덜도 가끔 올라가 기도험시로 하룻밤썩 묵고 오지라우."

"하룻밤이라믄 몰라도 시안 내내 있을라고 헌께 그라요."

하루 이틀 묵는 것이 아니라 겨울 동안 지내려고 하기 때문에 물어본 말이었다. 그런데 불대장 안씨는 대수롭지 않게 생각했다. 정 족장이 쌍계사에 보시를 많이 해왔으므로 주지스님이 최녹천에게 별다른 요구는 하지 않을 것이라고 짐작했다.

최녹천이 주저하자 불대장 안씨가 말했다.

"족장님 허락을 받았으믄 지랑 같이 올라가지라. 지는 양식을 지게에 지고 많이 올라갔지라. 긍께 주지스님허고 친허지라."

"아이고메, 그래 주믄 참말로 고맙겠소."

최녹천은 바로 청자항아리 한 점을 보자기에 쌌다. 그런 뒤불대장 안씨를 따라나섰다. 정 족장에게 따로 인사할 필요는 없었다. 어젯밤 쌍계사로 올라가서 기도해 보라고 권유한 뒤 겨울동안 절에서 지내는 것을 허락했기 때문이었다.

쌍계사는 마을에서 멀리 떨어져 있지는 않았다. 오솔길을두어 식경 걸어 올라가니 나타났다. 개울물이 절 좌우 쪽에서 돌돌돌 흘렀다. 불대장과 최녹천은 징검다리를 건넜다. 불대장이물동이를 이고 오는 연화에게 말했다.

"연화보살, 주지스님 겨신가?"

"출타허시고 안 겨시는디요."

"족장님 집에 겨시는 분인디 시안에 여그 살러 왔응께 주지스님 오시믄 부탁허네."

"첨 보는 분은 아니지라우. 마실에서 오다가다 멫 번 봤던 분이그만요.”

불대장은 연화에게 부탁의 말을 하고는 곧 쌍계사를 내려가 버렸다. 최녹천은 법당에서 나와 경내를 휘휘 둘러보았다. 햇볕이 드는 요사채 마루에 앉았지만 마룻장은 살얼음처럼 차가웠다. 최녹천이 엉덩이를 들썩들썩하고 있자, 연화가 눈치를 채고 말했다.

“올 시안은 날이 송신나게 추와불 모냥이요. 추운디 공양간 방이라도 들어가 겨실라요?”

“주지스님이 오실 때까정 여그 있을라네.”

“백련사 가셨는디 관음사(현 무위사)까정 들르신당께 해름참에나 오실 거 같그만요. 긍께 방에 들어가 겨시란 말이요.”

“보살, 고맙네만 아무도 읎는 방에 들어가 있기가 쪼깜 거시기해서 그라네.”

“거시기허기는 뭣이 거시기허당가요. 얼굴이 도적놈 같지는 않그만요. 호호호.”

최녹천은 연화의 한마디에 부담을 놓았다. 공양간 방은 손바닥만 한 동창 때문인지 어두웠다. 느티나무 뒤주는 윗목 벽 쪽에 놓였고, 그 옆에는 개다리소반과 둥근 상이 포개져 있었다. 방바닥은 온기가 미지근했다. 최녹천은 기대하지 않았는데도 점심상을 받았다. 연화가 점심상을 들고 와서 말했다.

“지는 공양간에서 혼자 묵을랑께 드시써요.”

“미안해서 쌀밥이 목구녕으로 넘어갈지 모르겄네.”

"부처님께 올리는 마지라서 쌀밥이그만이라우. 긍께 배불리 잡사부씨요."

"보살, 밥이 많은께 덜어야겄네. 부처님 마지라는디 나봐 묵어야제 혼자만 묵으믄 쓴당가? 얼렁 빈 그릇 쪼깐 가져오소."

"지는 묵을 것이 있응게 얼렁 잡사부씨요."

"나 혼자 다 묵지 못허겄단 말이네."

"지가 어쳐케 마지를 묵는당가요."

"부처님은 묵는 거 갖고 차별허지 않으셨을 거 같아서 헌 말이그만."

최녹천은 마지를 한 입 한 입 다 먹었다. 반찬으로 올라온 산나물 장아찌에 따뜻한 마지를 남김없이 먹어 치웠다. 잠시 후에는 연화가 구수한 숭늉을 가져와 내밀었다. 숭늉 그릇을 들고 있는 연화의 손가락이 유난히 희고 길었다.

"쌀밥이라서 그란지 입에서 살살 다 녹아부네."

"근디 저것은 뭣이당가요?"

"내가 맹근 청자항아린디 주지스님께 드릴라고 갖고 온 것이여."

연화가 호기심이 동한 듯 보고 싶어 했다. 고개를 갸웃거리며 보자기를 뚫어지게 보았다. 최녹천은 연화가 점심상을 차려준 것에 대한 보답으로 보자기를 풀었다.

"구경헐랑가? 청자색이 지대로 나오지는 않았지만 모냥은 괴안찮네."

"오메, 요런 항아리는 첨이그만요. 요걸 불단에 올려놓으믄 참말로 좋겠그만요."

연화가 왜 좋아하는지 최녹천은 금방 짐작했다. 청동정병은 철이 바뀔 때마다 한 번씩 짚을 태운 재로 녹을 닦아주어야 했다. 그런데 정병 안은 녹이 슬어도 닦을 방법이 없었다. 귀한 청동정병이기는 하지만 정병 안의 녹은 닦을 수 없어서 늘 마음이 쓰인다고, 지난여름에 주지스님이 동막까지 와서 여러 도공들에게 말했던 것이다. 연화가 스님보다 자신이 먼저 보물을 본 것이 미안한 듯 합장하고 나갔다. 최녹천은 순간적으로 연화의 마음씨뿐만 아니라 뒤태도 옹골지다고 느꼈다. 연화의 허리는 늘씬했고 바지에 달라붙은 엉덩이는 암팡졌다. 무엇보다 연화의 초승달처럼 생긴 눈썹과 말할 때마다 미소가 어린 입은 최녹천의 심장을 쿵쾅쿵쾅 뛰게 했다. 최녹천은 잠시 넋을 잃고 있다가 연화가 방문 닫는 소리에 정신을 차렸다.

연화의 말대로 법경 주지스님은 해 질 무렵에 왔다. 최녹천은 주지채 방으로 올라가 법경 스님에게 큰절을 올렸다.

"그대가 최녹천이요? 오던 길에 족장님을 뵈었소. 겨울 동안 그대를 잘 부탁헌다고 말씸했소."

"아이고, 족장님께서 부탁허셨그만요."

"족장님 보시가 없다면 우리 절은 살림이 어려워졌을 거요. 나는 진즉 백련사나 관음사로 갔을지도 모르오. 연화보살도 떠났을 것이고."

"아이고, 족장님께서 큰일을 하고 계시그만요."

"나도 나지만 처녀 공양주가 어디 쉬운 일인가요. 연화보살은 하늘에서 온 선녀 같아요."

"무신 말씸이신지요?"

"아버지가 짐승을 사냥하면서 사니까 그 살생의 죄업을 씻으려고 절에 와서 기도하고 공양주 노릇하고 있다오. 삼 년을 공양주 했으니까 이제 절에서 나가도 되는데 말이오. 하긴 데리고 살 남자가 있으면 더 좋겠지만요."

"마실 도공들 중에 총각이 많든디요."

"연화 아버지가 허락해야 하는데 아직까지는 없어요."

"스님, 지가 요번 가마에서 구운 것인디 가져왔그만요."

최녹천은 보자기를 주섬주섬 풀었다. 주지스님은 최녹천이 만든 청자항아리를 보자마자 벌떡 일어서며 탄복했다.

"기도했더니 이뤄지는구먼. 꿈에서 이런 정병을 부처님한테서 받은 적이 있소."

"빛깔은 좋지 않은디 모냥은 괴안찮습니다요."

"어허, 빛깔이 안 좋다니. 청동정병과는 비교가 되지 않소. 당장에 불단에 놓고 와야겠소."

최녹천은 주지스님을 따라서 또다시 법당으로 들어갔다. 주지스님은 법당 안이 어둡다며 기름불을 켰다. 주지스님이 불전에 삼배를 한 뒤 불단에 청자항아리를 올렸다. 청록색 청자항아리가 기름불에 빛났다. 주지스님은 청자항아리를 한참 동안 응시하더니 '나무관세음보살' 하고 합장했다. 다만 한 가지 아쉬운 점은 있었다. 청자항아리에는 청동정병처럼 손잡이가 없었다. 그래도 청자항아리의 목이 길기 때문에 사용하는 데는 불편하지 않을 것 같았다.

연화보살

쌍계사의 겨울은 혹독하게 추웠다. 천개산 산자락을 넘어오는 삭풍이 법당 기왓장을 뜯어버릴 듯 감푸게 불었다. 절 앞으로 흐르는 개울물도 꽁꽁 얼어붙어 세수하려면 도끼를 들고 얼음을 깨야 했다. 최녹천은 컴컴한 꼭두새벽에 나가 도끼로 얼음을 깨곤 했다. 그렇게 하루를 시작했다. 절 대중이 세수를 하는 순서는 자연스럽게 정해졌다. 목탁을 치며 도량석을 하는 법상 부전스님이 먼저 하고, 그다음은 새벽예불을 집전하는 법경 주지스님, 그다음은 아침공양을 준비하는 연화보살 차례였다. 관음사에서 은사스님을 시봉하며 살다가 잠시 들른 법상은 쌍계사 주지스님인 법경의 사제였다.

최녹천이 늦잠을 자버린 탓에 주로 사시예불 때 독경하는 법상 부전스님이 도끼를 찾아들고 얼음을 깬 적도 있었다. 바로 최녹천이 곯아떨어져 통잠을 자버린 그날이었다. 최녹천은 사시예불 전에 주지스님이 불러 주지채 방으로 올라갔다.

"절에서 살기가 힘들지요?"

"아니어라우. 어저께 천개산 잔등을 타고 천태봉까정 올라 갔더니 겁나게 심들었던 거 같그만요. 밤에 기도허는 일도 빼묵고 폭 자부렀습니다요."

"기도는 날마다 정해진 시각에 하는 것이 좋다고 하지요. 허나 단 한 번을 하더라도 간절하게 하는 정성이 중요해요."

"예, 영념허겄습니다요."

"내가 거사님을 부른 이유가 있소. 청자정병 앞에만 있으면 강한 기운을 받는데, 그걸 알고 있소?"

"강헌 기운이 뭣인디요? 첨 들어보는 소리그만요."

"초하룻날 관음사에 계신 은사님을 뵙고 돌아온 날은 아주 피곤해요. 그런데 청자정병 앞에만 있으면 내 몸에 활기가 생겨 요. 나만 그런 것이 아니라 법상 스님도 청자정병 앞에서 독경이 더 잘된다고 그러지요."

"스님, 봄 가마에 또 청자정병을 맹근다믄 정성을 더 들여불 겠습니다요."

"백련사나 관음사 모두 청동정병을 쓰고 있지요. 내 말 잊지 말고 앞으로 신경을 써봐요."

"청자로 정병을 반다시 맹글어 두 절에 모두 보시허겄습니 다요."

"여기 쌍계사 불단에 놓인 거사님의 청자정병도 좋아요. 다만…."

"뭣이 불편허신 디가 있는게라우?"

"청동정병 같이 손잡이 있으면 더 편리하겠지요."

"아, 주전자맹키로 손잽이가 있으믄 정수를 따를 때 더 편리 허겄습니다요. 에러운 일은 아니그만요."

"그렇게 만든다면 최고의 청자정병이 될 것이오."

"아니그만요. 지 양심을 어처케 속이겄습니까요. 시방 불단에 있는 것은 청자 빛깔이 아니라 꾸정꾸정헌 뇌록색이지라우. 청자 빛깔은 잔잔헌 탐진 바닷물맹키로 맑지라우."

"어쨌든 청자에서 상서로운 기운이 나온다는 사실은 잊지 말아요. 나 혼자만 느낀 것이 아니라 법상 스님도 경험한 일이니까."

법경은 잠시 눈만 껌벅거리다가 법상 부전스님이 청자정병 앞에서 경험한 이야기를 덧붙였다. 법상은 몸이 피곤하면 목소리가 탁성으로 변하고 목이 곧잘 잠기는데, 청자정병 앞에서 독경을 하면 원래의 맑은 목소리가 우렁우렁 나온다는 것이었다. 최녹천은 법경 주지스님의 말을 곧이곧대로 받아들이지 않고 반신반의했다.

"스님, 지도 앞으로는 방에서 기도허지 않고 법당으로 올라가 청자정병 앞에서 허겄습니다요."

"그렇게 한번 해봐요. 나같이 영험이 있을 테니까."

그날 밤부터 최녹천은 초저녁마다 법당으로 올라가 청자정병 앞에서 절하면서 기도했다. 기도는 나무관세음보살을 외우는 관음기도였다. 솜이 든 좌복에 앉기는 하지만 법당 마룻바닥은 살얼음같이 차가웠다. 뿐만 아니라 법당 문을 비집고 들어오는 찬바람은 목덜미를 에는 듯했다. 그래도 오롯이 기도하고 나면 등에 땀이 배곤 했다. 최녹천이 기도하면서 발원하는 것은 오직 한마디였다.

'한시라도 빨리 월주청자와 같은 청자를 맹글고 잦그만요.'

기도를 마치고 나면 한밤중이곤 했다. 달이 일찍 사라진 한밤중의 천개산은 깊은 방죽처럼 검푸르렀고, 별들은 나뭇가지를 흔들어대는 삭풍에 오들오들 떨었다.

보름달이 중천에 뜬 그날 밤에도 최녹천은 기도를 마치고 방으로 돌아왔다. 법당 기왓장에 달빛이 쏟아져 내려 처마 밑으로 흘러내릴 듯했다. 그런데 검은 그림자 하나가 방 뒤쪽에서 나무 그림자처럼 어른거렸다. 최녹천은 연화일 것이라는 직감이 들었다.

"연화보살이 아니여?"

"예, 거사님."

"한밤중에 무신 일이여?"

"거사님, 거그 마루에 보약을 놔두었그만요."

"나 묵으라고?"

뚝배기 안에서 보약 냄새가 났다. 달빛이 뚝배기 안의 보약까지 비추었다. 보약이 사금같이 빛났다.

"아부지가 마실에서 보낸 보약인디, 지보담 기도험시로 고상허는 거사님이 몬자 마시지라우."

"허허."

최녹천은 고맙기는 했지만 소리 없이 웃으면서 주지스님과 부전스님을 생각했다.

"낼부터는 횐헐 때 스님덜께 갖다 드리게."

"안 그래도 되라우. 스님덜은 약탕기를 끼고 사신께라우."

연화는 스님들 눈치를 보는 최녹천과 달리 완강했다.

"그라믄 오늘 밤만 받겄네."

"보약은 한 번만 묵으믄 아무 소용이 읎지라우. 긍께 메칠이라도 요 때쯤 마루에 놔두고 갈라요. 빈 뚝배기는 공양허실 때 갖고 오믄 되겄지라우."

주지채 쪽에서 쿨럭쿨럭 기침 소리가 났다. 주지스님이 최녹천과 연화를 보았을 리는 없었다. 만약에 보았다면 모두에게 민망한 일이었다. 주지스님이 연화의 선의를 오해할 수도 있기 때문이었다. 최녹천은 연화의 손을 낚아채듯 잡아끌었다.

"연화보살, 주지스님께서 이짝으로 오실지 모르겄네."

"오메, 나 쪼간 숨겨주씨요."

최녹천은 연화를 방으로 데리고 들어왔다. 그런 뒤 다시 문을 열고 나가 연화의 신발을 마루 밑으로 쑥 밀어 넣었다. 최녹천이 묵고 있는 방 쪽으로 주지스님이 오는 듯 자박자박 발걸음 소리가 났다. 잠시 후 주지스님의 목소리가 들려왔다.

"거사, 자고 있소?"

"스님, 방금 기도 마치고 들어왔그만요."

최녹천은 방문을 열고 나갔다. 법경 주지스님이 큰 염주 알을 굴리며 말했다. 염주 알이 오도독오도독 하고 부딪치는 소리가 났다.

"한밤중인데 사람 소리가 나서 와보았소. 아무도 없는 것 같으니 가겠소."

"스님, 잘 주무시지라우."

"그러고 보니 낼이 입춘이오. 거사가 마을로 내려갈 날도 며칠 남지 않았소."

최녹천은 주지스님이 주지채로 올라간 뒤까지 마루에 서 있었다. 달빛이 마루 끝까지 비쳤다. 천개산 골짜기마다 밤안개가 피어나고 있는 듯 보름달 둘레에 희미한 달무리 하나가 나타나 있었다. 방으로 들어온 최녹천이 연화를 안심시켰다.

"스님께서 주지채로 올라가셨응께 벨 일은 읎을 것이네."

"오메, 가심이 막 벌렁벌렁해라우."

연화가 윗목에 오도카니 앉아서 두 손으로 가슴을 감싸고 있었다. 최녹천은 놀란 새처럼 떨고 있는 연화를 와락 껴안았다. 연화는 최녹천의 완력에 꼼짝 못 하고 안겼다. 최녹천의 몸에서는 기도하면서 흘린 시큼한 땀 냄새가 났다. 연화는 땀내를 남자의 냄새로 맡았다.

"연화보살, 고맙네."

"지를 숨겨줘서 고맙그만요."

최녹천은 연화를 아랫목으로 끌어당겨 뉘었다. 그런 뒤 참지 못하고 자신의 입을 연화의 입에 포갰다. 최녹천이 숨을 헐떡이자 연화는 죽은 듯이 움직이지 못했다. 최녹천에게 자신의 몸을 맡겨버렸다. 최녹천은 연화의 바지를 먼저 벗겼다. 저고리까지 벗겨주어야 하는데 최녹천에게는 그럴 여유가 없었다.

"연화보살, 미안허네."

"오메오메! 지앙시롭소."

최녹천이 그녀의 음부를 더듬자 그녀가 "오메오메!" 하고 자지러졌다. 최녹천은 자신의 거시기를 그녀의 몸속에 용을 쓰며 깊숙이 들이밀었다. 그러자 그녀가 최녹천의 허리를 꼬옥 껴안으며 이리저리 뒹굴었다. 얼마나 시간이 흘렀을까. 방문에 새벽빛이 일렁였다. 한꺼번에 힘을 다 쏟아내 버린 최녹천은 방바닥에 큰 대자로 누워 가쁜 숨을 골랐다. 그제야 연화가 일어나 주섬주섬 바지를 입었다. 먼동이 방안 깊숙이 들어와 두 사람을 비추었다. 최녹천이 말했다.

"연화보살, 내가 참었어야 했는디."

"지도 그래라우."

연화는 갑자기 짐승처럼 달려든 최녹천을 원망하지 않았다. 방바닥에는 검붉은 핏방울이 떨어져 있었다. 연화가 흘린 핏자국이었다. 최녹천은 핏자국을 걸레로 닦아내면서 연화에게 미안해했다.

"연화보살, 내가 어쩌케 갚아야 헐까?"

"우리 아부지헌테 매달려야지라우."

"알았네. 마실로 내려가서 연화를 달라고 말씀드리겠네."

최녹천은 약속한다는 뜻으로 연화를 다시 껴안고는 입을 맞추었다. 그런 뒤 두 사람은 이부자리 속에서 한동안 아무 말도 않고 누워 있었다. 그때 개울 쪽에서 쓰쓰쓰 쓰쓰쓰 하고 이른 새벽을 알리는 동박새 소리가 들려왔다. 연화가 가만히 일어나면서 말했다.

"아침공양 준비헐라믄 시방 나가야겠그만요."

"나도 쪼간 뒤 나갈라네."

그러나 최녹천은 코를 골며 곤히 잠들어 버렸다. 최녹천이 잠에서 깬 것은 아침 해가 천태산 산자락을 막 넘어와 비출 때였다. 법상 부전스님이 최녹천의 코 고는 소리를 듣고는 방문을 두드렸던 것이다.

"거사님, 공양허씨요."

"예, 스님."

최녹천은 자리에서 벌떡 일어났지만 공양간으로 발걸음을 떼지 못했다. 어젯밤 연화를 껴안은 일이 눈앞에 어른대서였다. 달콤하기도 하고, 쑥스럽기도 하고, 뿌듯하기도 하고, 미안하기도 한 복잡한 생각이 뒤엉켜 잠시 현기증이 일었다.

꽃샘추위를 앞두고 입춘이 급하게 지나갔다. 겨울잠에서 깨어난 개구리들이 개울가에서 밤새 노래하기 시작했다. 그러자 법당 앞뜰의 오래된 매화나무가 화답하듯 꽃을 피우고 향기를 퍼뜨렸다. 밤안개에 눌려 있던 새벽의 매화 향기가 콧속을 후벼 파는 듯했다.

　최녹천이 마을로 내려가기 전날이었다. 법경 주지스님이 최녹천을 주지채 방으로 불렀다. 주지스님이 찻자리를 펴면서 말했다.

　"입춘이 지났으니 가마 일을 또 하겠구먼."

　"스님, 청자를 또 구워볼랍니다요."

　"겨울 동안 내내 기도를 잘했으니 영험이 있을 것이오."

　"근디 지는 현몽을 못 했그만요."

　최녹천이 현몽을 못 한 것은 사실이었다. 쌍계사 부처님이 꿈에 나타나 그에게 상서로운 무엇을 맡기거나 가르쳐준 적이 한 번도 없었던 것이다. 최녹천은 주지스님에게 솔직하게 말했다.

　"스님, 절에 올라와 있는 동안 꿈을 벨로 꾸지 못했어라우."

　"우리 스님들은 꿈이 없는 잠을 자게 해달라고 빌지요."

　"지덜허고 아조 다르그만요. 지덜은 자나 깨나 부처님께 원허는 것이 많은디요."

　"부처님은 달이 물에 흔적을 남기지 않듯이 그렇게 오고 가는 분이지요. 그러니 거사님께 벌써 왔다가 가셨을지도 모르오."

　최녹천은 무슨 말인지 얼른 이해하지 못했다. 그러자 주지스님이 다관에 우린 만덕산 발효차를 한 잔 따라주며 말했다.

　"연화보살이 마을에 내려가 아버지에게 말했는가 보오. 보살의 아버지가 딸을 주겠다고 허락했소. 이것이 부처님 가피가 아니고 무엇이겠소?"

"스님, 정말인게라우?"

"연화보살 아버지를 만나 직접 들었소. 연화보살이 이제 절에서 내려가 혼인도 하고 다른 길을 갈 때가 됐다고 말해주려고 갔다가 들은 얘기라오."

"스님께서 부처님 뜻이라고 말씸허시니 헐 말이 읎그만요. 지가 시안 내내 기도헌 가피라고 헐 수밖에 읎그만요."

"하하하. 이제 믿겠소?"

주지스님이 큰소리로 웃었다. 연화와 최녹천이 부부의 인연을 맺게끔 도와준 분이 있다면 쌍계사 부처님일 것이라는 웃음이었다. 최녹천은 주지스님의 너털웃음에 압도되어 아무런 말도 못 했다. 대신 마을로 내려가기 직전에 주지스님의 얘기를 연화에게 전했다. 연화는 이미 알고 있었다며 얼굴을 붉혔다.

"지는 아부지헌테 들었그만요. 근디 부끄러와서 입을 다물고 있었지라우."

최녹천은 한걸음에 마을로 내려가 연화 아버지를 찾았다. 연화 아버지는 법경 주지스님하고 약속했던 대로 사냥용 화살과 활을 마당에 꺼내놓고 불에 태우려고 했다. 연화가 몇 년 동안 아버지의 죄업을 씻고자 쌍계사에서 공양주를 했듯 이제는 아버지 김씨가 연화를 위해서 사냥을 단념하라고 법경이 권유했던 것이다. 최녹천이 마당에 엎드려 큰절부터 했다.

"주지스님께서 말씸했습니다요."

"나는 연화가 원허는 대로 따를라고 허네. 연화도 곧 마실로 내려와 살 것인께 그리 알게."

"연화를 고상시키지 않겠습니다요."

"홀애비가 키운 자식인께 쪼깐 버릇이 읎드라도 자네가 이해험서 살게. 내가 바라는 것은 고것뿐이네."

"예, 아버님. 영념해서 잘 살겄습니다요."

그런데 최녹천은 마을로 내려온 연화와 바로 한 방에서 살지는 못했다. 봄 가마 준비로 즉시 동막으로 들어갔기 때문이었다. 가마 일을 시작하면 여자와 한 이불 속에서 자지 않는 것이 도공들의 전통이었다. 뿐만 아니라 최녹천은 작년 가을에 청자그릇들을 많이 빚어놓기는 했지만 봄 가마를 앞두고 이런저런 허드렛일이 많았던 것이다.

더구나 봄 가마는 초벌구이 청자들을 뒤쪽에 재임하기로 했으므로 최녹천은 한껏 기대에 부풀었다. 유약의 잿물과 조갯가루를 만드는 일은 지난가을에 한 번 해본 적이 있는 노비 꺼먹이가 나서서 도왔다. 연화도 가마를 오가며 잔심부름을 했다. 노총각인 토기장 조씨가 부러워했다.

"아이고, 녹천이. 재주도 좋소잉. 어처케 연화를 델꼬 사는지 나 쪼깐 갈쳐주씨요. 먼 비결이 있다요?"

결혼한 지 몇 년이 지난 거내꾼 김씨가 토기장 조씨에게 말했다.

"쌍계사 부처님이 도와주셨당마. 총각 딱지 뗄라믄 쌍계사 부처님헌테 기도허랑께."

"나도 쌍계사 가서 기도했당께."

"기도헐라므 녹천이멩키로 시안 내내 머시기 때까정 해부러야제잉."

토기장 조씨와 거내꾼 김씨가 토기를 빚으면서 농담을 주고받았다. 최녹천은 두 사람의 말을 들으면서도 대꾸하지 않았다. 최녹천은 여름이 되면 자신의 가마를 하나 지어야겠다는 생각만 하고 있었다. 그러니까 정 족장 가마는 봄까지만 이용할 속셈이었다.

그런데 월주가마와 탐진가마는 짓는 방법이 근본적으로 달랐다. 탐진도공들은 그 차이를 아무도 몰랐다. 월주가마는 벽돌로 짓기 때문에 탐진가마보다 네댓 배쯤 큰 대형가마가 가능했지만 탐진가마는 흙과 돌만으로 쌓아 올리므로 소형가마가 될수밖에 없었다. 그렇다고 하더라도 최녹천은 규모와 상관없이 자신만의 가마를 갖고 싶었다. 불대장 안씨와 꺼먹이, 연화, 연화 아버지가 거들어준다면 가마를 직접 운영할 수도 있을 것 같았기 때문이었다.

259

5장

장보고 귀국

개울 너머 산자락 한편에는 대숲이 음음했다. 최녹천의 가마는 정 족장 집에서 대구소 가는 오솔길의 중간쯤 개울가 산자락에 있었다. 가마의 크기가 작기 때문에 최녹천이 혼자서 기물을 재임하고 불까지 땠다. 불대장이나 거내꾼이 따로 없어도 최녹천이 장인 김씨와 함께 가마의 일을 다 해냈다. 그러나 월주청자와 같은 기물은 최녹천이 생각하는 것만큼 잘 나오지 않았다. 월주 가마에서 익힌 방법만으로는 한계가 있었다. 봄가을 가마에서 월주청자와 엇비슷한 몇 점이 나왔지만 대부분은 뇌록색 청자일 뿐이었다. 어쩌다 유약이 고르게 녹고 발색이 잘된 청자가 나오기는 했지만 한두 점에 불과했다.

　탐진 전통 방식으로 만든 가마의 성질에 아직 익숙하지 않은 탓이 컸다. 가마 안의 온도를 올리고 고온을 길게 유지하는 데 월주가마와 차이가 많이 났기 때문이었다. 탐진가마는 온도를 올리는 데는 좋으나 고온을 길게 유지하는 데는 봉통의 많은 공기 유입으로 쉽지 않았다. 대형가마는 온도를 올리기가 쉽지 않지만 한번 고온이 되면 그 온도를 길게 끄는 데는 유리했다.

그래도 가마 한가운데서 월주청자와 엇비슷한 기물이 한 두 점씩 나오므로 최녹천은 위로를 받았다. 만족스러운 한두 점의 기물은 다음 가마에 또 기대를 걸어보게 했다. 가마 잡일을 가끔 도왔던 장인이 아예 최녹천의 집으로 들어와 살게 된 것도 보탬이 되었다. 동막 옆에 온돌방을 하나 늘리고 난 뒤 장인이 마을 집을 외지에서 들어온 도공에게 처분하고 내려왔던 것이다. 장인은 고아였다가 최녹천의 양아들이 된 어린 용이가 좋아서 다시는 마을로 올라가지 않겠다고 외동딸 연화에게 말했다.

"주서온 자식인디 친자식보담 훨썬 낫다야. 나는 용이 재롱만 봐도 배부르당께. 근디 내가 어처케 마실로 다시 올라가겄냐. 쪼깐헌 집이지만 족장님 가마 질꾼에게 폴아부렀응께 인자 나는 여그 말고 갈 곳이 읎어져 부렀어야."

"용이가 일곱 살이어라우. 버르장머리 읎으믄 아부지가 야단도 치고 그래야 허요잉."

"오늘은 용이가 관음사 간다고 허드라. 최 서방이 델꼬 갈 모냥인디 잘했그만. 용이가 스님 말씸을 자꼬 들으믄 배추멩키로 속이 찰 것이다."

연화 아버지 김씨는 용이가 법경의 은사가 머물고 있는 관음사에서 글을 배워 오기를 바랐다. 자신은 물론 사위 최녹천이나 딸 연화 모두 글을 배워본 적이 없기 때문이었다. 최녹천은 귀동냥해서 겨우 글은 읽게 되었지만 용이를 가르칠 정도는 아니었다.

"용이도 올여름에 관음사에서 부처님 말씸을 글로 배왔으믄 좋겄다. 관음사 스님이 마실 아그덜을 모아 글을 갈친다고 헌게."

"용이가 배울라고 헐께라우?"

"최 서방도 그라드라. 용이에게 글을 갈쳐볼라고 델꼬 간다고."

물론 최녹천이 관음사를 가는 이유는 따로 있었다. 가을 가마에서 나온 청록색 청자항아리를 쌍계사 법경 주지스님의 권유로 관음사에 시주하기 위해서였다. 쌍계사로 가지고 갔더니 법경이 한사코 거절했던 청자항아리였다. 쌍계사에는 이미 정병 용도의 청자항아리가 있으니 법경이 관음사에 시주하면 좋겠다고 손사래를 쳤던 것이다. 최녹천은 마음에 드는 청자항아리가 쌍계사 불단에 놓이기를 바랐지만 법경의 생각은 달랐다. 스승이 계신 관음사에도 청자정병이 있기를 원했다. 법경 자신이 몇 년 동안 경험했듯 청자정병에서 강한 기운이 나오고, 샘물이 정병에 들어가면 물맛이 더 달달해지는 것 같아서였다. 결국 최녹천은 해를 넘기고 봄 가마 불을 때기 직전에 길을 나서려고 했다.

"아부지, 최 서방이 관음사에 갈라고 헌 것은 청자항아리를 시주험시로 용이를 갈쳐볼라고 그래라우."

"나도 알고 있어야. 가실 가마에서 잘 나온 항아리를 지난 섣달에 법경 스님께 갖고 올라갔다가 도로 갖고 왔드라."

"쌍계사 주지스님은 욕심이 읎어라우."

"니 말이 맞어. 고것 하나만 봐도 알 수 있제."

최녹천이 관음사 스님에게 시주하려고 하는 청자항아리가 마루에 놓여 있었다. 연화 아버지 김씨 눈에는 청자항아리가 술항아리로 보였다. 그러나 목이 너무 길어 술을 마시기에는 불편할 것 같았다. 또한 쌍계사에 있는 청자정병과 별로 다르게 보이지 않는데 무엇이 최녹천의 마음에 더 든다는 것인지 알 수 없었다.

"나는 말이여, 모다 비슷헌디 뭣이 다르다는 것이냐?"

"아부지, 쌍계사 것은 모가지가 짤록해서 쪼깐 옹색허그만요. 근디 요번 가마에서 나온 것은 잘생긴 처녀 모가지멩키로 늘씬해라우. 때깔은 엇비슷허지만요."

"듣고 봉께 그란다잉. 근디 최 서방은 뭣이 불만이냐? 가마에서 꺼낼 때마다 우거지상을 힘서 고개를 이리저리 훼훼 돌리드라."

"때깔이 칙칙허고 탁헌께 그래라우. 월주가마에서도 때깔이 탁해서 늘 고민, 고민시로왔다고 그라드그만요."

"모냥이 중허제 때깔이 뭣이 중허다냐. 허기사 부자는 죽어서 구신이 되야도 때깔이 좋다고 허드라만."

"아부지, 최 서방이 새복에 나무하러 가드니 인자 오는그만요."

"아따, 부지런허기는 최 서방 따를 사람은 읎을 것이다."

김씨가 마루에 앉았다가 일어섰다. 습관대로 동막 방으로 가서 두벌잠을 자기 위해서였다. 김씨는 아침을 먹은 뒤에는 반드시 두벌잠을 자는 버릇이 있었던 것이다. 연화가 최녹천이 지고 온 지게를 뒤에서 잡아주는 시늉을 하면서 말했다.

"오늘 관음사 간다고 허지 않았소? 용이는 어저께 따땃허게 물을 데와 목욕을 시켜줬그만요."

"잘했네. 스님께 갈라믄 몸을 깨깟허게 시쳐야제. 나도 시방 개울로 가서 몸 쪼간 시쳐불라네."

"추운디요, 물 쪼간 데와줄께라우?"

"아니, 이른 봄날 찬물이라야 정신이 바짝 나불제."

최녹천은 지게를 받쳐놓은 뒤 수건을 가지고 나왔다. 그때 연화가 개울 너머를 가리켰다.

"쩌그 꺼먹이가 아닌게라우?"

"꺼먹인디 뭔 일로 아칙에 온당가. 뭔 일인지 지달려봐야겄네."

노비 꺼먹이가 한걸음에 달려온 듯 숨을 헐떡이며 말했다.

"족장님께서 새복에 세수허시다가 쓰러지셨어라우. 어처케 허믄 쓰겄는가라우? 마님께서 가보라고 해서 왔그만요."

"몬자 가서 따땃헌 사랑방에 뉘어드려야 써. 얼렁 가봐."

"큰일 났그만이라우."

연화가 울상을 지었다. 정 족장은 최녹천 부부에게는 양아버지나 다름없었다. 청자기물을 가져가는 대신 개울가에 땅을 주고 가마와 동막을 짓게끔 도와주었던 것이다. 최녹천이 도공으로서 분가할 수 있도록 지원해 준 사람이 바로 정 족장이었으므로 연화는 울상을 지었고, 최녹천은 눈앞이 캄캄해졌다.

최녹천이 정 족장 집에 도착하자 토기장 김씨와 불대장 안씨, 질꾼 하씨가 모여 심각한 얼굴로 웅성거렸다. 최녹천이 불대장 안씨에게 물었다.

"족장님은 시방 으디 겨시요?"

"방금 꺼먹이와 머심덜이 사랑방으로 모시고 들어갔지라."

정 족장 아내가 최녹천을 보더니 사랑방으로 들어가 보라고 손으로 가리켰다. 정 족장 아내의 표정으로 보아 한 고비를 넘긴 듯했다. 최녹천은 마음속으로 쌍계사 부처님께 기도를 하며 사랑방으로 들어갔다. 정 족장은 다행히 눈을 뜨고 최녹천을 맞이했다. 최녹천은 정 족장과 눈이 마주치자마자 눈물이 났다.

"족장님, 연세가 있으신께 봄이라도 새복은 춥지라우. 추울 때는 조심하셔야지라우."

"따땃헌 방에 있다가 세수헐라고 추운 마당에 나갔다가 요로코름 돼부렀네."

"금의환향허는 아드님도 보셔야지라우."

최녹천은 일부러 정년을 꺼냈다. 아들 정년을 보고 싶은 마음이 강해야만 삶의 의지가 생길 것 같아서였다. 법경 스님이 일체유심조(一切唯心造), 모든 일은 마음먹기에 따라서 결과가 달라진다고 최녹천에게 누누이 당부했던 것이다. 앉아서 아내가 가지고 들어온 미음을 다 먹고 난 뒤에는 힘을 더 내서 말했다.

"월주청자는 잘 재현허고 있는가?"

"잘 안 되는디 가만히 생각해 봉께 월주가마와 여그 가마가 다르그만요."

"그래? 녹천이가 맹근 청자도 서라벌 귀족덜이 서로 달라고 야단인디."

"족장님, 근디 월주는 월주고 탐진은 탐진인 거 같습니다요."

"무신 말인가?"

"월주청자 모냥은 배와야겄지만 때깔은 여그 탐진 때깔을 찾어봐야겄어라우."

"월주청자는 청동으로 맹근 거맨치 모냥이 정교허지. 긍께 모냥을 닮을라고 허는 것은 당연허겄제. 근디 녹천이 말대로 여그 탐진 때깔을 찾는다믄 뭣이겄는가?"

"아직은 잘 모르겄습니다요."

"혹시 월주청자 때깔을 재현허는 것이 에러와서 그런 생각을 헌 것은 아니겄제잉."

"그라기도 허지라우."

"내가 보기에는 월주청자는 한여름 천개산 산자락맹키로 찐헌 녹색이데만."

"맞습니다요. 근디 지는 찐헌 녹색까지는 가는디 탁해져 분께 탈이지라우. 그럴 바에는 탐진에서 젤로 이쁜 때깔을 찾고 잪다는 거지라우."

"녹천이 말도 일리가 있네. 자네가 나를 첨 찾어왔을 때가 생각나는그만. 장마가 막 끝난 초여름이었을 것이네."

"예, 그랬습니다요."

최녹천은 정 족장의 초여름이란 말에 그때를 떠올렸다. 장마철이 막 끝난 여름의 문턱이었다. 장맛비로 씻긴 하늘은 유난히 투명했고, 천개산 산자락은 신록 빛깔에서 옅은 갈맷빛으로 바뀌어 있었다. 탐진의 하늘과 산이 탐진바다처럼 부드럽기 짝이 없는 푸른 물빛이었던 것이다. 정 족장이 말했다.

"그때 내가 헌 말이 생각나네. 녹천이는 천상 청자를 맹글고 살 사람이라고 했제. 푸를 녹(綠) 자에 하늘 천(天) 자 이름이라서 말이네."

"족장님, 반다시 영념허겠습니다요."

"고맙네. 나는 내가 은제 죽을지 알 것 같네. 을매 안 남았어. 이만치 살았으믄 많이 산 것이제."

"아드님을 보셔야지라우."

"원래 나는 정년이가 가업을 이어받았으믄 했제. 근디 정년이는 무장이 되겠다고 당에 갔는디 은제 돌아올지 모르겄네."

"반다시 대사님과 함께 금의환향헐 거그만요. 당에서 성공했다고 소문이 자자헌께라우."

"고로코름 된다믄 눈을 감아도 원이 읎겄네."

정 족장 아내가 최녹천에게 눈치를 주었다. 최녹천도 정 족장이 두벌잠을 자기를 바랐다. 혼절한 상태에서 겨우 몸을 추스른 정 족장에게 휴식과 안정이 필요한 것 같아서였다.

집으로 돌아온 최녹천은 원래 계획한 대로 청자항아리 보따리를 들고 집을 나섰다. 오솔길에서는 양아들 용이를 앞세웠다. 최녹천이 용이에게 물었다.

"관음사 스님이 허락허믄 스님에게 글을 배울래?"

"지는 글만 배울라요. 스님은 되기 싫어라우."

"아따, 잘 생각했다. 나도 니 나이가 엥간해지믄 가마를 물려주고 잪어야."

부자는 탐진현 치소를 지나 월출산 쪽으로 가는 지름길인 긴 재를 올라갔다. 용이가 집을 나설 때와 달리 조금씩 뒤처졌다. 그때마다 최녹천은 반반한 바위를 찾아서 용이를 쉬게 했다. 일곱 살 용이가 탐진에서 월출산 남쪽 산자락 밑에 있는 관음사까지 잰걸음으로 걸어가기에는 무리였다.

"아부지, 싸목싸목 가불자."

"다리 아프믄 은제든지 말해라. 어차든지 오늘 안으로 관음사에 가믄 되지 않겄냐."

재를 오를 때는 최녹천도 힘이 들었다. 보자기 속에 든 청자 항아리가 더욱 조심스러웠다. 지쳐버린 용이는 말할 것도 없었다. 가파른 오르막길에서 용이가 짜증을 내기도 했다. 이윽고 재를 넘어와 서너 식경 동안 논밭을 지나자 이윽고 관음사 지붕과 석탑이 보였다. 최녹천은 초행길이었으므로 샛길로 빠지지 않을까 하고 걱정했는데 그런 일은 없었다. 법경이 가르쳐준 대로 잘 왔기 때문이었다. 법경의 은사스님이 반갑게 맞아주었다.

"거사님이 탐진에서 올 거라는 얘기를 진작에 들었십니더."

"스님, 절 받으시지라우."

최녹천과 용이는 마루에 올라가 큰절을 했다. 그런 뒤 바로 보자기를 풀었다. 법경의 은사스님이 청자항아리를 보고 놀랐다.

"법경이 말한 청자항아리구마. 불단에 놓일 정병이구마."

"지 맘에 쏙 드는 항아리는 아니그만요."

"귀한 정병이데이. 뭣으로 보답해야 할지 난감하구마."

"지는 쌍계사 주지스님 도움을 많이 받았그만요. 긍께 부담 없이 받으시지라우. 다만 지 아들에게 글을 갈쳐주시믄 고맙겄습니다요."

그런데 법경의 은사스님은 들어줄 수 없다는 듯 아쉬운 표정을 지었다. 정병 용도의 청자항아리를 보시한 대가로 아들 용이를 여름 동안 맡겨보려고 했던 최녹천은 적잖이 실망했다. 법경의 은사스님이 말했다.

"어저께 가리포에서 스님이 왔십니더."

"스님, 가리포에도 절이 있는게라우?"

"가리포에 절이 있다는 말이 아이고, 당에서 온 배를 타고 온 도반입니데이. 나는 도반을 따라서 며칠 안에 지리산 옥천사로 떠날 낍니더. 그러니까네 아들을 갈칠 수 없구마."

"당에서 누구 배를 타고 왔다는 말씸입니까요?"

"장보고 대사가 왔십니더. 대사가 우리 사신 일행을 태우고 왔다가 시방은 서라벌로 갔다고 합니더."

"아이고메, 장보고 대사님이요?"

"도반 말로는 적산 법화원 관리를 정년 장수에게 맡기고 가리포에서 살라꼬 온 기라. 가리포에서 큰일을 도모한다고 합니더."

"근디 스님께서는 으째서 지리산으로 갈라고 허시는게라우?"

최녹천은 용이가 글을 배우지 못한 것이 안타까워 물었다.

"사신 일행 중에 정사가 당에서 아주 좋은 차 씨를 구해 온 기라. 전후사정을 임금님께 말씀드리고 차 씨를 당의 차 산지와 지형이 비슷한 지리산 옥천사 부근에 심을 기라고 합니더."

"탐진에도 차나무가 있는디 당나라 차나무는 뭣이 다른게라우?"

"당 차나무는 키가 커서 찻잎을 많이 딸 수 있는 기 다르다고 합니더."

관음사 스님이 한 말은 모두 사실이었다. 홍덕왕 2년(827) 12월에 하정사 김대렴 등이 당에 입조하자, 당 문종은 인덕전에서 인견하고 사신 일행에게 연회를 베풀어준 일이 있었다. 다음 해 이른 봄이 되어 정사 김대렴은 신라로 돌아오면서 당나라의 최상품 차 씨를 구해 가져왔고, 사신 일행과 지리산 옥천사의 한 스님이 탄 배가 바로 장보고의 귀국선, 즉 장삿배였다. 장보고는 가리포에서 장차 큰일을 하기 위해 적산 법화원을 장영과 정년에게 맡겨놓고 귀국했던 것이다.

금의환향

장보고가 귀국한 지 몇 달이 지나서였다. 탐진현 치소 향리는 장보고 귀국환영회를 갖고자 고을마다 군사를 보내 알렸다. 귀국환영대회가 몇 달 늦어진 것은 장보고가 왕경(王京)인 서라벌로 가서 흥덕왕을 알현하고 대신들을 두루 만나 청해진 설치 등 자신의 구상을 설명하고 의논해 왔기 때문이었다. 흥덕왕은 김대렴 등의 대신에게 장보고가 어떤 인물인지 보고받았지만, 선왕 때 없던 일이었으므로 쉽게 결정을 내리지 못했던 것이다.

그러나 장보고는 서두르지 않고 왕경에 머물면서 왕과 대신들을 설득했다. 몹시 궁핍해진 왕궁에 당나라에서 가지고 온 금괴와 은전을 기꺼이 내놓기도 했다. 마침내 장보고는 자신의 뜻대로 흥덕왕에게 청해진 설치와 서남해안 일대의 당구들을 소탕한다는 조건으로 사병(私兵) 1만 명을 통솔해도 좋다는 허락을 받았다.

뿐만 아니었다. 장보고는 당나라 신라소와 같은 청해진의 지위와 권한을 받아냈다. 이로써 장보고는 세금징수, 무역, 군사

운영 등을 왕의 지시를 받지 않고 행사할 수 있게 되었다. 탐진현
으로서는 큰 경사였다. 당구들의 노략질을 걱정하지 않아도 되
었고, 특히 대구소 일대 도공들은 장보고가 당나라 등주, 양주,
명주와 일본 하카타(博多) 등에 탐진 도자기를 잘 팔아줌으로써
폭우나 가뭄 때문에 사오 년 터울로 되풀이되는 기근에서도 벗
어날 수 있기 때문이었다.

　　탐진현 치소 향리는 환영회를 준비하는 데 보름 이상 애를
썼다. 이제 장보고는 십수 년 전 활쏘기 대회에 참가한 가리포 출
신의 시골뜨기 장정이 아니었다. 권한이 막강한 청해진 대사로
서 왕경의 대신급이었다. 치소 향리는 가리포 별장을 무진주와
남원까지 보내 장정들을 불러 모았다. 장보고가 왕경으로 떠날
때 어느 고을의 장정이든 가능한 한 많이 모이도록 가리포 별장
을 치소 향리에게 보내 지시했던 것이다. 장보고는 체격만 건장
하다면 그들을 모두 사병으로 받아들일 셈이었다.

　　사람들이 장보고를 보기 위해 이틀 전부터 모여들었다. 치
소 향리는 활터에 미리 온 사람들에게 주먹밥을 나누어 주었다.
활터로 가는 들길마다 사람들이 가득했는데 장정들이 대부분이
었다. 늙은 농부들은 논밭에서 일하다가 일손을 멈추고 활터로
가는 장정들을 바라보았다. 이십 대의 장정들 중에 우락부락하
게 생긴 삼십 대의 한 사내가 말했다.

　　"무신 일로 가는가?"

　　"군사를 모집헌다는 말을 듣고 왔그만요."

"누가?"

"청해진 장보고 대사님이요."

염장은 알면서도 묻고 있었다. 지금은 무진주에 살고 있지만 어린 시절 친구였던 가리포 별장에게 들었던 것이다.

"장보고 대사님이 누군디?"

"청해진 대사님이랑께요. 메칠 전부텀 소문이 돌았그만요."

"대사가 뭣허는 사람인디?"

"중죄인 사형시키고, 사형시킬 사람 살리는 권한 말고는 다 있다고 허그만요."

이십 대의 장정은 제법 똑똑했다. 염장은 양미간 사이에 큰 점이 있는 그를 눈여겨보았다. 실제로 장보고는 사형권과 사면권 말고는 모든 권한을 흥덕왕에게 받아온 상태였다. 염장이 물었다.

"이름이 뭔가?"

"김흑점이그만요. 이마에 꺼먼 점이 있다고 에린 시절부텀 흑점이라고 불렸그만요."

"알았네. 칼이나 활 중에 뭣을 잘허는가?"

염장이 김흑점의 특기를 물었다.

"칼이나 활은 자랑헐 정도는 아니고라우. 지는 장기를 잘 두는디 지금까지 벨로 져보지 못했지라우."

김흑점은 무술을 묻는 염장의 물음에 엉뚱한 대답을 했다. 그런데도 염장은 김흑점에게 흥미를 느꼈다. 염장도 친구들 중에서 장기를 제법 잘 두는 축에 들었던 것이다.

"성님은 뭣을 잘허시는게라우?"

"남덜이 나보고 칼 솜씨가 쪼깐 있다고 그래. 근디 가리포 별장이 내 친구여. 나도 군사가 되고 잪어서 왔그만."

"그라믄 군사가 아니라 군관이 되겄지라우. 가리포 별장님이 친구람시로요."

"하하하."

"지를 부탁허요. 성님이 무술을 갈켜주믄 못 헐 것도 읎지라우."

"초면인디도 나를 성님이라고 부르는 것을 봉께 성근진 디가 있구만."

염장은 순식간에 장정들을 헤치고 성큼성큼 앞서갔다. 이미 활터에는 탐진현 사람들과 타지에서 온 장정들로 발 디딜 틈이 없었다. 활터 정자인 사정(射亭)에는 치소 향리와 장보고가 호상에 앉아 있었다. 가리포 별장은 장보고 뒤에 서서 긴 칼을 손에 잡고 있었다. 별장이 눈짓으로 지휘하자 호위군사들이 사정을 빙 둘러서서 경계했다.

최녹천은 사정 앞 세 번째 줄에 앉아서 장보고를 올려다보았다. 장보고를 보는 순간 눈물이 핑 돌았다. 사십 대 초반이 된 장보고의 모습은 조금 변한 듯했지만 예전 그대로였다. 월주 청자가마 주인에게 노비로 팔려 가 있을 때 보았던 그 모습이었다. 눈썹은 짙고 눈은 무장답지 않게 온화했다. 다만 몸집은 그때보다 더 커져 있었다. 그러나 다부진 몸집은 큰 키와 잘 어울렸다.

최녹천은 산동반도 적산포에서 귀국하기 위해 장삿배를 타기 전에 장보고가 했던 말이 떠올라 흐르는 눈물을 손바닥으로 닦았다.

'고향에 가더라도 여그 청자를 맹그시오. 그것이 내게 은혜를 갚는 길이요.'

최녹천이 울고 있자 염장이 다가와서 물었다.

"이 좋은 날 뭣이 슬프다고 그라요?"

"대사님을 뵈니 반가워서 그라요."

"반갑담서 울다니 이상허요. 여그 사람덜이 모다 보고 있단 말이오."

사정 앞쪽에 앉아 있던 사람들이 일어나 최녹천을 쳐다보고 있었다. 최녹천은 사람들의 시선이 따가워 슬그머니 활터 밖으로 나와버렸다. 염장은 따라오지 않고 야릇한 미소를 지었다. 그러고 보니 보자기로 떠돌던 시절에 염장을 가리포나 남당포에서 보았던 것도 같았다. 그렇지 않고서야 염장이 자신에게 말을 걸어왔을 리 없었다. 최녹천이 기억하는 어린 시절의 염장은 남의 밭에 들어가 자두나 복숭아 서리를 앞장서서 하는 악동이었다. 그러다가도 주인이 나타나면 소리치며 먼저 도망치는 약삭빠른 아이였다. 결국 그의 가족은 어느 해 지독한 흉년에 무진으로 떠나버렸는데 손버릇이 나빴던 그 아이가 바로 염장이 틀림없을 것 같았다.

활터에서 나온 최녹천은 장보고를 만나지 못한 채 미산포

로 돌아와 버렸다. 기다린다고 해도 대사가 되어 금의환향한 장
보고를 만날 수 없을 것 같아서였다. 아내 연화가 사립문 밖으로
나와서 말했다.

"대사님은 뵀능가요?"

"사람덜이 개미 떼멩키로 몰려와 빌 수 읎을 거 같아서 와부
렀네."

"무신 일로 모인 사람덜인디요?"

"환영대회인디, 대사님께서 군사를 모집허는 갑서. 긍께 젊
은 장정덜이 산지사방에서 모여들었겄제."

"좋은 일이그만요."

"암은. 가리포에 군사가 있으믄 당구덜이 인자 얼씬도 못 헐
것이여."

"지도 좋은 일이 생겼그만이라우."

"뭔 일인디?"

"지 배 쪼깐 만져보시씨요."

최녹천은 주위를 둘러보았다. 장인은 모심기 품앗이 나갔
는지 보이지 않았다. 용이는 연화가 심부름 보내서 없었다. 최녹
천은 연화 허리춤으로 손을 밀어 넣었다. 그러자 볼록한 배가 만
져졌다.

"워메, 애기가 아니여?"

"그렁마요. 애기가 생겼어라우."

"아이고메, 참말로 좋은 일이네. 글고 메칠 후라도 가리포에

가서 대사님을 뵐라네. 대사님이 오셨는디 우리만 몰랐등마. 대구소 향리님이나 정 족장님은 아셨겄제잉.”

“그래야지라우. 대사님은 은인이신디.”

“그나저나 고맙네. 애기를 가져줘서.”

최녹천은 마을에서 고아 용이를 데려와 친자식처럼 키우고는 있지만 자식이 또 있기를 바라왔던 것이다. 그것은 연화도 마찬가지였다. 용이가 “엄니 엄니” 하고 용케도 잘 따랐지만 언제 떠나버릴지 모르는 불안감이 가끔 들곤 했던 것이다.

초저녁 때까지도 최녹천은 입가에 웃음을 달고 가마 주변을 정리했다. 가마에 청자유약을 바른 기물들을 넣으려면 봉통과 가마 안의 재를 치워야 했다. 습기를 머금은 재는 축축했다. 그런데 가마 안 정리를 막 끝내고 났을 때였다. 정 족장의 노비 꺼먹이가 잰걸음으로 왔다. 꺼먹이가 큰 소리로 말했다.

“족장님께서 부르시그만요!”

“무신 일인디?”

“손님덜이 여러 분 오셨그만이라우.”

“으디서 오신 손님덜인가?”

“대사님이라고 허든디요.”

“아이고메, 족장님 댁에 대사님께서 오셨다고?”

아내 연화가 재촉했다.

“은인이 오셨는디 얼릉 댕겨오시씨요.”

"그래야제."

최녹천은 옷에 묻은 흙을 털고 나서 꺼먹이를 뒤따라갔다. 반발 뒤에서 꺼먹이에게 물었다.

"누구누구 오신 거여?"

"마님허고 따님이 겨시그만요. 한 사람은 당인이라 허고요."

"당에서 뭣 땜시 왔을까? 장사꾼인 모냥이네."

"지는 잘 모르지라우."

과연 정족장 사랑방에는 장보고 말고도 꺼먹이가 말한 사람들이 있었다. 정 족장은 이제 머리가 온통 백발이었다. 노환을 앓고 있어서인지 볼은 홀쭉했고 눈이 더욱 퀭하게 보였다. 최녹천은 장보고를 보자마자 큰절을 했다.

"치소 활터에 갔다가 지는 대사님을 뵀그만요."

"그랬는가? 청해진 군사가 되겠다고 자원한 장정덜이 하도 많이 와서 나도 정신이 읎었네."

"나도 몸이 성하다믄 치소로 갔을 것이오."

정 족장이 치소로 나가지 못해 미안하다는 표정을 지었다. 그러자 장보고가 말했다.

"족장님, 지가 진작에 찾아와 뵈었어야 했는디 서라벌에서 일을 보니라고 늦었그만요. 인자 지 뜻대로 다 되었응께 족장님을 가끔 뵙겠습니다요."

"대사님 말씀만 들어도 고맙소."

정 족장은 장보고에게 예전과 같이 하대하지 못했다. 대신이 되어 돌아왔으니 함부로 대할 수 없었다. 장보고가 최녹천을 보고 말했다.

"아참, 이 사람은 내 안사람 허씨네. 부모님이 천관산 남쪽 큰 연방죽 옆 마실에 살다가 당에 들어왔다고 허대."

천관산 남쪽 연방죽 옆 마을이라면 연화의 고향이기도 했다. 쌍계사 주지스님이 아내의 고향에 연방죽이 있다는 얘기를 듣고는 연화보살이라고 불렀던 것이다. 허씨 부인 옆에는 예닐곱 살 되는 딸이 얌전하게 앉아 있었다. 허씨 부인은 방 안을 환하게 할 정도로 미모가 빼어났다. 딸 역시 우락부락한 장보고를 닮지 않고 허씨 부인을 빼놓은 듯 피부가 희었으며, 눈이 컸고 입술은 붉은 앵두 같았다. 최녹천은 장보고의 부인에게도 큰절을 했다. 그제야 장보고가 사십 대의 당인을 소개했다.

"자계 당전에서 월주가마 도공덜을 가르치고 관리하던 행수도공이시네. 나는 행수도공을 대구소에 두고 여그 도공덜을 가르칠 생각이네. 긍께 최 도공도 행수도공에게 많은 기술을 배워불게."

"알겠습니다요."

최녹천은 장보고의 지시를 받자마자 당나라 자계 출신인 곽명인에게 고개를 숙였다. 그러자 곽명인이 고개를 거만하게 뒤로 젖히며 최녹천의 인사를 받았다. 최녹천은 월주가마에서 당인들에게 핍박받았던 기억이 떠올라 짐짓 불편했지만 불쾌한 감정을 드러내지는 않았다. 장보고가 곽명인에게 월주가마 기술을 배우라고 당부했기 때문이었다.

"최 도공, 필시 신라인 도공덜이 모르는 비법이 있을 것이네. 알겄는가?"

"예, 낼부터라도 대구소를 댕김시로 배우겄습니다요."

곽명인이 최녹천을 지그시 바라보면서 야릇한 웃음을 흘렸다. 그때였다. 정 족장이 참지 못하고 아들 정년의 소식을 장보고에게 물었다. 장보고가 겸연쩍게 말했다.

"메칠 전에 들어온 장삿배 우두머리 궁사에게 동상 소식을 들었그만요. 동상이 지가 세운 법화원에 있는 줄 알았는디 떠났다고 허드그만요."

"연이가 신의를 저버렸그만요. 장수가 되겄다는 지 욕심 땜시 그랬을 것이요."

장보고는 정 족장에게 정년이 왜 산동반도 법화원에서 살게 됐는지를 길게 설명했다. 무령군이 해체되자 장보고의 신라소로 왔다가 법화원 창건 감독이 되었던 것이다. 그러나 신라소압아 장영과 갈등이 생겼다. 장영이 법화원의 관리까지 맡으려하자 정년으로서는 입지가 좁아졌던 것이다. 정년은 법화원을 떠나 사주(泗州) 연수현(漣水縣)으로 갔다. 변방의 장수 풍원규(馮元規) 휘하로 들어가 무장으로서 자신의 꿈을 펼치기 위해서였다. 그러나 풍원규는 자신의 휘하에 이미 여러 명의 장수들이 있었으므로 정년을 받아줄 수 없었다. 정년은 작년 겨울을 변방에서 나는 동안 굶주림과 추위에 시달렸다. 할 수 없이 정년은 풍원규를 찾아가 "저는 신라로 돌아가 장보고 성님에게 몸을 의탁하고자 합니다" 하고 말했다. 그러자 풍원규가 "그대는 보고의 지시를 어기고 이곳에 왔는데 괜찮겠소? 약속을 지키지 않았는데도 보고에게 신세를 지겠다고 하니 걱정이 되오. 어찌해서 신라로 가서 보고의 손에 목숨을 맡기겠다고 하오?"라고 만류했지만 정년이 "이곳에서 굶주리고 추위에 시달리며 죽느니 전투를 벌이다 호쾌하게 죽는 것만 못합니다" 하고 신라로 귀국할 뜻을 비쳤다는 것이었다. 이는 가리포로 들어온 장삿배의 우두머리 궁사가 풍원규를 만나 직접 들었다며 장보고에게 전해주었던바, 조만간에 정년의 귀국은 의심할 여지가 없었다. 정 족장이 무겁게 말했다.

"연이를 받아줄라요?"

"족장님 무신 말씀입니까요? 연이는 지 동상인디."

"대사님은 본래 맴이 바다멩키로 깊고 넓었소. 반면에 연이는 누구헌테나 무술이든 뭣이든 지지 않을라고 허는 맴이 강했지라. 긍께 속 좁은 연이를 대사님이 지금까지 품어주었다는 것이오."

"과찬이그만요."

"정년이가 법화원을 떠나 풍원규를 찾아간 것도 대사님 같은 큰 장수가 되고 잪어서 그랬을 것이오."

"지는 동상을 아직도 믿지라. 법화원을 떠나 풍원규에게 간 책임을 묻지 않을 것입니다요."

"아이고, 대사님 도량은 참말로 크요. 연이가 아무리 무술로 대사님을 뛰어넘을라고 해도 대사님의 손바닥 안이겠지라."

장보고는 정년이 왜 무령군에 끝까지 남으려고 했는지 비로소 이해했다. 장보고가 군중소장이 되자 자신도 그 지위까지 오르고 싶었던 것이 분명했다. 실제로 정년은 무령군에서 군중소장이 되고 난 이후 적산 신라소에 있던 장보고를 찾아왔던 것이다. 어찌 보면 정년의 검술과 수영 실력은 장보고보다 앞섰다. 장보고가 정년보다 앞선 무술은 궁술뿐이었다.

그날 밤 장보고 가족은 정 족장의 별채에서, 곽명인은 사랑방 윗방에서 잤다. 별채 작은 처소는 장보고가 젊었을 때 기거했던 바로 그 방이었다. 최녹천은 별채까지 따라가서 장보고에게 인사한 뒤 헤어졌다. 장보고는 새벽에 미산포로 떠날 것이라며 입바람으로 훅 등잔불을 껐다.

행수별장 정년

먹구름이 사방에서 몰려와 대낮의 하늘이 컴컴해졌다. 잠시 후에
는 먼 데서 천둥이 연달아 치고, 먹구름을 찢어버릴 기세로 번개
가 번쩍번쩍했다. 잠시 후에는 소나기가 세차게 쏟아졌다. 천개
산 산길을 타고 넘어온 사내는 쌍계사로 들어가 장대비를 피했
다. 법당 기왓장을 두들기는 장대비 소리가 귀를 먹먹하게 했다.
법당 지붕의 암막새에서 떨어지는 낙숫물이 땅을 파헤칠 듯 내
리꽂혔다. 쌍계사 부전스님이 낯선 사내를 보고 다가와 말했다.

"누구신게라?"

"청해진 별장이그만요."

빗소리 때문에 잘 듣지 못했는지 다시 물었다.

"누구시라고라우?"

"청해진 행수별장 정년이라고 허그만요."

"청해진이라믄 밑에서 올라와야제 으째서 천개산에서 내려
오는게라?"

부전스님이 정년을 경계했다. 청해진 대사를 보좌하는 별

장이 천개산에서 내려왔다고 하니 수상쩍었던 것이다. 정년은 법당 처마 밑으로 바짝 들어선 뒤 말했다.

"스님, 놀라지 마시씨요."

"비가 요로코름 퍼붓는디 낯선 사람이 있응께 그라지라."

"예전에 쌍계사를 자꼬 왔던 사람이그만요."

그제야 부전스님이 경계를 풀었다. 암막새를 타고 흐르는 낙숫물이 빗줄기로 엮은 주렴 같았다. 장대비는 여전히 기세 좋게 법당 기왓장을 때렸다.

"행색이 나무꾼은 아닌 거 같아서 의심을 했소."

"장보고 대사님 휘하에 있는 별장이란 말이요."

부전스님이 태도를 좀 더 누그러뜨렸다.

"아이고, 몰라봤소. 주지스님께 말씸드릴 텐께 얼릉 요사채로 가 겨시씨요."

"예."

정년은 거센 빗줄기에도 아랑곳하지 않고 성큼성큼 요사채로 갔다. 천관산 남쪽 연방죽 옆의 마을에 갔다가 천개산 재를 넘어오는 길이었다. 정년이 천관산 연방죽 옆 마을에 간 것은 장보고의 아내 허씨 부인과 딸을 데려다주기 위해서였다. 방어시설이 허술한 청해진은 아직 안전한 섬은 아니었다. 한밤중에 당구들이 잠입해 습격할 수도 있었다. 청해진 앞에 성벽처럼 목책을 두르고 군관과 사병, 무역상들이 묵을 숙소가 완성되려면 적어도 오륙 년은 족히 필요했다. 때문에 장보고는 허씨들이 터를 잡고 사는 천관산 남쪽으로 허씨 부인과 딸을 잠시 보내기로 결정했던 것이다. 청해진과 천관산은 가까운 거리였다. 주지스님이 곧 요사채로 왔다.

"청해진 별장이시오?"

"예, 스님."

"청해진으로 가서 대사님을 뵀소. 주지로 와서 바로 인사를 갔지요."

탐진 치소 향리나 사찰 주지는 장보고의 지시를 받아야 했다. 탐진은 청해진 대사가 다스리는 땅이기 때문이었다. 정년은 주지스님을 따라서 요사채 큰방으로 들어갔다.

"대사님께서는 쌍계사에 도움을 줄라고 허시그만요. 근디 그라기에는 아직은 심이 쪼깐 모자라지라."

"말씀만 들어도 고맙소. 여기 절을 자주 왔다고요? 혹시 정 족장님 아들 아니오?"

"예. 정년이라고 헙니다요."

주지스님의 인상은 예전에 쌍계사 불사를 시작했던 법경 스님과 비슷했다. 인자하면서도 위엄이 있어 보였다. 정년은 주지스님의 위의에 자신도 모르게 압도되어 벌떡 일어나 합장을 했다.

"정 족장님께서 쌍계사에 보시를 참으로 많이 하셨지요. 마을 도공들도 여전히 겨울이 되면 절에 올라와 기도하고 있지요."

"마실 우에 절이 있응께 을매나 다행인지 모르겄그만요."

"마찬가지지요. 절 아래 마을이 있으니 중들도 좋지요. 그런데 정 족장님께서 건강하셔야 하는데 걱정이오. 마을에 내려가뵐 때마다 달라요. 벌써 몇 년이 된 것 같은데 보살님이 돌아가시고 난 뒤부터 더 그래요. 족장님이 마을에 계신께 우리 중이나 도공들이 의지하고 사는데 말이오."

정년은 다시 한번 앉은 채로 주지스님에게 합장을 했다. 아버지가 외롭지 않게 찾아다니면서 말벗이 되어준 주지스님이 새삼 고마워서였다.

"빨리 내려가시오."

"예, 스님. 또 들르겠습니다요."

정년은 요사채 큰방을 나왔다. 소나기는 어느새 그쳐 있었다. 천개산 하늘이 탐진바다처럼 파랗고 투명했다. 주지스님은 방에서 나오지 않고 앉은 채 "나무아미타불 나무아미타불" 하고 염불했다. 아마도 정 족장의 건강을 위한 염불인 듯했다. 정년은 한걸음에 산길을 내려왔다. 당나라로 가기 전 장보고와 함께 말을 타고 자주 오르내렸던 낯익은 산길이었다.

정년은 사립문 앞에서 걸음을 멈추었다. 노비 꺼먹이와 불대장 안씨가 달려왔다. 불대장 안씨의 얼굴도 이제는 고참 도공티가 났다. 꺼먹이가 말했다.

"족장님은 사랑방에 누워 겨시그만요."

"알았네. 잘 지냈는가?"

"지덜은 족장님 덕분에 잘 있그만이라우."

불대장 안씨가 사랑방 쪽으로 가서 소리쳤다.

"족장님, 아드님이 왔어라우!"

잠시 후 사랑방 문이 열렸다. 정 족장이 엉거주춤한 자세로 정년을 쳐다보았다. 정년은 정 족장을 보자마자 눈물을 주르르 흘렸다. 정 족장은 일어날 기운도 없는 듯 정년을 앉아서 맞이했다. 정년은 사랑방으로 들어가 큰절을 했다.

"대사님헌테 니가 올 거라는 말은 들었다. 대사님은 만났느냐?"

"아부지, 청해진에서 오는 길이그만요."

"약속을 어긴 니를 받아주더냐? 니가 법화원을 떠나부렀담서야."

"지 꿈은 으디서나 큰 장수가 되는 거지라우."

"으쨌든 대사님이 니를 용서한 모냥이다."

"용서받았어라우. 지를 보더니 술을 줌서 환대했지라우."

"내가 대신 사과했어야. 대사님이 니를 믿고 법화원을 맽겼는디 니가 신의를 저버렸은께 말이다."

"장영이란 자가 지를 견제헌 탓도 있지만 지가 신의를 저버린 것은 사실이지라우."

"근디도 대사님은 니를 동상이라고 생각허드라. 인자 으쨌건 간에 신의를 지킴서 살그라. 그랄라믄 니가 대사님보다 잘되겄다는 욕심을 버려야 써."

"사실은 당나라로 떠나기 전부터 지는 성님을 볼 때마다 샘이 났어라우. 가심 속에 또아리 튼 이길라고 허는 맴을 숨겼지라우. 인자 성님을 속이고 지를 속이는 일은 읎을 것이요. 성님이 술을 줌서 환대헐 때 지는 새사람이 됐어라우."

"은제 청해진으로 갈래?"

"낼은 떠나야지라우. 인자 아부지 보러 자꼬 올라요."

정 족장이 정년의 손을 잡으면서 말했다.

"대사님이 니를 받아준 것을 봉께 나는 죽어도 여한이 읎어야. 니 엄니가 죽고 읎으니 나도 인자 가야 헐 때가 된 거 같다."

"아부지, 그런 말씸 마시써요. 자꼬 올랑께라우."

"낼 떠난다고?"

"예, 아부지. 대구소에 당인이 와 있는디 어처케 탐진도공덜을 갈치는지 보고 오라는 지시를 받았그만요. 긍께 성님께서 지를 지다리고 겨시었지라우."

"그래, 나 땜시 미적거려서는 안 되겠제잉. 아칙에 일찍 떠나그라."

정 족장은 호롱불을 껐고 곧 힘없이 코를 골았다. 그러나 정년은 잠을 자지 못한 채 뒤척거렸다. 소쩍새 울음소리가 대숲 쪽에서 대나무를 쪼개듯 날카롭게 들려왔다.

'아, 무령군 군막에서도 장보고 성님과 함께 소쩍새 울음소리를 들었제.'

문득 정년은 이사도 군사와 싸우던 장면들이 떠올랐다. 다리에 활을 맞아 절룩거리며 고생했던 무령군 군관 시절이었다. 법화원을 떠나 풍원규 장수 휘하로 들어가 출세하고 싶었지만 그러지 못하고 추위와 굶주림에 떨었던 때도 생각이 났다. 그러고 보니 장보고 휘하에 있는 지금처럼 만족스럽고 행복한 때는 없었던 듯했다. 정년은 장보고를 뛰어넘지 못하는 것도 자신의 운명이라고 받아들였다.

삼경이 지났는지 사랑방 밖에서 닭이 홰치는 소리가 들려왔다. 정 족장이 기침을 쿨럭이며 일어났다가 다시 누웠다. 정년이 말했다.

"아부지, 불편허신게라우?"

"자다 깨다 그런다. 가만히 봉께 니도 잠을 깊이 못 자드라."

"집에 온께 오만 가지 생각이 다 나그만이라우."

"어저께 니헌테 못 헌 얘기가 있다. 무신 말인고 허니 나 죽은 뒤에 우리 집 가마를 으째쓰믄 좋겄냐? 최녹천이라믄 믿을 수 있을 거 같다만. 니는 가마허고 젊었을 때부터 인연이 먼 거 같고."

"최녹천이라믄 지도 잘 알지라우. 으쨌든 아부지 가마는 누구라도 살려가야겠지라우."

정 족장은 최녹천에게 자신의 가마를 물려주겠다고 유언하고 있는 셈이었다. 최녹천을 보살펴 달라는 장보고의 편지도 있었고, 무엇보다 청자기술을 가지고 있는 사람은 최녹천뿐이기 때문이었다. 동막에서 더부살이하는 도공들도 있지만 정 족장은 그들이 끝내 성에 차지 않았던 것이다.

"아부지 맴을 알겄그만요."

"인명재천이라고 허지 않드냐. 내 목심도 하늘에 달려 있는께 니헌테 미리 말해두는 것이다잉.”

“지도 최녹천에게 심을 보태고 잪그만요. 긍께 염려 마시지라우.”

“니가 고로코름 말해준께 내 맴이 아조 편해져 분다. 사실은 내가 젤로 걱정했던 것이여. 평생 토기 장사를 해온 내가 아니드냐. 인자 낼 죽어도 미련이 읎겄다.”

정 족장과 정년은 어두운 꼭두새벽부터 동창에 새벽빛이 일렁일 때까지 이야기를 주고받았다. 따지고 보면 심각한 사연이었지만 말투는 도란도란 부드럽고 정답게 오갔다. 정 족장은 마음속의 말을 다한 듯 정년이 대구소로 간다고 일어서자 붙잡지 않았다.

정년은 꺼먹이가 데려온 정 족장의 말을 타고 대구소로 향했다. 장보고는 자신이 데리고 온 당인이 탐진도공들을 어떤 방식으로 가르치고 있는지 궁금해했던 것이다. 그만큼 장보고는 월주청자 기술이 탐진 땅에 온전히 전수되기를 바라고 있었다. 대구소에 도착하자 꺼먹이는 말을 끌고 곧 돌아갔다. 정년은 대구소 향리를 찾아가 만났다. 정년보다 10여 살 위인 대구소 향리는 탐진 토성인 최씨가 맡고 있었다. 정년이 먼저 자신을 소개했다.

“난 장보고 대사님 휘하의 행수별장 정년이요.”

“아이고, 정 족장님 아드님이시그만요. 당나라에 가서 출세허셨다는 얘기를 정 족장님헌테 들었지라. 잘 오셨소야.”

향리 최씨는 정년을 깍듯하게 예우했다. 장보고는 이미 모든 권한을 가지고 탐진 땅을 다스리고 있으니 그럴 만도 했다. 행수별장은 별장들 중에서도 우두머리로서 부대사급이었다. 향리 최씨는 정년에게 보고하듯 말했다.

"뭣을 알고 잦으신게라?"

"대사님 지시로 왔그만요. 당인이 우리 도공덜을 어처케 갈치는지 보고 오라는 지시를 받았지라."

"당인에게 대구소 앞집을 내주었지라. 당인은 문에다가 당전(堂前)이란 패를 달았는디 뭣 땜시 그라는지는 모르지라."

정년이 웃으며 말했다.

"당전이란 관아 앞에 있는 객사란 뜻인디 관리덜이 술도 마시고 차도 마시는 집이지라. 큰 당전에서는 숙박까지 헐 수 있지라."

"우리 도공덜이 인자 그 집을 당전이라고 부르그만요."

"도공들이 하나둘 당전 옆에 모여 산다믄 당전이 마실 이름도 될 거 같그만요."

"그럴 수도 있겄지라."

당전 옆에는 월주가마 형태와 똑같은 오름 가마 하나가 있었다. 정년은 바로 탐진가마와 다른 점을 구분했다. 당인 곽명인이 탐진도공들 앞에서 시범을 보이고 있었다. 월주청자 모양을 가르치고 있는 듯했다. 그런데 곽명인은 탐진도공들을 하인 부리듯 함부로 대했다. 머리가 희끗희끗한 도공 세 명에게 큰소리로 모욕을 주고 있었으며, 어린 도공은 두 손을 들고 벌받는 중이었다. 정년이 어린 도공을 불러 물었다.

"니는 으째서 그라고 있느냐?"

"졸았어라우."

"잠이 많을 때다. 오늘은 집에 가서 푹 자그라."

정년이 향리에게 말했다.

"에린 꼬맹이헌테까지 갈칠 필요는 읎지라."

"아마도 머리 숫자를 채울라고 온 거 같소야. 지 애비 대신 왔겄지라."

곽명인이 꼿꼿하게 서 있는 정년에게 다가와 따지듯 말했다.

"당신은 누군데 여기 와서 방해하오?"

"대사님이 당신을 델꼬 온 이유가 있소. 여기 도공덜에게 기술을 전수해 주라는 것이제, 망신을 주라고 초빙헌 것은 아니요."

도공들이 어리둥절해하면서도 어깨를 폈다. 곽명인과 정년이 당나라 말로 다투고 있기 때문에 알아들을 수는 없지만 슬금슬금 통쾌한 표정을 지었다. 대구소 향리는 아무 말도 못 한 채두 사람 사이에서 벌레 씹은 얼굴만 하고 있을 뿐이었다. 그때 최녹천이 나와서 정년에게 말했다.

"정 별장님, 지는 최녹천이그만요. 적산에서 뵀지라."

"여그서 만나다니 반갑소."

"당인이 탐진에 와서 고상허는 것은 사실인께 그만 허시씨요."

"우리 도공덜을 무시헌께 한마디 해준 거뿐이요."

"대단헌 분이지라우. 자계 치소 당전에 있음시로 황실을 드나들었당께라우."

최녹천의 말은 사실이었다. 곽명인은 학식이 깊은 사람은 아니었지만 월주청자 가마의 행수도공을 지낸 자계 치소의 하급관리였던 것이다. 최녹천이 정년을 대신해서 곽명인에게 사과했다. 그런 뒤 정년을 대구소로 안내했다.

"아따, 물 한 잔 마셔불고 진정허씨요."

대구소 향리 최씨가 거들었다.

"그래도 갈치기는 잘허는 모냥이요. 도공덜이 모다 고로코름 얘기헌게 말이요. 녹천이 자네는 어쩌케 생각허는가?"

"청자를 첨 배우는 사람덜이 많은게 그라겠지라. 근디 지 생각은 쪼깐 다릉마요."

"뭣이 다르다는 것이여?"

"월주청자는 당나라 것인게 우리는 탐진청자를 맹글어야지라우."

"자네 같이 생각허는 사람이 또 있는가?"

"정 족장님께서 늘 말씸허셨지라우."

"뭣이 다른지 말해보게."

"말로 허기는 거시기해라우. 직접 손으로 맹금시로 말해야지라우."

정년은 아버지 정 족장과 꼭두새벽에 한 이야기가 있어 입을 다물고만 있었다. 아버지가 왜 가마를 굳이 최녹천에게 물려주려고 하는지 어렴풋이 헤아려졌다. 그러고 보니 동막에서 더부살이하는 도공들 중에 정 족장의 뜻을 받들 사람은 최녹천 말고는 아무도 없는 것 같았다.

그날 오후 정년은 미산포에서 청해진으로 가는 장삿배를 타고 서둘러 갔다. 장보고에게 허씨 부인과 딸을 천관산 남쪽 연방죽 옆의 마을에 안전하게 데려다주었고, 대구소에서 곽명인이 탐진도공들을 어떻게 가르치고 있는지를 보고하기 위해서였다.

청해진

초가을 마파람이 탐진바다를 비질하듯 살살이 훑으면서 불었다. 물기를 머금은 마파람은 눅눅했다. 참나무 잎들이 마파람의 기세에 허옇게 뒤집혔다. 어치들이 낮게 날고 날카롭게 우짖었다. 남쪽의 먼바다에 먹구름이 머물러 있다는 징조였다. 최녹천은 미산포로 가다가 느티나무 둥치에 앉아 잠시 숨을 골랐다. 집에서 바랑을 메고 잰걸음으로 한달음에 걸어왔던 것이다. 바랑은 제법 무거웠다. 청해진을 다녀오겠다고 하자 연화가 두 개의 황갈색 청자단지에 더덕장아찌와 두릅장아찌를 담아주었고, 최녹천은 아껴두었던 청록색 청자항아리를 꺼내 짚으로 둘둘 감아 바랑에 넣었던 것이다.

최녹천은 가을 태풍이 오기 전에 다녀와야만 했다. 이때가 지나면 가을 가마에 불을 때야 하는 시기가 또다시 늦어질 수밖에 없었다. 만삭이 된 연화가 보름 전부터 청해진을 다녀오라고 재촉했다.

"대사님이 겨시는 곳에 댕겨오시지라. 대사님은 당신 아부지 같은 분인께라우."

"연화 말이 맞그만."

"긍께 댕겨오란 말이오."

"나도 댕겨올라고 그랬당께. 아부지가 날 낳아주셨다믄 대사님은 이 최녹천이를 탐진도공으로 살아가게 헌 분이 아닌가."

"배만 안 부르믄 지도 대사님을 뵙고 짚지라."

"뭔 소린가! 학이가 뱃멀미허믄 으쩔라고."

학이는 연화의 배 속에 든 아기 이름이었다. 탐진 들판에 날아다니는 하얀 학을 보고 최녹천이 미리 지은 이름이었다. 만약에 딸이라면 버들이라고 지을 작정이었다. 최녹천은 언젠가 청자항아리에 학과 버들을 그려 넣고 싶다는 생각까지 했다. 그러나 최녹천의 그림 실력은 볼품이 없는 초보에 불과했다.

매미들이 구슬프게 울었다. 매미 서너 마리가 거무튀튀한 느티나무 가지에 붙어 있었다. 최녹천은 매미 울음소리를 듣고는 바로 일어서지 못했다. 한여름과 달리 초가을에 듣는 매미 울음소리는 처량하기 그지없었다. 매미들은 찬 바람이 불면 한철 짧은 목숨을 접고 모두 죽어갈 수밖에 없는 것이었다. 최녹천은 문득 매미처럼 목숨이 다해가는 정 족장이 떠올라 한숨을 토해냈다. 탐진 땅에 정착하게끔 자신을 도와준 정 족장의 노환이 날로 위중해지고 있기 때문이었다. 처량한 매미 울음소리를 듣고 있던 최녹천은 중얼거리며 일어났다.

'내가 매미라도 저러코름 울겄다. 한여름만 살고 죽어야 헌

께 말이여.'

　대구소에서 미산포 가는 길로 접어들자 사람들이 하나둘 보였다. 뱃사람도 있고, 장사꾼도 있고, 군사들도 삼삼오오 미산포를 향해서 가고 있었다. 한 장사꾼이 최녹천을 보고 말했다.

　"으디로 장사하러 가요?"

　"난 장사하러 댕기는 사람이 아니요."

　"바랑에 뭣이 많이 든 거 같은디라."

　"청해진 대사님께 드릴 거지라."

　미산포에 도착한 장사꾼은 남당포로 가는 배를 탔다. 그러나 최녹천은 청해진을 거쳐 추자도로 가는 장삿배를 기다렸다. 그때였다. 대구소 향리가 최녹천을 불렀다.

　"녹천이도 청해진 가는그만."

　"근디 향리님께서는 어처케 지가 가는 디를 아시는게라우?"

　"메칠 전에 청해진 갈 거라고 나한테 말허지 않았는가."

　"아이고메, 그랬그만요."

　"내가 오르는 배를 타게. 대사님께 보고드릴 일 땜시 급허게 가는 길이네."

　대구소 향리가 타고 갈 배는 미산포 군사들이 순찰을 도는 순시선이었다. 청해진에서 장보고가 파견한 미산포 별장은 이미 순시선에 올라 군사들을 점고하고 있었다. 이제는 탐진현 포구의 별장들은 그곳의 향리가 지명하지 않고 청해진에서 장보고가 보냈다. 대구소 향리가 별장에게 최녹천을 소개했다.

"대사님을 뵈러 가는 사람이오."

"첨 보는 사람 같그만요."

"대사님이 월주에서 정 족장님 집에 보낸 사람이오."

별장이 최녹천의 바랑을 보면서 물었다.

"거그 든 것이 뭣이요?"

"대사님께 드릴 청자항아리그만요."

"직접 맹근 것이요?"

"그렇지라."

"대구소 당전에 있는 당인을 잘 아시요?"

"곽명인 나리를 알지라."

돛을 올린 순시선은 거센 마파람 때문에 청해진을 향해 갈지(之) 자로 나아갔다. 청해진은 미산포에서 한나절 거리에 있었다. 순시선이 탐진바다를 지나 멀리 청해진이 보일 무렵이었다. 최녹천이 바랑 끈을 잡아당기며 말했다.

"인자 향리님도 대사님께 보고헙니까?"

"탐진현만 그라제. 예전에는 향리 수하에 별장이 있었지만 시방은 탐진현 모든 별장덜은 대사님이 보내고 지시를 받는다네. 토성 족장덜끼리 합의해서 추대허는 우리 향리덜도 마찬가지고."

최녹천은 장보고에게 보고하려고 청해진에 간다는 향리의 말을 이해했다. 탐진현의 군권은 물론이고 모든 권한이 청해진 대사 장보고에게 있기 때문이었다. 청해진 포구에 순시선이 접안했다. 포구에는 수십 명의 군사들이 바닷가 개펄에 목책을 박고 있었다. 성벽과 같이 포구를 두른 목책은 당구들의 침입을 막는 1차 방어선이었다. 사역을 지휘하고 있는 별장은 정년이었다. 최녹천은 정년에게 다가가 말했다.

"대사님을 뵐라고 향리님을 모시고 왔그만요."

"최 도공이 한 번은 여그를 올 줄 알았소. 근디 향리님은 무신 일인게라우?"

정년은 나이가 엇비슷한 최녹천에게 말을 놓지는 못했다.

"대사님께 보고드릴 말씀이 있지라."

"그라믄 내가 안내허겄소."

정년이 지휘봉 대신 들고 있는 날창을 휘휘 휘두르며 앞장섰다. 사병들이 청해진 초입에 반반한 돌을 놓은 뒤 흙을 쌓아올리는 토성 작업을 하고 있었다. 외성 작업은 염장이 지휘했다. 최녹천은 단번에 염장을 알아보았지만 정년을 뒤따라가느라고 아는 체는 못 했다. 정년이 투덜거렸다.

"외성이 맨들어져야 내성을 쌓을 것인디. 군사덜이 게으른지 별장이 신찮은지 모르겄그만."

"외성 책임자는 염장이그만요."

"책임을 졌으믄 전념을 해야제 맨날 호위궁사로 델꼬 온 흑점이 군사허고 장기를 두기만 헌당께. 쯧쯧."

정년은 혀를 차며 염장의 지휘력을 탓했다. 외성 축성과 목책 설치 작업은 비슷한 시각에 시작했는데, 외성 축성은 지지부진했다. 목책은 벌써 2백 보쯤 청해진 섬 서북쪽에서 남쪽을 향해 둘러가고 있었다. 목책 설치는 지름이 1자 이상 되는 소나무와 참나무를 인근 섬에서 베어와 썰물 때마다 바닷가에 긴 구덩이를 파고 촘촘히 박아가는 작업이었다. 방향은 적의 접근이 용이한 섬 서북쪽과 남쪽이었다. 반면에 외성 축성은 목책 설치와 달리 하루 종일 할 수 있는 작업이었다. 그런데도 외성 축성은 목책 설치보다 더디었다. 장보고가 염장을 불러 군사 1개 조가 하루에 열댓 걸음씩 쌓으라고 목표를 정해주기까지 했지만 능률이 쉽게 오르지 않았다.

망루에 있던 장보고가 성큼성큼 걸어왔다. 마파람에 그의 긴 수염이 한쪽으로 쏠렸다. 장보고가 손바닥으로 수염을 가지런히 한 뒤 말했다.

"향리와 최녹천이 함께 오다니 희소식을 갖고 온 거 같그만."

"보고드릴 말씸이 있어서 왔지라우."

대구소 향리가 대답하자 장보고는 최녹천을 쳐다보면서 말했다.

"녹천이는 무신 일로 왔는가?"

"지가 맹근 청자항아리를 드릴라고 왔그만요."

장보고의 표정이 달라졌다. 마치 청해진 조성 작업 때문에 잊고 있었다가 다시 생각난 듯 관심을 나타냈다.

"청자를 갖고 왔다고? 내 방으로 들어가세."

장보고가 거처하는 처소는 망루 바로 밑에 있었다. 처소는 정면 삼 칸 기와집으로 청해진 섬의 정상 부근에 덩그러니 있어 그런지 크게 보였다. 호상이 놓인 대방(大房)은 공무를 집행하는 공간이었다. 대방 벽에는 장보고의 대궁(大弓)과 투구, 갑옷이 걸려 있었다. 정년이 대구소 향리에게 보고하라는 듯 눈짓을 했다. 그러자 향리가 말했다.

"대사님 지시대로 탐진도공덜이 당인에게 청자기술을 잘 배우고 있습니다요."

"당인을 잘 예우해 주씨요."

"근디 고민이 하나 생겼습니다요."

"말해보씨요."

"당인이 우리 도공을 감옥에 가둬부렀그만요."

"대구소 군사는 향리 수하에 있지 않소?"

"당인은 누구 말도 듣지 않그만요. 맘대로 군사를 시켜 감옥에 보내고 풀어주고 있습니다요. 그래서인지 요새는 당인에게 배우지 않겠다는 도공덜이 생겨나고 있습니다요. 골치가 아프그만요."

당인의 월권을 예상하지 못한 장보고는 잠시 입을 다물었다. 월주청자 기술의 전수도 중요하지만 대구소 향리를 무시하고 도공들에게 위세를 부린다는 것은 결코 있을 수 없는 일이었다. 그렇다고 예우를 약속하고 데려온 당인을 돌려보낸다는 것도 아직은 시기상조였다. 장보고가 이맛살을 찌푸린 채 생각에 잠겨 있자 정년이 말했다.

"대사님, 당인에게 불만이 많은 도공덜을 최 도공에게 보내 믄 으쩌겠는게라우?"

"탐진도공덜을 둘로 나누어 배우게 헌단 말인가?"

"예, 그러지라."

향리가 정년의 의견에 동조했다.

"행수별장님 말씸에 일리가 있그만요. 곽명인에게 배우지 않겠다고 허는 도공덜을 최 도공에게 보내믄 좋겠습니다요."

"녹천이, 도공덜을 갈칠 수 있겠는가?"

"지는 아직 남을 갈칠 만헌 실력이 읎그만요."

"별장의 의견은 좋은디 나는 최 도공의 생각도 중허다고 생각허네."

곽명인의 청자기술은 월주에서 정평이 난 상태였으므로 자계의 하급관리가 되어 그곳 당전에 기거했던 것이고, 최녹천은 월주가마에서 잔심부름이나 허드렛일을 했던 도공일 뿐이기 때문이었다.

그러자 정년이 말했다.

"지 아부님 말씸이 생각나그만요."

"뭣이라고 말씸허셨는가?"

"아부님이 돌아가신 뒤에는 최 도공에게 우리 집 가마를 물려주라고 말씸했지라우. 그만치 최 도공의 기술을 인정허셨그만요."

정년의 말에 최녹천이 깜짝 놀랐다.

"지는 아직 멀었어라우! 불을 더 때야만 월주기술을 숭내 낼 수 있어라우. 다만."

"뭣이 있다는 말인가?"

"월주청자가 천하제일이라고 허지만 지는 생각이 쪼깐 다르그만요."

"말해보게."

"월주 상림호와 산이 탐진바다와 산 빛깔이 다른 거멩키로 청자도 빛깔이 달라야 헌다는 생각을 허고 있그만요."

"나는 월주나 탐진이나 벨로 다르지 않다고 생각허는디 녹천이는 뭣이 다르다는 것인가?"

향리는 물론이고 정년도 최녹천의 입을 주시했다. 최녹천이 자신에게 쏠린 시선에 부담을 느끼면서도 조심스럽게 말했다.

"지가 탐진의 빛깔을 생각헌 시초는 정 족장님을 첨 뵀을 때였그만요."

최녹천은 자계 상림호 월주에서 산동반도 적산포를 거쳐 탐진 미산포에 왔던 일을 떠올렸다. 그때 정 족장은 최녹천이 전해준 장보고의 편지를 다 읽고 난 뒤 "장 대사의 간곡헌 부탁이네. 자네를 델꼬 있음시로 우리 가마에서도 반다시 청자를 맹글라고 말이네"라고 말했던 것이다. 그 말을 듣자마자 최녹천은 정 족장에게 "대사님은 지를 탐진으로 오게 허신 은인이시지라우. 근디 어쩌케 은인의 부탁을 모른 체허겠습니까요. 지는 목심이

다허는 날까정 대사님 당부대로 청자를 맹글다가 죽을라고라우" 하고 자신의 결심을 고백했는데, 그때가 바로 어제의 일처럼 생생했다.

그런데 그날 정 족장이 "자네는 천상 청자를 맹글고 살 사람이네. 녹천이란 푸를 녹(綠) 자에 하늘 천(天) 자, 푸른 하늘이 아닌가"라고 한 말에 최녹천은 문득 눈길을 돌려보았는데 밖은 청자 빛깔 일색이었던바, 초여름의 구름 한 점 없는 탐진의 하늘은 투명했고 산자락은 연한 갈맷빛이었던 것이다.

이윽고 최녹천이 바랑 속에서 청자단지와 청자항아리를 꺼냈다. 청자단지는 낮은 온도에서 구워진 탓에 황갈색이었고, 청자항아리는 고온에서 잘 발색된 청록색이었다. 장보고는 청자항아리를 보자마자 탄성을 질렀다.

"이게 바로 월주청자가 아닌가? 정 족장께서 으째서 자네헌테 가마를 물려주실라고 허는지 알겠네."

"대사님, 최 도공도 곽명인 못지않은께 향리 말씸대로 도공덜을 갈라서 갈치믄 되겠그만요."

"긴가민가 했는디 이 정도 실력이믄 갈치고도 남겠네."

장보고가 향리와 정년을 번갈아 보며 흥분했다. 향리는 이제 당인의 월권을 견제할 수 있게 되었으니 장보고를 잘 만났다고 생각했다. 정년은 아버지 정 족장이 왜 최녹천에게 가마를 물려주려고 했는지 비로소 이해했다. 장보고가 흡족한 얼굴로 말했다.

"녹천이 청자는 월주청자와 비교해도 손색이 읎어. 근디 빛깔이 으쨌다는 말인가?"

"대사님, 월주청자는 뇌록색으로 탁합니다요. 근디 탐진청자는 탐진하늘이나 바다맹키로 투명해야 헌다고 생각헙니다요. 지는 지가 맹그는 기물의 유약이 투명해질 때까지 애를 다 써볼랍니다요."

"허허. 그건 자네가 알아서 허소. 인자 내가 자네 실력을 봤응께 자네가 맹근 것을 여그 청해진에서 사들이겄네."

"지 맘에 드는 것은 아직 한 가마에 서너 점밖에 안 나옵니다요. 긍께 쪼깐 지달려주시믄 으쩔게라우?"

"아니네. 황갈색 청자도 좋고 청록색 청자도 좋은게 많이 가져오게. 무역을 해서 적산포 뒷산에 법화원을 세운 것처럼 가리포 뒷산에 법화사를 지을라고 허네."

"대사님 말씸이라면 얼마든지 맹글어서 바치겄습니다요."

"아참, 행수별장에게 때가 오믄 말헐라고 했네. 법화사를 짓는 디 감독을 맡어주게. 법화원 때처럼 으디로 가불지 말고. 하하하."

"이번에는 신의를 지킬랍니다."

정년이 뒷머리를 긁적이며 일어섰다. 썰물일 때 목책 설치 작업을 감독해야 했기 때문이었다. 향리와 최녹천은 장보고가 내주는 차를 마셨다. 두 사람은 차담을 나누는 동안 장보고에게 청해진의 규모를 전해 듣고는 놀랐다. 사병이 1만 명, 청해진의 방어시설은 목책, 내성, 외성 순으로 조성되고 있었다. 법화사는 청해진 섬이 작으므로 건너편에 있는 가리포 섬 뒷산에다가 적산의 법화원 규모로 조성할 계획이었다. 사병들은 청해진 섬에 우물이 하나뿐이었으므로 가리포 섬에 군막을 더 많이 지어 주둔하고 있었다. 군량미는 늘 부족할 수밖에 없었다. 그러나 장보고는 크게 개의치 않는 듯했다. 청해진에서 무역을 시작하기만 하면 쉽게 해결할 수 있을 것이라고 자신 있게 말했던 것이다.

당인 도공의 행패

당인 곽명인이 군사 다섯 명을 데리고 최녹천 집으로 왔다. 군사는 곽명인의 사병들이었다. 장보고는 곽명인이 청해진을 찾아와 최상품의 청자기물들을 도둑맞았다고 읍소하자 그에게 가마를 지키는 사병을 보내주었던 것이다. 대구소 군사들이 있지만 당전 가마까지 지키게 하는 것은 부작용이 생길 수밖에 없었다. 이전의 일이지만 곽명인이 대구소에서 당전으로 파견 나온 군사에게 지시하여 한 도공을 감옥에 가둔 일도 있었는데, 그런 일은 향리의 권한을 넘어서는 월권이었던 것이다. 대구소 군사들은 향리 수하이기 때문이었다.

"최 도공, 내 말을 잘 들으시오."

"예, 나리님."

"앞으로 당전 가마에서 일한 사람들을 받지 마시오. 이곳에서 받아주니까 당전에서 가마 일을 함부로 하는 것 같소."

곽명인에게 '신라 오랑캐'라는 욕설을 자주 들었던 도공이 세 명, 동료에게 주먹질을 했다는 벌로 감옥에 갔다가 풀려난 도공이 한 명, 발물레를 고장 내고 뺨을 맞았던 도공 한 명이 최녹천 가마로 와서 일하고 있는 것은 사실이었다. 그러나 대구소 향리의 배려로 온 사람들이지 최녹천이 부른 것은 아니었다. 대구소 향리는 그들이 당전 가마에서 모욕을 당하면서 배우느니 최녹천에게 보내면 그런 일은 없으리라고 믿었던 것이다.

"지는 향리님이 도공덜을 보내주어 가마 일을 갈치고 있을 뿐이지라."

"감히 네가 월주청자를 가르친다고?"

"나리님보다야 못하겠지만요."

"내가 당전에서 월주청자들을 품평할 때 최 도공은 잔심부름이나 하는 노비가 아니었든가?"

"그랬지라우."

"최 도공은 실력에 비해 지나친 대접을 받고 있군!"

곽명인이 콧방귀를 뀌었다. 자신이 자계 당전에서 상림호 부근의 월주가마로부터 나온 청자들을 품평할 때 최녹천은 가마의 허드렛일이나 돕는 바라지 도공이었다고 비하했다. 바라지 도공이란 도공 밑에서 잔일을 돕는 일꾼이었다. 최녹천은 당구들에게 붙잡힌 채 노비로 팔려 가 가마에서 고생할 때의 일들이 떠올라 감정이 솟구쳤지만 목울대 밑으로 밀어 내렸다.

"지는 원래 노비가 아니었지라우. 당구덜헌테 끌려가 노비로 팔렸지라."

"월주가마로 팔려 간 덕분에 여기서 청자를 굽고 있지 않소.

그러니 섭섭해할 것은 없소."

도공 한 명이 나서서 큰소리로 따졌다. 당전 가마에 있을 때 '신라 오랑캐'라고 모욕을 받았던 늙은 도공이었다.

"어만 소리 허지 마씨요! 당신이 사과해도 시원찮을 판에 무신 어거지를 쓰는 것이요."

"나는 너희 같은 오랑캐하고 다툴 시간이 없어. 내가 오늘 여기 온 것은 저 오랑캐를 데리러 왔지."

곽명인에게 지목당한 도공이 땅바닥에 앉아 있다가 일어섰다. 최녹천이 말했다.

"하씨를 으째서 델꼬 갈라고 허요?"

"발물레를 고장 냈으니 고쳐야 하지 않겠소."

하씨가 말했다.

"여러 사람이 사용하다가 고장 난 물레지라."

"마지막 사용자가 책임을 져야지 누구에게 책임을 묻겠소."

늙은 도공이 나서서 말했다.

"발물레를 고치지 못하믄 으쩔 것이요?"

"발물레값을 내든지 물레값 대신에 감옥을 가야 하오. 사실 나는 발물레값을 받으려고 온 것은 아니오. 고쳐놓기만 하면 더 이상 따질 생각이 없소."

곽명인이 억지를 쓰고 있지만 성격이 온순한 하씨는 대답을 못 했다. 곽명인 말대로라면 발물레를 고장 낸 사람은 자신보다는 여러 견습생 도공들이었다. 그들이 발물레를 함부로 차다가 고장 났지 마지막에 작업했던 하씨가 아니었던 것이다. 그런데도 곽명인은 최녹천 가마로 와버린 하씨에게 억지를 부렸다.

"발물레를 잘 수리한다면 바로 보내주겠소."

"그라믄 지가 가서 수리해 볼라요."

최녹천이 하씨를 대신해서 곽명인을 따라가겠다고 말했다. 그러나 곽명인은 최녹천의 제의를 거절했다.

"최 도공은 필요 없소. 나는 하씨에게 책임을 묻고 있소."

곽명인이 손을 들어 올리자, 창을 든 군사 두 명이 달려와 하씨의 양팔을 잡았다. 그러자 최녹천에게 가마 일을 배우던 도공들이 모두 나서서 하씨를 에워쌌다. 얼굴이 우락부락한 도공이 곽명인에게 주먹을 쳐들었다.

"오늘은 오랑캐 맛을 보여줘야겄다!"

곽명인이 고개를 좌우로 흔들며 당황했다. 위세를 부리러 왔다가 창피를 당하는 꼴이었다. 최녹천이 말렸다.

"이러믄 진짜 오랑캐가 되지라. 참으씨요."

"최 도공을 봐서 참겠소. 하씨는 데려가지 않겠소. 그러나 나는 향리에게 말해서 해결하겠소."

"나리님, 고맙소."

곽명인과 군사들이 자리를 뜨자 험악했던 상황은 바로 끝났다. 최녹천은 일을 악화시키고 싶지 않았다. 청해진에 청자를 만들어 보내려면 곽명인과 다툴 시간이 없었다. 장보고가 청자 항아리든 청자사발이든 청자단지든, 무슨 기물이든 만드는 족족 청해진으로 가져오면 고가에 사겠다고 했던 것이다. 최녹천은 의기소침해진 도공들을 달랬다.

"쪼깐 참드라고잉. 대사님 무역선이 우리 탐진청자를 당나라는 물론이고 왜나라 하카타까지 싣고 간다고 헌께 인자 우리는 곧 부자가 될 것이오."

"진짜 그라요?"

"이문이 생기믄 으디 나 혼자 묵겄소. 여그 깔끄막마다 자기 가마를 한 개씩 지어 가질 것이요. 그라믄 모다 부자가 되지 않겄소?"

"사실인게라우?"

"대사님은 장사의 신이요. 산동반도에 사는 신라인덜의 소금과 숯을 양주, 명주에 팔아 모다 부자가 되었단께라."

"아이고메, 이라고 있을 때가 아니그만. 얼릉 한 개라도 더 맹글세."

늙은 도공이 하씨를 데리고 동막으로 갔다. 최녹천은 창고에서 지난 철에 만들어놓은 청자유약을 꺼내서 확인했다. 그러나 당전 가마에 있을 때 당인에게 아부하는 도공을 두들겨 팼다는 벌로 감옥에 갔다가 나온 도공이 분을 이기지 못하고 말했다.

"성님덜, 당인 놈이나 당구놈덜이나 다 같으요. 저 당인 놈을 소리 소문 없이 죽여불믄 으쩔게라우?"

창술에 능한 미산포 군사였다가 낙마하여 발목이 부러졌던 도공도 거들었다.

"우리가 심을 합치믄 당인놈 죽이기는 식은 죽 묵기지라."

그러자 말없이 진흙을 수비하고 있던 늙은 도공이 말했다.

"동상덜, 그런 소리 말어. 낮말은 쩌그 날아댕기는 까마구가 듣는단 마시."

"성님은 오랑캐란 소리를 듣고 욕바가지를 뒤짚어씀시롱도 괴안찮으요?"

"동상, 괴안찮기는. 오랑캐 소리를 들을 때는 나도 속이 뒤짚어지제잉."

곽명인에게 당전 가마에서 막말을 듣는 등 자주 모욕을 당한 중년 도공이 말했다.

"저 당인놈을 죽여불믄 속은 시원허겄제잉. 근디 우리가 당인놈을 진짜 이겨불라믄 기가 맥힌 청자를 맹글어야 헌당께. 그라고 우리 꿈이 뭣이간디. 청자를 폴아서 가마를 하나씩 갖는 것이 아닌가."

곽명인에게 당장 몽둥이를 들고 쫓아갈 듯했던 분위기가 가까스로 가라앉았다. 최녹천은 도공들을 농막으로 불렀다. 그런 뒤 청자유약을 어떻게 만드는지 소상하게 가르쳐주었다. 청자의 핵심은 유약과 가마 불의 온도였던 것이다. 가마 불이 태토와 유약을 잘 녹여야만 기물 속에서 투명한 청록색이 나오기 때문이었다.

당인이 다녀간 뒤 최녹천은 은근히 걱정했다. 또다시 최녹천에게 와서 행패를 부리지 않을까 싶어서였다. 그러나 그런 일은 없었다. 청자기물들을 만들기만 하면 모두 청해진에서 가져가겠다고 했기 때문에 당전 가마와 최녹천 가마의 도공들은 서로 경쟁하듯 밤낮을 가리지 않고 작업했다.

한편, 장보고는 최고가 무역상품으로 청자에 이어 탐진에서 나오는 황칠을 더 추가했다. 물론 신라 땅에서 구운 소금과 숯은 여전히 인기 있는 상품이었다. 탐진 땅에서 자생하는 황칠나무의 수액은 금값과 엇비슷했다. 당나라 명주 일대에도 황칠나무가 있지만 황칠의 질은 탐진 것보다 훨씬 못했다. 명주의 황칠은 누리끼리할 뿐 금빛이 나지 않았다. 반면에 탐진의 황칠은 나무나 돌에 바르면 황금처럼 반짝였고, 그런 이유로 당나라 황제의 옥좌나 더러는 절도사의 호상에 칠해졌다.

장보고의 무역선이 청자와 황칠을 싣고 등주나 명주, 왜국 하카타에 닿으면 장사꾼은 물론이고 관리와 부자들이 줄을 섰다. 하카타에서는 관리와 부자들이 미리 선금을 주고 다음 무역선을 기다리기도 했다. 그만큼 장보고가 취급하는 무역품들은 부족해서 팔지 못할 정도였다. 장보고는 축적한 부(富)를 청해진 조성에 쏟아부었다. 따라서 청해진은 방어시설인 내성과 외성, 치소와 객사, 활터와 무기고, 군관과 사병막사를 갖춘 궁궐 같은 성이 되었다. 그리고 가리포 뒷산에는 장보고의 무역선들의 무사 항해를 비는 법화사가 행수별장 정년의 감독하에 창건되었다.

탐진 땅의 도공들도 예전과 비교할 수 없을 정도로 형편이 나아졌다. 도공들은 농사를 지을 때보다 수십 배의 이익을 챙겼다. 부지런한 도공들은 산골짜기로 들어가 각자 자기 가마를 갖

게 되었고, 월주청자와 엇비슷한 기물들을 만들어 청해진으로
보냈다.

최녹천은 정 족장이 별세한 이후에는 그의 유언에 따라 정년으
로부터 큰 가마를 물려받았다. 정 족장 집에서 토기를 굽던 도공
들은 자연스럽게 고가로 팔려나가는 청자를 만들었다. 최녹천
이 불대장 안씨 등에게 권유하기도 했지만 거내꾼 김씨 등이 스
스로 청자를 만들겠다고 원했던 것이다. 정 족장이 별세한 지 8
년 만의 변화였다. 마지막에는 발물레를 차던 토기장 조씨도 최
녹천에게 고개를 숙였다. 더구나 곽명인이 향수병에 시달리다
가 명주 자계로 돌아가 버렸기 때문에 최녹천은 어느새 탐진에
서 행수도공 대접을 받기에 이르렀다. 그러나 당전 가마에서 곽
명인에게 청자기술을 전수받은 도공들은 최녹천을 은근히 비하
했다. 최녹천의 청자가 월주청자와 빛깔과 굽이 다르기 때문이
었다.

"최녹천의 청자는 빛깔이 투명헌게 개볍게 보인단 말이여.
글고 월주청자멩키로 굽이 넓어야 듬직허게 안정감이 드는디
최녹천의 굽은 가늘드그만."

그러나 최녹천 가마에서 일한 도공들은 그 반대로 이야기
했다.

"당전 가마에서 나온 청자 빛깔은 깨깟헌 맛이 읎어. 곽명인
맴멩키로 응큼허고 꾸정꾸정허단 말이여. 탐진 산자락이나 바

다멩키로 휜해야제."

　　다만 최녹천에게 배운 도공들 대다수는 청자 굽만은 곽명인의 넓은 모양을 따랐다. 곽명인의 굽 모양을 만들기가 쉽고 빠르기 때문이었다. 그래도 장보고는 당전 가마나 최녹천 가마의 청자를 가리지 않고 받아서 무역을 했다. 사실 도공들이나 차이를 알지, 보통 사람들은 당전의 청자와 최녹천의 청자를 구분하지 못했다. 탐진에서 만드는 청자라면 최고품이 되었고, 따라서 대구소 앞 당전 주변에는 도공들의 큰 마을이 생겼다. 물론 최녹천 가마 주변 산골짜기에도 가마들이 들어서 봄가을이 되면 일시에 연기가 치솟아 온 산자락에 산불이 난 듯했다.

행수별장 정년의 소임은 청해진 군사들을 훈련시키는 일이었다. 큰 장삿배인 무역선의 행수궁사는 다른 별장들이 교대로 맡았다. 정년이 무역선을 타지 않는 것은 자신이 원해서였다. 장사는 원래부터 생각이 없었던 것이다. 장보고가 당나라에서 신라촌 신라인들의 소금과 숯을 당인들에게 팔아 이문을 남길 때도 정년은 무장으로서 성공할 생각만 했지 장사에는 관심이 없었다.

　　어쨌든 정년은 무역선을 타지 않기 때문에 탐진에 자주 들렀다. 아버지 정 족장이 남긴 재산을 관리할 필요도 있었고, 최녹천이 아버지가 남긴 큰 가마를 어떻게 운영하는지도 점검하고 싶었던 것이다. 그날도 정년은 장보고 호위별장으로 천관산 연방죽 옆 마을에 갔다가 자신은 대구소로 오고 장보고는 청해진으로 돌아갔다. 정년은 최녹천에게 청해진에서 벌어지고 있는 일을 거리낌 없이 들려주었다. 그만큼 최녹천을 오래된 친구처럼 믿기 때문이었다.

"내가 천관산 남쪽 마을에 간 이유가 있제. 거기 연방죽 옆에 대사님 부인과 따님이 살고 있거든. 따님이 으쩌믄 왕비가 될지도 몰라."

"왕비라고라?"

"우리덜이 왕으로 모실라고 헌 분이 시방 청해진에 와 있는디 대사님 따님을 왕비로 삼겄다고 대사님과 약속했당께."

최녹천은 입술이 떨릴 정도로 놀랐다. 장보고가 왕의 장인이 된다고 하니 놀라지 않을 수 없었다. 정 족장 집에서 장보고의 부인과 딸을 봤던 것이 벌서 8년쯤 지났으니 딸의 나이는 십 오륙일 터였다.

"그라믄 천관산에서 여그로 온 것인게라."

"왕비가 될라믄 준비를 잘 해야겄제. 대사님이 직접 당부허실라고 가신 것이제. 대사님이 부인과 딸에게 몸을 잘 보존허고 있으라고 신신당부 허시드랑께."

최녹천은 왕이 될 김우징이 청해진에 와 있다는 말이나, 장보고의 딸이 왕비가 될 것이라는 말을 도무지 믿지 못했다. 그러나 정년의 말은 모두 사실이었다. 장보고가 다스리는 탐진 땅은 태평했지만 서라벌은 왕이 시해당하는 등 살벌했다. 그곳에서는 왕위 쟁탈의 음모와 술수가 밤낮으로 끊임없이 벌어지고 있었다.

태종 무열왕의 9세손이자 할아버지 김주원의 증손자인 김흔과 사촌 동생 김양의 권력투쟁이 극렬했다. 홍덕왕이 죽은 뒤 김균정과 김제륭 사이에 왕위 쟁탈전이 벌어졌을 때, 김양은 균정을 왕으로 추대하고자 했으나 제륭 일파의 기습을 받아 패배했다. 이때 그는 구사일생으로 탈출하여 목숨을 건졌다. 그러나 왕위에 오른 김제륭, 즉 희강왕은 곧 김명의 손에 시해를 당했다. 김명은 스스로 민애왕이 되어 김흔이 거느리는 군사의 보호를 받았다. 김흔은 장보고가 당나라에서 경계했던 부귀영화만 쫓아다니는 위인이었다.

시해당한 희강왕의 아들 김우징은 청해진으로 피신했다. 김우징은 자신이 왕위에 오르면 장보고의 딸을 왕비로 삼겠다고 약속하고는 장보고에게 군사지원을 요청했다. 이에 장보고는 정년과 함께 천관산 남쪽에 사는 부인 허씨와 딸을 만나 이와 같은 사실을 전했던 것이다. 정년은 장보고의 지시만 떨어지면 청해진 군사 5천 명을 거느리고 서라벌로 진격할 마음의 준비를 다하고 있었다. 정년이 말했다.

"나는 청해진에 돌아가자마자 군사 5천을 거느리고 떠날 것인디 내 걱정 말드라고. 내가 훈련시킨 군사들은 정예군이라서 김양과 협력헌다믄 김흔의 10만 명 오합지졸은 상대가 되지 않을 텐께."

정년은 마치 김흔의 10만 군사를 물리친 것처럼 의기양양하게 말했다. 장보고가 김우징을 왕으로 추대하려고 하는 것은 그와의 의리 때문이었다. 장보고는 무령군에 있을 때도 군사들에게 의리를 강조했다. 장보고가 서라벌에서 흥덕왕에게 청해진 설치와 사병 1만 명 주둔을 요청했을 때 다른 대신들과 달리 김대렴과 김우징은 적극적으로 장보고의 편에서 동조해 주었던 것이다. 최녹천이 흥분을 가라앉힌 뒤 말했다.

"내가 도와줄 것은 읎겄는게라?"

"하하. 대사님이 최 도공에게 원허는 것은 청자뿐이지라. 긍께 오직 청자만 맹그시오."

"대사님 덕분에 여그 탐진도공덜은 모다 잘 살고 있소. 보다시피 미산포에서 여그 마실까지 가마가 몇십 개지라. 대사님이 안 겨시믄 어처케 이 많은 가마덜이 들어서 있겄소. 대사님 은혜는 바다맹키로 짚지라."

최녹천은 대구소 향리에게 보내려고 준비해 두었던 청자호리병을 정년에게 주었다.

"쌍계사 스님 말씸인디 내가 맹근 청자에서 좋은 기운이 나온당께 요걸 갖고 전장에 나가믄 좋을 일만 생길 거 같으요."

"최 도공 말대로 좋은 기운이 나온당께 허리에 차고 댕기겄소."

정년은 바로 미산포로 떠났다. 그의 표정은 이야기할 때보다 더 비장했다. 곧 출정할 청해진 군사 5천 명과 김우징이 그를 기다리고 있을 것이었다.

장보고 피살

초가을 태풍이 탐진 땅을 급습했다. 나뭇가지들이 산발한 여자의 머리채같이 마구 흔들렸다. 나뭇잎들이 새떼처럼 산지사방으로 흩날렸다. 태풍은 논밭의 작물들을 쓰러뜨릴 기세로 거칠게 다가왔다. 농사꾼들이 들판의 물고랑을 트고 막는 등 잰걸음으로 뛰어다녔다.

최녹천은 동막에서 일단 장대비를 피했다. 궂은 날씨와 상관없이 도공들과 함께 가을 가마 준비를 했다. 정 족장 집의 가마에도 여름 내내 만들어놓은 초벌 청자기물들을 재임해야 했다. 장인 김씨가 최녹천에게 다가와 말했다.

"용이가 청해진으로 간 지 을매나 됐능가?"

"이른 봄에 갔응께 반년이 지나부렀그만요."

장인 김씨는 허리가 굽어 이제는 가마 일의 잔일도 못 했다. 김씨는 자드락길을 걸을 때는 지팡이에 의지했다.

"연화 말로는 3월에 칼 차고 정년을 따라서 청해진을 나갔다고 허등마."

"예, 장인어른. 나갔다가 시방은 다시 청해진으로 와 있다고 허그만요."

"그라믄 으째서 여그는 안 오는 거여?"

"뭔 소식을 보내든지 한 번은 오겄지라우."

"내가 은제 죽을지 몰라서 그래."

최녹천이 말한 대로 최용은 3월에 청해진을 나와 무주로 떠났다. 군사 5천 명 중에 최용도 정년의 호위궁사 자격으로 출진했던 것이다. 5천 명의 군사는 두 부대로 나뉘어 정년과 김양이 각각 지휘했다. 전투 경험이 많은 정년이 선봉대를, 김양은 2선의 지원군을 맡았다. 장보고는 전투 경험이 일천한 김양 수하에 청해진 별장 염장을 지원군 부장으로 보냈다. 김양은 무주도독을 지낸 바 있었으므로 그곳의 지리에는 밝았다.

정년의 선봉대는 무주를 습격, 함락시키고 다시 동북진하여 김양의 사촌 형인 김흔이 태수를 지냈던 남원의 관군을 격파하였다. 김양은 선봉대의 전투력이라면 서라벌을 방어하는 김흔의 대군을 제압할 것만 같아서 입에 침이 마르도록 칭찬했다. 그는 희강왕을 시해한 민애왕의 심복 장군인 김흔과 견원지간이었던 것이다. 반면에 정년은 김양에게 염장보다는 자신의 부장인 이순행과 호위궁사인 최용을 더 추켜세웠다. 이에 염장은 장보고의 심복인 정년에게 반감을 품지 않을 수 없었다. 장보고의 신임이 두터운 정년이 자신의 앞길을 막고 있다고 생각했던 것이다.

'장보고가 밀어준께 정년이 저러코름 설쳐붕마잉. 나는 첨부터 장보고와 맴이 맞지 않았제. 긍께 나는 시방 김양의 휘하에 가 있는 것이 맴이 편허제.'

정년의 선봉대가 승전할수록 김양 휘하의 염장이 지휘하는 지원군 군사들의 사기는 알게 모르게 떨어졌다. 사기가 저하된 지원군 군사들의 피로감은 전염병처럼 금세 퍼졌다. 이러한 전력을 가지고 서라벌로 진격한다는 것은 무리였다. 정년은 김양의 의견을 받아들여 일단 청해진으로 철수했다가 후일을 도모하기로 했다.

최녹천의 양아들 최용은 또래보다 키가 컸다. 십대 중반인 최용의 몸집은 20대 씨름꾼 같았다. 그러니 최용은 정년의 든든한 호위궁사가 될 만했다. 그는 정년의 십대 모습을 연상케 했다. 최녹천은 양아들인 최용이 가업을 잇는 도공보다는 장수가 되고 싶어 했으므로 그를 더 이상 붙잡지 못했다. 그래도 양아들과 10여 년을 함께 살았으므로 정이 들어서인지 가끔 보고 싶었다. 더구나 어린 아들 학이가 정년을 따라 청해진으로 나간 형 최용을 찾을 때가 많았다.

"아부지, 용이 성은 은제 와?"

"용이도 하나부지가 보고 잖은께 곧 올 것이다."

장인 김씨는 최용을 외손자라고 부르며 유난히 애지중지했고 최용도 김씨를 따랐다. 그러나 최용은 정년의 호위궁사였으므로 쉽게 오지 못했다. 청해진의 출병군사를 거느린 정년의 그림자처럼 지근거리에서 밤낮으로 호위해야 했던 것이다.

그런데 가을 가마에 막 불을 때기 전날이었다. 최용이 장보고의 공문을 가지고 대구소를 찾아왔다. 장보고가 대구소 향리에게 청자 생산을 독촉하는 공문이었다. 최용은 장보고의 공문을 전한 뒤 대구소 말을 빌려 타고 최녹천 집으로 향했다. 꺼먹이가 멀리서 달려오는 최용을 보고 큰 소리로 알렸다.

"아드님이 오고 있그만이라우!"

"용이가 온다고?"

최녹천은 동막에서 초벌해 둔 청자기물을 손질하다가 일어섰다. 장인 김씨도 지팡이를 짚고 마당을 나섰다. 연화는 샘터에서 동이를 이고 오다가 잰걸음을 했다. 그런데 최용은 집을 떠날 때의 모습이 아니었다. 투구를 쓴 채 갑옷을 입고 있었다. 말에서 날렵하게 뛰어내린 최용은 다부졌다.

"하나부지, 아부지, 엄니! 용이가 왔그만요."

"오냐 오냐!"

꺼먹이가 말고삐를 잡고 있는 동안 최용은 투구를 벗고 나서 땅바닥에서 큰절을 세 번 했다. 최녹천의 장인 김씨와 최녹천, 그리고 연화가 최용의 절을 받고는 반가워서 어쩔 줄 몰라 했다.

"용이가 인자 장수가 돼부렀구나!"

"지는 장수가 아니라 선봉대장 호위궁사일 뿐이어라우."

가마 일 때문에 보름달이 뜬 초저녁이 돼서야 모두가 한자리에 모였다. 그사이 꺼먹이가 암탉을 잡아 냇가로 가지고 가서 칼질해 왔고, 연화는 아궁이에 불쏘시개를 넣고 닭죽을 쑤었다. 오랜만에 닭죽 냄새가 온 집안에 진동했다. 연화는 삶아진 닭 다리를 최용에게 내밀었다. 최용이 닭 다리를 뜯으면서 말했다.

"청해진에 을매나 있을지 모르겄그만요. 명령이 떨어지믄 또 외지로 나가야 헌께요."

"집 떠나믄 배고프고 고달픈 것이여. 배 불리 많이 묵어라."

"지가 원해서 나간 것인께 고상이라고 생각지는 않그만이라우."

"그렇다믄 다행이다만."

"인자 으디로 가냐?"

"서라벌을 가서 시방 청해진에 겨신 분을 왕으로 모셔야지라우."

최용은 거리낌 없이 말했다. 청해진에 계신 분이란 희강왕의 아들 김우징이었다. 그러니까 희강왕을 시해한 민애왕을 몰아내고 김우징을 옹립하겠다는 말이었다. 김우징이 왕이 된다면 군사 5천 명을 지원한 장보고는 상대등 같은 고관의 반열에 오르고, 그의 딸은 김우징이 약속한 대로 왕비가 될 것이었다.

"하나부지, 또 올게라우."

"집에서 하렛밤 자고 가지 그러냐?"

"대사님 전령으로 왔응께 바로 가야 허겄그만요. 서라벌 일만 잘되믄 또 올게라우."

최용은 보름달을 쳐다보며 말을 타고 미산포로 떠났다. 미산포에 가리포의 순시선을 대기시켜 놓았던 것이다. 보름 달빛에 탐진바다가 대낮같이 환하므로 청해진으로 가는 데는 별 무리가 없을 터였다.

민애왕 1년(838) 12월.

최용이 집을 다녀간 지 세 달 만이었다. 김우징은 정년과 김양에게 명령을 내렸다. 출병군사에게 동쪽을 평정하라며 평동군(平東軍)이란 부대 이름도 주었다. 김양과 정년을 평동장군(平東將軍)이라고 부르며 전의를 자극했다. 김우징은 하루빨리 왕이 되고 싶었고, 아버지를 죽인 민애왕을 응징하고자 했던 것이다. 장보고와도 이해가 맞아떨어졌다. 장보고는 하나밖에 없는 딸자식이 왕비가 되기를 바랐다.

장보고는 정년의 전력을 배가시켜 주기 위해 부장 이순행과 기병 3천 명을 주었다. 무령군 군중소장 시절 반군을 파죽지세로 제압하는 데는 기병전술이 보병보다 효과가 컸던 것이다.

정년의 기병 3천 명과 김양의 보병 2천 명은 청해진을 떠났다. 평동군은 이전에 함락시켰던 무주까지 거침없이 내달렸다. 무주 철야현(나주)에 있던 김민주 휘하의 관군에게 저항을 받았지만 정년의 기병 3천 명은 적진을 단숨에 돌파해 버렸다. 평동군 앞에 대적할 만한 관군은 없었다.

평동군은 남원을 거쳐 한 달 만에 서라벌 전방인 대구까지 진격했다. 민애왕 2년 1월이었다. 민애왕과 김흔은 10만 군사를 거느리고 대구에서 최후방어선을 치고 있었다. 그러나 사기가 떨어진 민애왕의 군대는 평동군을 보자마자 도망치기에 급급했다. 정년의 기병 3천 명은 지체하지 않고 긴 창을 휘두르며 적진의 방어대오를 흩트려 버렸다. 기병이 적진을 돌파하자마자 바로 보병 2천 명이 적진의 잔병들을 소탕했다. 평동장군 정년이 부하들에게 소리쳤다.

"왕을 사로잡아라!"

김양도 자신이 거느리고 있는 보병들에게 소리쳤다.

"김흔을 생포하라!"

사촌 형이지만 견원지간인 김흔을 생포하여 모욕을 주고자 그랬다. 권력에 빌붙어 부귀영화를 누리고 살았던 김흔의 초라한 몰골을 보고 싶었던 것이다. 그러나 평동군이 지나간 자리에 민애왕은 칼을 맞은 채 죽어 있었고, 김흔은 이미 소백산으로 도망쳐 버리고 없었다. 평동군은 곧장 서라벌로 향했다. 서라벌은 텅 비어 있다시피 했다. 평동군은 무혈 입성했고, 그해 4월 김우징은 왕위에 올라 신무왕이 되었다.

평동군은 청해진으로 돌아가지 않고 서라벌에 남았다. 피신한 김흔의 잔군을 경계하기 위해서였다. 정년과 김양은 여전히 평동장군으로서 군사를 지휘했다. 그런데 왕궁의 대신들 사이에 장보고를 견제해야 한다는 소문이 갑자기 돌았다. 장보고의 딸이 왕비가 되는 것부터 제동을 걸었다. 한 군신이 신무왕에게 다음과 같이 간언했다는 소리가 흘러나왔다.

"장보고는 매우 미천한 자이니 왕께서 그의 딸을 왕비로 삼는 것은 예법상 불가한 일이옵니다."

"보고와 약속한 일이 있으니 의견을 더 들어보고 결정하겠소"

정년과 최용은 간언한 군신이 김양일 것이라고 짐작했다. 김양을 비롯한 왕족들이 장보고를 견제한 이유는 신분 때문이었다. 왕족들 위에 섬 출신의 평민이 군림한다는 사실을 도저히 받아들일 수 없었던 것이다. 왕은 결정을 미루었다. 더구나 왕위에 오른 뒤부터 한나절 이상 정무를 볼 수 없을 만큼 몸에서 기운이 빠지곤 했다. 어의도 병명을 정확하게 짚어내지 못했다. 왕의 심신이 허약해지면 군신의 권력은 더 강해지기 마련이었다. 정년은 왕궁 안에서 최용을 보기만 하면 분개했다.

"대사님 딸을 왕비로 모시라고 우리가 요로코름 고상헌 것이 아니냐. 근디 왕께서 약속을 지키지 않으시고 누워만 겨시니 불안허네."

"김양 장군허고 염장만 좋게 돼부렀어라우."

김양은 신무왕을 옹립한 공로로 17관등 중 3등의 소판에 올랐으며, 그의 휘하에 있던 염장은 무주 별가를 제수받았던 것이다. 패전 장군 김흔은 소백산 절에서 은거하고 있고, 정년과 이순행은 김양의 견제로 이렇다 할 관작을 받지 못했다.

"우리가 여그서 이러고 있을 때가 아니네. 청해진으로 돌아가 대사님께 보고해야 되지 않겠는가."

"지도 가고 잪그만이라우."

정년과 이순행 등이 청해진으로 출발하려고 몰래 준비하고 있을 때 신무왕은 허망하게 숨을 거두었다. 즉위한 지 세 달 만이었다. 신무왕의 아들 문성왕이 바로 왕위를 이었지만 정년과 이순행은 관작에 대한 미련을 버리고 청해진으로 향했다. 정년은 무주 땅을 지나는 동안 말고삐를 더 힘껏 잡아당겼다. 염장이 도독 바로 밑의 별가라는 벼슬에 올라 위세를 부리는 모습이 어른거렸기 때문이었다.

청해진에 도착한 정년은 바로 장보고에게 소상히 보고했다. 장보고는 배신감에 치를 떨었다. 폭음을 하고 난 뒤 중얼거리듯 한마디 했다.

"돌아가신 왕의 아들인께 대신 약속을 지켜야 허겄제."

"그렇지라. 선왕의 약속을 반다시 지켜야지라. 서라벌에 있는 우리 군사덜은 대사님께서 명을 내리신다믄 은제든지 따를 거그만요."

"만약에 새로운 왕이 신의를 저버린다믄 왕이라고 헐 수 읎제. 왕이라도 대가를 달갑게 받아야 써."

대가란 왕을 갈아치우겠다는 모반을 뜻했다. 정년이 말했다.

"명주나 하카타에 청자를 가지고 갔던 우리 무역선은 으째야 헙니까? 하카타에는 별장 이충이 나가 있지라."

"내 뜻이 관철될 때까지 거그 그대로 있어야 무역을 계속헐 수 있을 거그만."

정년은 다음 날부터 가리포로 나가 군사들을 훈련시켰다. 시기를 보아 서라벌로 가서 왕경에 있는 청해진 군사와 합세하기 위해서였다. 물론 문성왕이 장보고를 서라벌로 부르고 그의 딸을 왕비로 삼는다면 그럴 필요는 없었다.

정년이 군사를 훈련시키고 있다는 소문은 청해진 인근 지역으로 퍼졌다. 무주에 있는 염장의 귀에도 들어갔다. 염장은 쾌재를 불렀다. 자신이 장보고와 정년 등을 물리치고 청해진 대사가 될 수 있는 절호의 기회가 왔다고 생각했다. 염장은 기회를 놓치지 않았다. 염장은 즉시 군마를 타고 서라벌로 달려가 문성왕을 알현했다.

"장보고가 장차 불충한 자가 될라고 헙니다요. 소신이 보고를 제거헐라고 헌디 으쩌겄습니까요."

"오, 그대가 나의 진정한 신하로다. 그리하거라."

염장은 즉시 왕이 하사한 호마를 타고 청해진으로 달려갔다. 보름 만에 청해진에 도착한 염장은 외성을 지키는 별장 앞으로 가서 말했다.

"나는 왕에게 원한이 있는 사람이요. 긍께 대사님 휘하에서 목숨을 보전헐라고 허요."

그때 정년을 대신해서 순찰 중이던 이순행이 염장을 알아보고 말했다.

"염 별가는 왕의 사람이 아닌게라?"

"보다시피 나는 갑옷과 칼을 빼앗겨 불고 여그로 도망쳐 온 사람이오. 긍께 받아주씨요."

이순행이 염장을 경계하면서 장보고에게 데리고 갔다. 장보고도 처음에는 의심의 눈초리를 거두지 않았다.

"너희 무리덜이 왕에게 간언하여 내 딸이 왕비가 되지 못해부렀는디 니는 으째서 나를 찾아왔는가?"

"군신덜이 간언헌 것입니다요. 지는 거그에 끼지 못했응께 대사님께서는 지를 의심허지 마시지라우."

"그렇다믄 별가는 무신 일로 여그 왔는가?"

"왕의 뜻을 거역한 적이 있어 대사님께 투항해 해를 당허는 것을 피할라고 헐 뿐입니다요."

그제야 장보고는 의심을 거두고 염장에게 술을 주었다. 장보고와 염장, 두 사람의 술자리는 밤늦도록 이어졌다. 장보고는 비틀비틀 몸을 가눌 수 없을 만큼 대취했다. 그때였다. 염장이 벌떡 일어나 장보고의 장검을 빼앗아 그의 목을 단칼에 베어버렸다. 방바닥에 장보고의 검붉은 피가 문턱까지 흘렀다. 술자리 밖에서 경계를 서던 군사 한 명이 놀라 엎드린 채 부들부들 떨었다.

염장은 장보고의 피 묻은 칼을 들고 청해진을 유유히 떠났다. 한밤중이었으므로 장보고의 처소에서 일어났던 일을 내성과 외성의 별장들이 전혀 눈치채지 못했다. 더구나 정년과 최용은 오랜만에 탐진 청자 마을에 가 있었으므로 비상상황에 대처하지 못했다. 출세욕에 눈이 먼 염장은 무주도독에게 보고하지 않고 바로 서라벌로 가 문성왕 앞에서 복명했다.

"소신이 보고를 이 칼로 죽여부렀습니다."

장보고의 칼에는 아직도 검붉은 핏자국이 묻어 있었다. 왕은 장보고의 피 묻은 칼을 보고는 즉시 염장에게 아찬의 관작을 하사했다. 이때가 문성왕 8년의 일이었다. 염장이 장보고를 죽인 뒤 김양은 승승장구했다. 이찬에서 단박에 집사성의 우두머리인 시중을 제수받았다.

반면에 정년과 최용은 청해진 토벌 관군에게 저항하다가 죽었다. 마침내 청해진을 평정한 염장은 청해진 대사가 되었다. 그러나 그것도 잠시였다. 문성왕은 즉위 13년(851)에 반란군의 소굴이라고 하여 청해진을 폐하고 5년 동안 그곳의 군사와 양민들을 벽골군(김제)으로 이주시켜 버렸다. 벽골군으로 이주한 양민 일부와 반란군 낙인이 찍힌 군사들은 노비로 팔려 가 대부분 지방호족들의 사병이 되었다.

청해진의 몰락은 탐진 마을들의 청자가마들을 하나둘 사라지게 만들었다. 당나라 도시와 왜국의 하카타를 통한 청자의 판로가 막혀버린 까닭에 도공들은 농사꾼으로 돌아섰고, 최녹천의 아들 최학은 가업을 잇다가 만덕사로 출가했으며, 쓸모가 없어진 청자 가마터들은 논밭으로 변해버렸던 것이다. 정 족장의 큰 가마터도 마찬가지였다.

깨
달
음
의

빛,

청
자
1

© 정찬주, 2024

2024년 2월 26일 초판 1쇄 발행

지은이 정찬주
발행인 박상근(至弘) • 편집인 류지호 • 상무이사 김상기 • 편집이사 양동민
책임편집 양민호 • 편집 김재호, 김소영, 최호승, 하다해, 정유리 • 디자인 쿠담디자인
제작 김명환 • 마케팅 김대현, 김선주, 이선호 • 관리 윤정안
콘텐츠국 유권준, 정승채, 김희준
펴낸 곳 불광출판사 (03169) 서울시 종로구 사직로10길 17 인왕빌딩 301호
　　　　대표전화 02) 420-3200 편집부 02) 420-3300 팩시밀리 02) 420-3400
　　　　출판등록 제300-2009-130호(1979. 10. 10.)

ISBN 979-11-93454-53-4 (04810) 세트
ISBN 979-11-93454-54-1 (04810)

값 18,000원